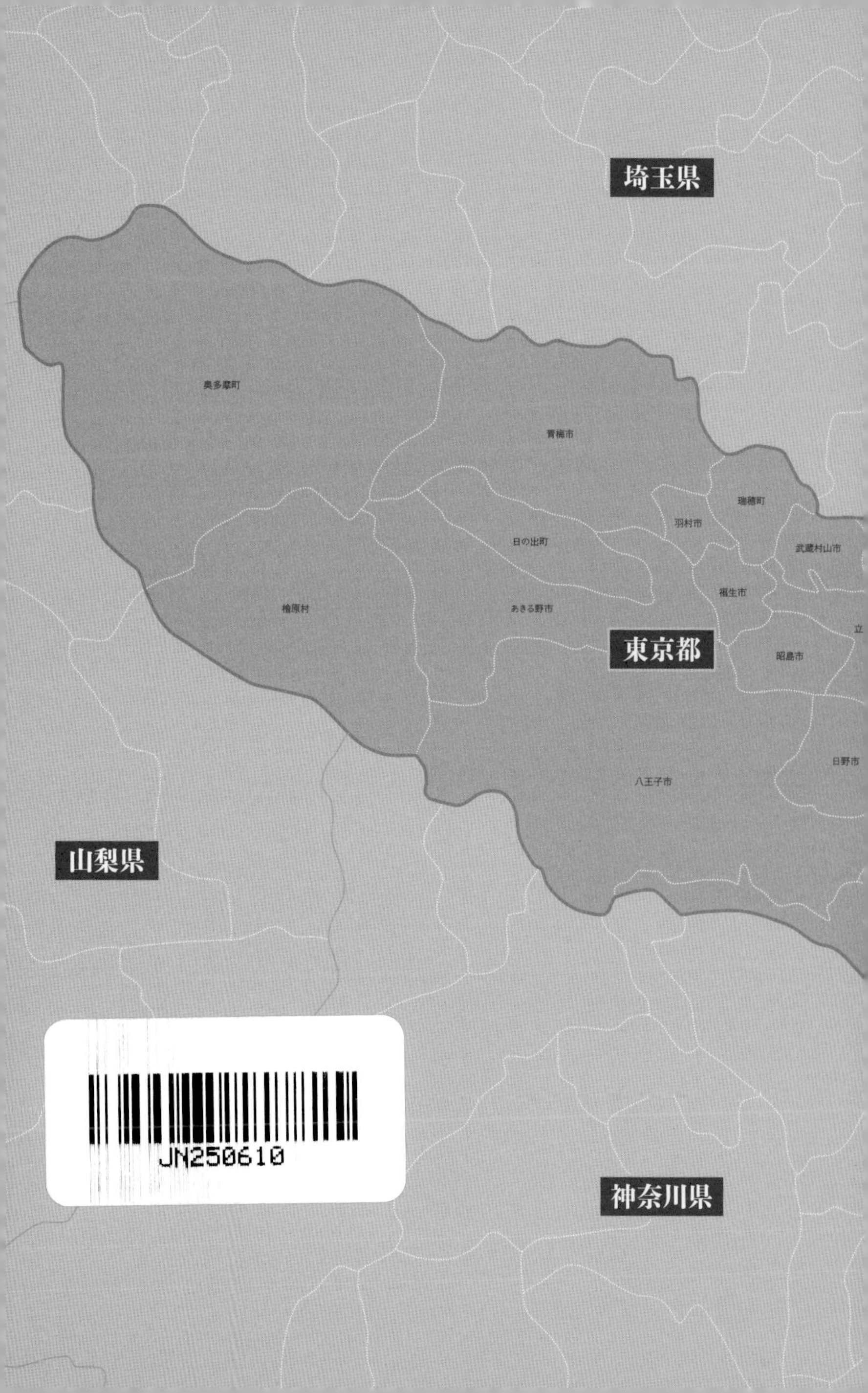
埼玉県
奥多摩町
青梅市
瑞穂町
羽村市
日の出町
武蔵村山市
檜原村
あきる野市
福生市
東京都
立
昭島市
日野市
八王子市
山梨県
神奈川県

破壊者の翼
戦力外捜査官
似鳥鶏
Nitadori Kei
河出書房新社

破壊者の翼　戦力外捜査官

一千數百年の歴史を犠牲に供するといふ思想、日本國民が苟且にも、斷じて爲すべからざる祖先墳墓の地を湖底に沈める悲壯なる決心は、只、帝都御用水の爲めに、大東京市民繁榮への犠牲こそ、我等は死して卽ち世を救ふの大乘思想に出達して、此の決心がついたのである。

（旧小河内村長　小澤市平氏）

チヨスイチトイツテドンナモノガデキルノカワタシハ、ヨクシリマセンガココガ、ミヅウミノヤウニナリトウキヤウノハウノヒトタチノノムオミヅトナルサウデス。センセイカラモウヨクオハナシヲキキマス。コノガツカウヤ、センセイヤオトモダチトワカレルノハホントニイヤデス。

（西尋常小學校一年　原島タカエ）

――『小河内村報告書　湖底のふるさと』より

1

普段生活している時には全く意識したことがなかったのだが、部屋の白い壁紙には確かに、うっすらと一直線に継ぎ目があった。そこに沿ってカッターの刃を当てる。継ぎ目の存在に気付かないほど綺麗に貼られている壁紙がこんなやり方で剝がれるのかと思っていたが、意外なことに、動画サイトで見た通りにカッターの刃を倒して差し込むと、白い壁紙はそりそりそりそりそり、と小気味よく剝がれてべろんと丸まった。刃を深く差し込んで慎重に動かし、少しずつ壁紙を引っぱっていく。だが途中から面倒になってきてべりりと大きく引き剝がした。別に壁紙を再利用するつもりはない。剝がして壁面が確認できればそれでいいのだ。

――えーこちら渋谷です。先程から始まったゲリラ豪雨ですが、もう、まさに突然でして、すでにこうして、排水口が一部溢れそうになっています。現在新宿周辺、渋谷周辺、それから六本木周辺まで非常に激しい降り方になっておりまして、駅前には急いでタクシーに乗り込む人の姿も見られます。

傍らのテレビの中で、リポーターが興奮した声で喋っている。まさにここのことだ、と思う。横の掃出し窓越しにベランダの外を見ると、四階から眺める街は灰色と白でまだらにけぶっていた。むこうにいつも見えていたはずのタワーマンションが目を凝らしても見えない。その手前のオフィスビルはかろうじて見えたが猛雨でけぶっている。排水口をきちんと掃除しているはずのベランダに「水面」ができているのを見て恐怖を感じ、思わず掃出し窓を開ける。途端に、雨音というより「シャワーの音」「洗車場の音」に近い土砂降りの音響と、周囲で弾けた細かい飛沫が顔にぶつかってきた。これはひどいと思ったが、その瞬間、予想外にも豪雨はさらに激しくなった。雨の音はすでに水流というか滝壺を思わせる重い低音に変わっている。どどどどど、という音に合わせて部屋が振動しているようでもある。不安に駆られ、今度は掃出し窓を閉めてテレビを見る。アマチュアが撮ったらしき揺れ方で、ビル街の上空を蹂躙《じゅうりん》する積乱雲の映像が映し出されている。

――これは視聴者の方から提供していただいた映像です。積乱雲が成長してゆく様子が映っています。先日の天気予報でも積乱雲の発生は予想されていましたが、電話で問い合わせましたところ二十分ほど前、環状八号線上空の映像だそうです。

窓を閉めても屋根を叩く雨音の重低音が聞こえている。屋根が抜けるのではないか。というより、このまま雨に圧《お》し潰《つぶ》されるのではないか。

とっさに浮かんだその不安が全くもって非科学的な杞憂《きゆう》だということを理屈では理解している。築年数は古いが鉄筋コンクリートのマンションである。そもそも雨が何かを「圧し潰す」ことなどありえない。

テレビの音声と豪雨の重低音の狭間でエアコンがカタカタと音をたてている。とにかく、作業をしていた壁の前に戻った。この雨ならまあ、仕方がないのかな、とも思う。

壁紙の下端、ちょうど今剝がしている部分の真下あたりにできた茶色の染みはますます大きくなり、床にできた水溜まりも確実に存在感を増していた。雨漏り。これまでも雨が降ると同じ場所にうっすらと染みができていて、もしやこれはと思っていたのだが、家が雨漏りする、などというのは貧しい昭和の時代の出来事で、まさか二十一世紀の現代にそんなことはあるまいと、よく考えれば全く根拠のない決めつけで無視していた。しかし今日のこの豪雨。染みが一気に広がってきたため雨漏りの事実は決定的になり、さりとて業者を呼んでもすぐにはどうにもならない。とにかく壁の中の状況を見ようと、動画サイトでやり方を確認しながら壁紙を剝がしている。

足元まで一気にべりりと壁紙を剝き、思わず顔をしかめた。壁紙の下は白い石膏ボードだったが、予想していたよりずっと大きな範囲が茶色いマーブル模様になっている。動画サイトをもう一度確認し、カッターで石膏ボードにも切れ目を入れていく。これに穴を開ければコンクリートの壁本体が見えるはずだった。

――えーただいま東京都心で大変強い雨が続いております。雨の範囲はこれから東に移動する見込みだということです。このまま続きますと冠水のおそれなどもありますので、都心にいらっしゃる方は警報等に注意してお過ごしください。

石膏ボードの床近くの部分を大きめに四角く切る。差し込んだカッターの刃を起こすと、ぼそりという感触とともにボードが外れた。携帯の懐中電灯アプリを起動して露出したコンクリートを照らしてみる。床を見てぎょっとした。すでに水が溜まって池のようになっている。

壁のコンクリートを照らすと、稲妻のような亀裂が縦に一筋、くっきりと見える太さで走っていた。やはりここから雨漏りしていたのだ。

築三十五年と聞いて最初は不安を覚える部分もなくはなかったのだ。だが経験上、賃貸住宅の綺麗さは築年数ではなく直近のリフォームがいつだったかで決まる。この物件は入居直前にリフォームされたばかりで、築三十五年で家賃が安い割に内装も外壁も綺麗で、得な物件だったはずなのだ。それが。

床に顔を近づけ、亀裂がどのくらいの長さなのかを見ようとした。亀裂はずっと上、暗闇の中まで続いていた。おそらく天井まで続いている。そこから滴が伝い落ちてきている。

雨漏りの原因は分かった。だが。

亀裂は本当にここだけなのだろうか、と考えて背筋が冷える。綺麗な壁紙で隠されているだけで、すべての壁が似たような状態なのではないか。壁だけではない。柱にも亀裂が走っているのではないか。だとすれば雨漏りどころの話ではない。地震でもあれば、この建物ごと崩壊する可能性すらあるのではないか。

四周の白い壁を見回し、理不尽なものを感じた。騙されたと思った。つやつやとワックスで磨かれた焦げ茶色のフローリング。真っ白な壁紙。しっかりと硬いドア周り。見た目はこんなに綺麗なのに。

薄板一枚むこうがこんなことになっているなんて、気付きもしなかった。

窓の外を見る。雨脚は一向に弱まる気配がない。もしかして、ここだけではないのではないかと思う。向かいのあのビルも。隣のあのビルも。その隣も。彼方のタワーマンションでさえ、壁紙一枚剝がしたら、中はどうなっているか分かったものではないのだ。コンクリートは堅牢な物質だし、施工業者は工法を工夫し、安全性に気を配っている。だがそれでも、三十年、四十年経つ建物が、都内には無数にある。

というより、そもそもこの街並みがいつまでも不動であり続ける、ということ自体が、根拠のない思い込みなのかもしれない。

豪雨に打たれながら、コンクリートの密林は耐え忍ぶように沈黙を続けている。

2

腕に何かが当たる感触を覚えてそちらを見ると、助手席の古森《ふるもり》警部が高宮《たかみや》の肘をつついていた。何か変化があったかと思い、高宮はとっさにフロントガラス越しに視線を走らせる。狭い歩道、車通りの少ない車道を走り抜けるトラック。壁を寄せあって立ち並ぶ左右の建物。異状は見当たらない。

古森を見ると、古森は「違う」と穏やかに言って、人差し指でハンドルを叩いた。高宮はそれでようやく、自分がハンドルを両手で握りしめていたことに気付いた。手を放し、やれやれまたかと苦笑して溜め息をつく。

「……どうも、慣れません。こういうのは」

「俺もだよ。この歳になってまさかの初体験だ」

言葉を交わしながらも、二人は前方の早稲田通りから目を離さない。道はまっすぐであり、二人が車を停めているコインパーキングからはある程度の見通しがきく。問題の路地に入る人間を見落とす可能性は万に一つだったが、その万に一つに備えるのが警察官の職務である。

――こちら中杉《なかすぎ》通り一号車。路地に一名入りました。七十から八十代とみられる女性一名。黒地に白い柄のシャツ、茶色のスカート、臙脂《えんじ》の手押し車を押しています。不審な動きなし。

――本部了解。路地班各員、対象が現場に入る様子を見せた場合、警戒しろ。老人だが、手押し車に現金を入れて持ち去るか、路地内外でひったくりに見せかけて被疑者に受け渡す可能性もある。現場で現金を回収するところを確認した場合、路地班ですぐ押さえろ。

――了解。

路地の中、最も現場に近い位置に配置された特殊犯捜査係の連中が油断なく無線でやりとりしている。現れたのは七十代以上の、手押し車を押した老人。おそらくは無関係なただの通行人だろうが、それでも彼らは油断しない。高宮たちもだった。犯人がどんな手を使ってくるか分からない以上、老人だというだけで見過ごすことなどできない。

高宮はわずかに視線をそらしてカーナビの時計表示を見る。十四時二三分。犯人の指定した時刻からは二十三分が経過しているが、現場に置かれた五千万円の現金にはまだ動く様子がない。ただ単にすぐ動く気がないだけなのか、それとも張り込みに気付いて回収を断念したのか。前者であってくれと高宮は祈る。我慢比べなら、警察はどこにも負けない。特に捜査課は毎日の業務がそもそも、獲物が近くを通るのをひたすら待つ、猫の狩りのようなものだからだ。

現在、路地に入った老人が無関係なただの通行人なのか、それとも犯人の用意した囮か何かなのかは分かっていない。老人の動向を注視する必要はあるが、そちらにばかり気を取られてもいられない。やりにくい時間がしばらく続いたが、中杉通り一号車から報告があってから約四分後、路地班の他の者から続報が入った。

――路地Ｂ《ベータ》より本部。先程の老人ですが、路地で左折、民家に入りました。

――本部了解。警戒を続けろ。

やはり外れだ。だがここで緊張を緩めてはならない。高宮は早稲田通りに目を光らせたまま呟く。「……来ませんね」

「今の婆さんが突然百メートル十二秒で走り出す可能性も、なくはなかったんだがな」

古森が応える。どの程度冗談なのかは分からない。だがいつもならもう少し穏やかな顔をしているはずの古森の表情が硬い。高宮同様、本件の犯人が厄介な奴なのではないか、という疑念を抱いているのかもしれなかった。古森ほどではないが高宮にも、警察官としての経験からくる勘がある。その勘は捜査対象者が「何かある奴」なのか「無関係な奴」なのか、追っている線が「当たり」なのか「外れ」なのか、そして担当している事件が「普通の事件」なのか「厄介な事件」なのかを、それなりの確率で嗅ぎ分けることができた。その勘が、本件の犯人は「厄介な奴」かもしれないと告げている。犯人検挙までの道筋を何通り想像してみてもしっくりこないのだ。

今から約四十九時間前になる七月二二日午後一時頃、警視庁に110番の入電があった。通報してきたのは八王子市に住む三井《みつい》陽子《ようこ》氏（三七）。内容は「夫が誘拐された」というもので、犯人は被害者である三井将司《まさし》氏と引き換えに現金五千万を要求してきた。

通信指令センターは通報を受理すると、誘拐事件専門の直通回線を用いて所轄及び警視庁捜査一課特殊犯に緊急連絡を飛ばした。本部の動きは迅速だった。誘拐事件は人命が関わる上、外見上、警察の「勝ち」「負け」が分かりやすく、しかもそれがそのままマスコミに流れるいわば「生放送」の事件である。失敗は許されず、同時期によほどの大事件が起こっていない限り警察がリソースを惜しむことはない。誘拐事件を担当する第一特殊犯捜査から一係・二係及び応援の三係までが総動員された他、殺人や強盗などを扱う強行犯捜査からも応援人員が出され、警視庁は万全の布陣で、身代金の受け渡し場所に近い野方署に捜査本部を設立、本部に控える越前憲正《えちぜんのりまさ》刑事部長の指揮のもと、現場指揮を担当する進藤《しんどう》捜査一課長と第一特殊犯捜査の貞兼《さだかね》管理官が、前線本部となった被害者宅に詰める態勢をとった。

だが、進藤捜査一課長も貞兼管理官も表情は厳しかった。犯人は、陽子氏に対する身代金要求をSNSで行っていたのだ。

身代金目的略取・誘拐の件数はここしばらく増えていない。もともとこの種の犯罪の検挙率は十年以上「百パーセント」が続いていたところに、電話網のデジタル回線化が済んだため、現在では被害者の近親者に身代金要求の電話をかけた時点で犯人の居場所が分かり、通話記録も残る。それは公衆電話でも同様であるし、プリペイド式携帯電話は購入に身元確認が義務付けられ、簡単に手に入れられなくなった。身代金を要求する、という時点で困難なのだ。

だが、今回の犯人は陽子氏への連絡手段としてSNSを指定してきた。大抵のSNSは指定した相手と一対一で、非公開のやりとりをする機能がついている。犯人は誘拐された将司氏の携帯から陽子氏の携帯へ、目隠しをされ縛られている将司氏の画像と、アクセスすべきSNSのURLを添付したメールを送り、そこにアクセスしてきた陽子氏とSNS上のメッセージサービスでやりとりする、という方法を選んだのだ。特定の基地局を経由し、GPSで常に端末の位置情報を発信している携帯電話と違い、パソコンは現在地が摑みにくい。捜査本部はすぐさまプロバイダに情報開示を請求、犯人側の発信が港区内にあるネットカフェの端末からされていることを突き止めたが、捜査員が該当店舗に急行しても犯人の姿はなく、ネットカフェの端末が遠隔操作されていることが分かっただけだった。

現在、港区のネットカフェの方も特殊班の捜査員が調べてはいる。遠隔操作するためには何らかのマルウェア（コンピュータウイルスを始めとする、悪意あるソフトウェア）を当該端末に感染させる必要がある。つまり犯人が、端末に直接マルウェアをインストールするため店舗を訪れている可能性があったからだ。だが現在のところ、ネットカフェの店舗から遺留品や目撃証言は得られていない。応援のサイバー犯罪対策課員がネットカフェ端末を遠隔操作した端末の特定を急いでいるが、それもまだ成果をあげていない。指揮を執る進藤捜査一課長は身代金受け渡し現場を押さえる方針に転換し、五千万円の現金を用意した。身代金目的誘拐事件の場合、警察は銀行に協力を要請して現金を用意することになっている。

犯人の要求は、指定された「ゆうパック」の白い手提げ袋に現金五千万円を入れ、本日十四時、陽子氏が一人で指定の場所にそれを置いてくることだった。指定された場所は中野区大和町《やまとちょう》四丁目、泉光山蓮華寺《せんこうざんれんげじ》の墓地。そこにある「光田《みつだ》家」の墓石の上に紙袋を置け、という指示だった。二十三分前の段階でそれは完了し、現金五千万円は現在、犯人の指定した場所に置かれている。だが犯人は、まだ現れない。

身代金目的誘拐という犯罪において、犯人逮捕の最大のチャンスは身代金授受の瞬間である。ことに本件においてはネットカフェでの聞き込みやSNSのアクセス記録から手がかりが全く得られていない以上、ここで直接身柄を押さえなければ、もう犯人を追うすべがなくなる。それを知っている進藤捜査一課長は捜査本部の人員ほぼすべてを現場近くに投入していた。

現在、蓮華寺周辺には特殊犯捜査と強行犯捜査の捜査員約二十五名が張り込んでいる。現金を置いた墓地の出入口、周辺の路地、表の街道、蓮華寺の協力を得て境内には僧侶に扮装した捜査員まで配置している。犯人が逃走した場合に備え、路地と街道に四輪及び二輪車両計八台が待機し、その多くは高宮たちの車両のように、企業のロゴを入れて営業車を装うなどして隠れている。特殊犯はもとより、強行犯捜査からも張り込みの腕がいい者が選別されている。それだけでなく、墓地内には超小型の監視カメラが複数台設置され、その映像は本部で監視されている。身代金が置かれた墓地の周囲五百メートルの路地。その中にいる人間の動向はすべて監視される。ここは捜査本部の張った蜘蛛の巣だと言ってよかった。この網を突破して現場に接近し、身代金を持って脱出するなど不可能。そのはずだった。

それでも、運転席から早稲田通りを見張る高宮は漠然と不安を感じていた。自分には身代金目的誘拐事件の捜査経験がない、ということだけが理由ではない。この犯人はおそらく、携帯電話の位置情報から居場所を特定されてすぐに捕まるような間抜けではなく、かなり周到で慎重に行動する厄介なタイプだからだ。遠隔操作したネットカフェのパソコンでSNSにアクセスするという連絡方法をとり、そのネットカフェ周辺に全く痕跡を残さず、身代金を置く墓石の名前まで指定したということは、かなり入念に現地の下調べをしている。この場所を指定したのも計算だろう。蓮華寺の周囲は車がすれ違えないような細い路地が毛細血管のように入り組んだ地域であり、見通しが悪く人通りの少ない、張り込みに不向きな場所だった。加えて周囲は早稲田通り、中杉通り、環状七号線という三つの道路が走っており、蓮華寺から逃走した犯人が迷路状の路地をどう通ってどの通りに出るのか、想定されるコースが多すぎて予測がつかない。

だが、と高宮は思う。入り組んだ細い路地でスピードが出しにくいのは犯人側も同じはずであるし、これだけ慎重な犯人なら、周囲に捜査員が多数張り込んでいることも予想しているはずだった。それなら犯人は、墓石の上から身代金の入った袋を回収した後、どうやって逃走するつもりなのだろうか。例えば犯人が逃走のために囮を金で雇っていたとしても、周囲を固めているのはそれにまんまと群がるような素人ではないし、囮自身に袋の中身を持ち逃げされる危険もある。

考え込んでいる高宮の隣で、古森が口を開いた。「一つ、気になったんだが」

「……何です？」

「なんで奴《やっこ》さん、身代金の袋を墓石の『上に置け』って指定したんだろうな。『横に置け』じゃ駄目だったのか？　墓地には無関係の一般人も来る。墓石の上に置いといたら怪しく見えるだろう。仏様に失礼だってんで善意で下ろしちまう奴もいるだろうし、その過程で中身を見られる危険もある」

古森は顎を撫でながら半ば自問する調子だったが、高宮の頭には一つの懸念が小さく灯った。まさか……。

突如、無線機から捜査員の狼狽した声が響いた。

――路地Ａ《アルファ》より本部。不審なドローンが現場に接近中。指示願います！

「……ドローンか！」

高宮は前屈みになって蓮華寺方向の空を見ようとしたが、建物が邪魔で上空が見えない。古森はもうドアを開け放して外に飛び出している。急いでそれに続いた高宮にも、降下していくところが一瞬だけ見えた。放射状に伸びたアームの先でいくつものプロペラを回す、空飛ぶ蜘蛛のような機械。八つのローターがついたマルチコプターと呼ばれるタイプで、大人でも抱えきれないようなサイズの、かなり大型のものだ。

「古森さん、追跡を」

「おう」

高宮と古森は車内に戻ってエンジンをかける。コインパーキングにはあらかじめ協力を依頼してあり、どれだけ長時間停めても駐車板が上がらないようにしてあった。

――本部より各員。無闇に動くな。追跡を優先しろ。徒歩の者は周囲一キロ以内に絞って操縦者を捜せ。各車両は追跡準備。気をつけろ。どの方向に逃げるか分からんぞ！

進藤捜査一課長の声が無線機から響く。やはり犯人は無策ではなかったのだ。ギアをD《ドライブ》に入れる高宮の心拍が急に加速する。空を飛ぶドローンを、車で追跡し続けられるだろうか？

古森が言う。「頭を出しておけ。出遅れるなよ。五千人の福沢諭吉をぶら下げてても、速いやつは五十キロ出るぞ」

高宮はハンドルを切ってゆっくりと車を移動させる。「車両《こっち》での追跡が本命ですね」

「俺たちが待ってる相手が、身代金をたった一キロ移動させただけで追跡を振り切れると思ってるような間抜けでない限りはな」

高宮も、おそらくは古森の言う通りだと考えている。ドローンは基本的に目で見える範囲で飛ばすものであり、市販の大型のものでも操縦電波の届く距離は二キロ程度だ。しかもこれはあくまでカタログスペックであり、実際は電波状況に大きく左右されるから、建物の多いこんな都市部では一キロ届くかどうかといったところだろう。操縦電波の切れたドローンは安いものならそのまま墜落し、高性能なものでもその場に着陸してしまう。

となれば、現れたドローンは電波で手動操縦する必要のない、あらかじめ動きをプログラミングされたもののはずだった。犯人が袋を置く墓石まで指定したのはこのためだったのだ。決められた場所に降下してアームで袋を摑み、決められた場所に持ち去る程度の動作なら、プログラミング操縦でも可能である。

再び上昇して視界に現れたドローンは、南東方向に進路をとって離れていく。身代金の入った白い袋をぶら下げているのも見えた。高宮は車を右折させ、早稲田通りを東南東へ走らせた。車が少ない時間帯なのが幸いだった。晴れているため目標も見失いにくい。赤になった信号を突っ切る。

「こちら早稲田通り二号車。目標は南東方向に直進。早稲田通りを東へ追跡中。環七で右折する」助手席の古森が無線機に向かって言いつつ、体を屈めてドローンの位置を確かめる。

高宮もサイドウインドウをちらりと一瞥してドローンの位置を確かめた。やはり速い。こちらはかなりスピードを出しているが、相手の姿は徐々に小さくなりつつあった。アクセルを踏み込み前方の軽自動車を追い抜く。車体が左右に揺れて古森がアシストグリップを摑む。

「野郎、五十キロ以上出してますね。ありがたいな。速度違反でしょっぴける」

「追いつければな。……くそっ、サイレン鳴らしたくなるな」

確かに、道というものを無視して南東に突っ切っていくドローンに離されないで追跡するためには、相手よりかなり速度を出さなければならない。だが敵がどこから見ているか分からない以上、赤色灯を回してサイレンを鳴らすような間抜けはできない。出現時にしても、墓地周辺に詰めていた徒歩班はドローンが五千万の紙袋を摑んで飛び去るのを指をくわえて見ているしかなかった。下手に動いて捜査員の存在がばれたら人質が危険なのだ。

追跡する他の車両からの無線通信が立て続けに入っている。北の妙正寺川沿いと西の中杉通りに配置された二台はすでに目標をロストしている。この車ともう一台、あとは四台のバイクで目標を追い続けるしかなかった。だが五千万をぶら下げたドローンは思いのほか速く、各所で迂回を余儀なくされる車では分が悪すぎた。最初はシルエットが確認できていたドローンがどんどん離れ、今は空に浮かぶ黒い胡麻粒ほどにしか見えない。高宮はアクセルを踏み込んで赤信号を突っ切り、車を傾がせながらハンドルを右に切って環状七号線に乗る。

肩をドアにぶつけながら古森が無線機に言う。「痛え。……こちら早稲田通り二号車。環七を南下中。目標なお南東に移動中。距離が離れており視認困難です」

環状七号線は早稲田通りよりはるかに交通量が多い。加えて東側に高いビルが多くなり、ドローンのいるであろうあたりまで見通せない。クラクションを鳴らしながら前方のトラックを追い越す。空の方を確認している余裕はない。だが助手席の古森が「こいつはきついな」と呟くのが高宮にも聞こえた。

結局、高宮たちは八十キロ近くを出したまま環状七号線から青梅街道まで追跡したが、目標ドローンの姿は新中野駅付近で完全に見失ってしまった。他の車両からも相手をロストしたという悲痛な報告が上がり始め、最後まで追跡していたバイク二台も、西新宿の超高層ビル街を南東方向に突っ切ったという報告を最後に目標を見失った。敵は交通量が多く、迂回が必要な道の上空を選ぶコースで飛んでいる。

だが、そこで本部の越前憲正刑事部長から指示が出た。通常、誘拐事件の捜査に当たっては秘匿性を優先し、一般の警察無線で東京中に捜査状況を流したりはしない。だが越前刑事部長はこれを使った。車載系と呼ばれる警邏中の車両に繋がるチャンネル、及び新宿区・渋谷区・世田谷区等を管轄する第三方面系及びその周辺地域すべてに緊急指令を出した。

——至急、至急。警視庁刑事部長越前より各局。現在、野方管内にて身代金目的誘拐事件が進行中。マル被がドローンで身代金を奪いました。ドローンは新宿付近を飛行中。おそらく表参道、広尾方向に向かっています。一方面、二方面、三方面、四方面の全職員はただちに上空を確認。屋内にいる者はただちに外に出て確認願います。目標ドローンは白い紙袋を運搬中。発見した者は目標の進行方向と現在位置を報告願います。

警察無線で発信者が個人名を出すことなど通常はありえないが、付け加えられた刑事部長の名前は受信した警察官全員に「非常事態」を想起させた。新宿区・渋谷区・世田谷区をはじめとする東京都南西部で勤務中の警察官は全員が一瞬、耳を疑ってざわついたが、次の瞬間には、一斉に空を見上げてドローンの姿を捜し始めていた。

3

——首都高速都心環状線は現在、谷町ＪＣＴ《ジャンクション》付近で起きた崩落事故の影響で、谷町ＪＣＴ付近が通行止め。これにより都心環状線は三宅坂ＪＣＴ付近まで渋滞中。２号目黒線は目黒出口、３号渋谷線は池尻出口付近まで渋滞中。今後さらに渋滞の範囲が広がるとの予測です。また６号三郷線は三郷ＪＣＴ付近でおよそ二キロの渋滞。また堀切ＪＣＴ付近でもコンクリートが一部崩落したとの連絡があり……。

前のトラックは後部に黒地・赤抜きで「ぢ　ツルッと治す」と広告が書かれている。ブレーキランプが消えてその文字がゆるゆると離れたので、俺はブレーキを離してわずかに車を進める。五メートルも動かないうちにトラックのブレーキランプがまた灯り、わずかに離れた「ぢ　ツルッと治す」の文字がまた接近してきた。ブレーキを踏んでゆっくりと車を停める。

道路情報を伝えるラジオからも、ようやくこのあたりの状況が伝えられるようになった。突然の渋滞なので事故だろうと思っていたが、道路の方のトラブルらしい。本庁に帰り着くのが遅くなってしまうが、どうせ現在、俺の所属する火災犯捜査二係は緊急の事件がないので待機中に近く、俺たちもほとんど使い走りのような用事で羽田から本庁に戻る途中である。急ぐこともないかと思うと欠伸《あくび》が出た。エアコンのにおいがする空気を吸い込んで深呼吸し、眠気を飛ばしてから助手席の海月《うみづき》警部を見る。首都高が道路自体のトラブルによって渋滞するなど極めて珍しいことだが、そういう「珍しいこと」はなぜか、この人と一緒にいる時にばかり起こる。良いことが二割で悪いことが八割なので「幸運の女神」とは言い難いのだが。

俺は助手席でカーナビの画面にかじりついている幸運二割不運八割の女神に声をかける。

「警部。少し時間がかかりますが、下道で行きます」

声をかけても、何事にも手を抜かない海月千波《ちなみ》警部は真剣そのものの目でカーナビの画面と睨めっこしたままである。「設楽《したら》さん。迂回しましょう。この先の渋谷出口で降りてください」

「言われんでもそうなります。出口はそこしかないんですから」この先の谷町JCTが閉鎖されている関係上、全員渋谷出口で降りるようにと電光掲示板で指示が出ている。だからこの渋滞なのだ。「道は俺が分かりますから、カーナビ見てなくても大丈夫ですよ」

だが海月は、まるで非常事態にでもなったかのように緊張した面持ちでカーナビの画面と外の風景を見比べ、決然と頷いた。「この渋滞ではカーナビはもはや使用不能です。現時刻からわたしが人力で廃寝暴虐、進むべき道を指示してみせます」

「何日走るつもりですか。そんな時間かかりませんから」それと廃寝「忘食《ぼうしょく》」だ。暴れてどうする。「警視庁本部《さくらだもん》まで五キロもありません。迷うわけないですからリラックスしててください」

「設楽さん、油断大敵です。東京の道は複雑なのです。事態を軽視して迷子になれば、わたしたちは一生、本部に帰れないかもしれません」

「帰れますよ。すべての道は桜田門に通じてます」

「念のため、あらかじめ迂回路を指示しますね」海月は大真面目で外の道路標示をささっと確認し、カーナビに視線を戻す。「まずこの先の渋谷出口で左車線へ。首都高から青山通りに降りてください。降りたらそのまま青山通りを北西に向かい、三宅坂交差点で右折。内堀通りを北東に向かえばすぐに桜田門です」

「青山通りを北西?」南西から北東に走っている通りをどうやって北西に向かうのだ。「それに三宅坂交差点から北東に向かうと皇居を突っ切ることになりますが」

「あら?　いえ、カーナビでは確かに北西と表示されて……あ。今、北北西に変わりました」

「なんで青山通りが動くんですか。それ北が上じゃありませんよ。向いてる方向が上に表示されてるんです」

「えっ？　……あっ」海月は目を見開き、眼鏡を直して再び画面にかじりついた。「そうだったのですね。先程から渋谷駅があちこち移動するので、てっきり電波状態が悪いのだと」

「左上に方角表示あるでしょうが」トラックのむこうに渋谷出口が現れる。すでに柵が出されて直進はできなくなっているが、一応ウインカーをつけ、前のトラックに続いて渋谷出口に入る。

「……理解しました。それでは渋谷出口を降りたら、まずは左折をしてください」

「了解」

俺はそう応えつつ直進した。一度彼女のナビに従って山梨県に行ってしまったことがあるため、極めつきの方向音痴の上に全く地図が読めない彼女のナビを爽やかに無視する技術が身についている。頓珍漢なところで右左折の指示を出す、カーナビを読み違える、身を乗り出して左右確認の邪魔をする。*そういう「助手席に乗せない方がいい人間」というのが一定数いることは承知しているし、青山通りに出たら逆に遠回りになる。**

海月は怖々という顔で画面をタッチし、表示区域を移動させてしまって焦ったりしている。まさかカーナビを操作するのが生まれて初めてということはないだろうと思うが、この人の場合は分からんぞと思う。火災犯捜査二係で一番若い俺よりさらにいくつか下でありながら階級が警部であることからも分かる通り海月は東大出身のキャリア様であり、警部補で研修に出た瞬間から現場ではお客様扱いなのだ。それに加えて彼女の場合、刑事部が内密に進めているあるプロジェクトの関係者でもある。だから丁重に扱わねばならないのだが、困ったことに彼女は通常業務能力が全くなく、いったいどうやって採用試験を通ったのか分からないほど小さく（警視庁では、女性警察官の採用基準は基本的に身長一五四センチ以上となっている）、どうやって警察学校を出たのか分からないほど運動能力も低い。俺はもうとっくに慣れたが、俺の前の「お守り役」も苦労したのだろうなと想像する。その人とはいい酒が飲めそうだ。

だが「左折を」「いえ、いったん転回しまして……」「設楽さん、もしかして道が違っていませんか？」と、性能の悪いカーナビよろしく青山通りに固執する海月をなだめつつ混雑する六本木通りを走っていると、車載無線から突然、聞き慣れた声がした。

――至急、至急。警視庁刑事部長越前より各局。現在、野方管内にて身代金目的誘拐事件が進行中。マル被がドローンで身代金を奪いました。ドローンは新宿付近を飛行中。おそらく表参道、広尾方向に向かっています。一方面、二方面、三方面、四方面の全職員はただちに上空を確認。屋内にいる者はただちに外に出て確認願います。目標ドローンは白い紙袋を

＊　車の右左折時、確認を手伝おうとして助手席の人間が身を乗り出したりすると、運転席から左右が見えなくなってかえって邪魔になる。

＊＊　そもそも上りの渋谷出口から直接青山通りには出られない。

運搬中。発見した者は目標の進行方向と現在位置を報告願います。

渋滞で停車していたこともあり、思わず隣の海月と顔を見合わせた。

「……今のは」

「越前さんの声ですね」

そういえば海月は越前刑事部長の親戚だったなと思い出したが、それどころではない。犯人が身代金をドローンで運んでいるという。そして「表参道、広尾方向」と言えばまさにこのあたりだ。俺は身をかがめてウインドウ越しに前方の空を見る。前方のトラックの「ぢツルッと治す」の上、行く手に六本木ヒルズが見える東京の青空を、黒い点が左から右へ、すーっと移動してゆく。目を凝らして見るがどうやら飛行機やヘリではない。もっと低いところを飛ぶ小さな物だ。そして確かに、何かをぶら下げている。

海月がもう無線機を取っていた。「至急、至急！　こちら首都高渋谷出口付近。ドローンと見られる飛行物体を確認しました。飛行物体は、ええと、まず、あの、歌舞伎の隈取に「筋隈」というのがありますよね。あれの、左眉のあたりを」

「南東、田町駅方面に飛行中！」俺は横から無線機に怒鳴った。「警部。よく分からんたとえはいいです。方角だけ言えばいいんです」

「その方角が分かりません」

そうだったなと思いながらハンドルを切り、前のトラックを無理矢理追い抜いて交差点を右折する。海月は窓に頭をぶつけたり俺に肩をぶつけたりしながらも両手であちこちに摑まってドローンを捜している。「あっ、目標転進しました！　ええと、歌舞伎の隈取で」

「南、白金高輪《しろかねたかなわ》方向！」

無線機に怒鳴りながらアクセルを踏み込む。俺たち同様にドローンを発見した者がいるらしく、無線機には各所から通信が続いている。

――白金三光町ＰＢ《交番》より本部。当該ドローンを発見。広尾上空を南下中。どうぞ。

――三交機一〇《ヒトマル》より本部。明治通り、渋谷橋交差点付近にて当該ドローンを発見。広尾上空を南下中のため現在追跡中。どうぞ。

――渋谷2より本部。明治通りにて当該ドローンを発見。当該ドローンは広尾上空を南下中。追跡します。緊急走行の可否はいかがですか。

――本部了解。渋谷2、緊急走行は許可しません。本部より各車両。追跡はできる限り相手に気付かれないように願います。緊急走行は許可しません。

無線からは続々と「ドローン発見」「追跡中」の報告が入り始めている。俺もアクセルを踏み込み、前方の路線バスを追い越して前に出る。だがドローンはどんどん離れていってしまう。緊急走行はできないが、交通ルールを律儀に守っている余裕はない。減速を最低限にして交差点を左折しアクセルを踏み込む。エンジンが唸りをあげる。左に右にと連続する横Ｇに振り回される海月があっちこっちにぶつかって「いたっ」「ひゃっ」「あうっ」と声をあげているが、構ってなどいられない。

交差点に入り、しばらくビルの陰に隠れていたドローンが再び視認できた。スピードを出したおかげか離されてはいなかったが、まっすぐ南下してゆく相手に舌打ちをせざるを得なかった。このあたりにはまっすぐ南下できる道がなく、いったん明治通りを東に進んで外苑西通りを使うしかない。

「設楽さん。まっすぐ追うのではなく、一旦追い抜いて待ち伏せする方がよさそうです」海月がダッシュボードにしがみつきながら言う。「あのドローン、こちらが追いかけにくい道を選んで飛ぶようにプログラムされています。他の方と違う道で追いかけましょう」

「そのようで」交差点を強引に突っ切って恵比寿駅前に突撃しつつ頷く。事件発生は野方で、そこから新宿方面に飛んだというなら、新宿御苑だの代々木公園だのといった広い公園を突っ切り、追跡車両を撒くコースを選んでいるのだろう。真っ正直に後を追うのは先行する交通機動隊や渋谷署のPC《パトカー》に任せて、こちらは彼らが撒かれた時に備えて先回りするべきだ。

海月は必死でカーナビの画面を見ている。「ええと、左折して山手線を南下してください」

「山手線は線路です。高架なので『スタンド・バイ・ミー』も無理です*」

「間違えました。山手線沿いです。恵比寿駅の西に出て二つ目の道を左折です」海月がカーナビの画面に顔を近づける。「それでほぼ真南に行けます。先回りできるかもしれません」

「了解」

午後二時半過ぎ。落ち着く時間帯とはいえ、さすがに恵比寿駅前は人も車も多い。緊急走行ができないなら危険走行をするしかなく、俺はクラクションを連続して鳴らして周囲の歩行者を散らしながら高架線路をくぐり、左折して海月から言われた路地に進入しながらぎょっとした。路地の入口には進入禁止の赤い標識がしっかり立っている。慌ててブレーキを踏む。

「警部ここ一方通行《いっつうこう》じゃないですか」

「あら？　……あ、ここの矢印は一方通行という意味なのですね！」

俺は天井を仰いで声を出さずに叫んだ。ほんの数分前、海月がカーナビを読めないことを確認したばかりだったというのに迂闊《うかつ》だった。

道の真ん中、通常ありえない位置で停まってしまった俺たちの車はまわりじゅうからクラクションを鳴らされ、周囲の通行人もこちらを見ている。後ろを振り返るが他の車で溢れていてバックができない。高架線路のむこうなので見えないが、こうしている間にもドローンはどんどん離れているはずだった。

「……しょうがねえ！」

俺はハンドルを叩いてクラクションを長く鳴らしながら、進入禁止の路地に突っ込んだ。

＊「線路の上を行く」の意。大変危険な上に往来危険罪（刑法一二五条）等になるので、やってはいけない。

戻れないなら進むしかない。慌てて急ブレーキを踏むトラックに詫びつつその横をすり抜け、とにかくクラクションを鳴らし続けて注意喚起をしながら一方通行を逆走する。驚いて飛びのく歩行者にふらつく自転車。その間を無理矢理抜ける。人を避けた拍子に置かれていた何かに引っかけたらしくがつりという音がした。背後で何かが吹っ飛んだがらんがらんという音もしているが停めて確認などできない。クレイジータクシー*ならぬクレイジー警察車両だ。走りながら背中が冷えた。事故の危険と始末書の枚数が一秒ごとに増えていく。

海月は頷いた。「いい判断です」

誰のせいだ、とつっこむ暇もなくハンドルを動かす。俺は赤色回転灯を出して緊急走行に移行すべきかどうか迷った。サイレンを鳴らして緊急走行をすれば命令違反の上にこの車が警察車両だとばれて大問題になる。しかしただクラクションを鳴らして危険運転をすればそれもそれで大問題である。要するにどちらでも駄目だ。というより回転灯を出して屋根にくっつけている余裕がない。俺はクラクションを鳴らし続けながらハンドルにかじりつき、ようやく一方通行の路地を抜け、その瞬間に右から来たトラックにぶつけそうになって肝を冷やした。

「設楽さん、目標を確認しました。まだ南下しています」海月は外を窺っている。「あのう、わたしは一つ気になることがあるのですが」

どうしてこいつはこんなに落ち着いているのだろうと思う。「何です」

「犯人は、あのドローンを何キロ飛ばすつもりでしょうか？　ドローンの飛行距離は機種次第ですが、あれだけの荷物を運搬しているとなると、四十キロ、五十キロは飛べないはずです。犯人としては早めに追跡車両を撒かなければならないはずですが、プログラミング操縦でまっすぐに飛ばすだけではそれも無理です」

この状況でよくそこまで頭が回るなと思うが、確かにそうだった。それにここから南下しても、もう新宿近辺のように警察車両を撒ける地域はない。道も都心より空いてくる。だとすると。

目黒駅に近づいたところで無線から通信が入った。

――三交機一〇より本部。現在桜田通りを南下中。目標ドローン、白金台付近で高度を下げていきます。

「……降りたか！」

左上方を見るが、ビルが続いていてドローンが視認できない。白金台ということは、見えない間にだいぶ離されていたらしい。通信は続く。

――渋谷2より本部。上大崎一丁目、池田山公園付近。目標ドローン、着陸体勢に入って

＊　セガのレースゲーム。タクシーを運転して目的地に早く着くゲームだが、一方通行を逆走しようが公園の中や海の上を走ろうが、とにかく一秒でも早く目的地に着きさえすれば乗客が喜んで高得点になるというクレイジーな内容。

います！

思わず顔をしかめる。あのあたりの住宅地は、大型車が入れないような細い路地と曲がれないような狭い角が続く。ドローンが現れたのは野方だという。つくづく狭いところが好きな犯人だ。

とにかく池田山公園に急行しなければならない。俺はアクセルを踏み込んでスピードを上げたが、なぜか海月が言った。「設楽さん。この場で停車してください」

「は。……しかし、今は着陸地点に」

「そこは他の車両に任せましょう。わたしたちは停車するべきです」

なぜだと思うが、上官の指示とあれば従うしかない。それに、現場検証に向かえば迷子になり聞き込みをすれば見当違いの質問をする海月警部だが、時折極めて鋭い洞察力を発揮することがある。俺は素直にハザードを点けて路上に停車した。海月はすぐにドアを開けて道路上に立つと、なぜか人差し指をぺろりと舐め、真上を指さした。そしてなぜかその姿勢のまま体ごとくるくる回っている。

「……何やってんです？」

「風向きを見ているのです」海月は通る車にクラクションを鳴らされながら答えた。「指を湿らせて、どの方向が冷たく感じるかで風向きが分かるのです」

「知ってます。体ごと回転する必要はないかと思いますが」またクラクションを鳴らされる海月の腕を取って歩道に上げる。「なんで風向きなんて見てるんです」

「あちらから吹いていますね。南風です」

「いえ、そっちは北です。……警部」

その時、ポケットに入れた無線機から切迫した音声が聞こえてきた。

——至急、至急！　三交機一〇より本部。池田山公園よりドローン多数発進。すべて同型で同じ袋を提げています。目標と区別がつきません！

「なっ」

俺は歩道を走り、駅前の交差点に出て東の空を見た。全部で七、八機、いや十機以上。袋をぶら下げたドローンたちが同じ動きで上昇し、まるで一つの生物のように正確に整列した。ドローンたちは百足《むかで》のように連なり、輪を描いて飛んだと思うと、次の瞬間、東西南北ばらばらの方向に散開した。

——本部応答願います。ドローン多数、全方角に一斉に発進。目標ドローン特定できません。指示を請う！

無線機からは混乱したPC乗務員の音声が続いている。本部からは「対象を絞って近いもの一機を追え」と指示が出たが、こちらの車両は出遅れているものを含めても三、四台。むこうは十機以上だ。当たりは期待できない。

「……そういうことか！」

だが、俺は横から袖を引っぱられた。「設楽さん。わたしたちも追跡です」

「了解」車に駆け戻りながら考える。だが、どれを追えばいい？

しかし、海月は車に乗り込むなり、はっきりと言った。「南に向かった機体を追いましょう。それが最も可能性が大きいです」

「なぜです」言いながらもアクセルを踏む。

「風向きです。軽量のドローンは風の影響を大きく受けます。向かい風の方が揚力は大きくなりますが、風に逆らって飛ぶのはバッテリーをかなり消耗するはずです。ただでさえすでに十キロ近く飛んでいるのに、航続距離が短くなってしまいます」

「……なるほど」彼女はドローンが多数発進する前から風向きを見ていた。さっきはどういうことかと思ったのだが。「よくこの状況が読めましたね」

「複数想定したもののうちの一つです」海月は平然としてシートベルトをする。「風向きは天気予報である程度予測できますが、風の強さまでは犯行時間帯になるまで分かりません。わたしが犯人なら、風速次第でバッテリー切れになる危険のある風上より、追い風で航続距離が延びる風下に正解のドローンを飛ばします」

「了解」車はすでにスピードを上げている。俺は無線機に言う。「こちら追跡中の火災犯捜査二係。現在目黒駅前。本車両は南下したドローンを追跡します」

目黒駅を越え、首都高速目黒線沿いに南下する。高架道路とビルの陰になってドローンの姿は見えないが、相手がそのままの進路を維持していることを信じて第二京浜に乗る。見えない相手を追跡するのは不安だったが、ビルの切れ目で一瞬、視界が開けたところで、一機のドローンが左上方をまっすぐに飛んでいるのがちらりと見えた。

「目標ドローン、進路をやや南南西に変え飛行中です。追跡を続けます」海月は落ち着いて無線機に報告している。だいたい、わけのわからないことを始めた直後が一番頼りになる奴なのである。

　車は左上方に見えるドローンになんとか離されずについていけた。第二京浜を南下して大田区に入る。他の車両がそれぞれ別のドローンを追い始めたという報告が入ってきている。南下中の機体を追っているのは俺たちのこの車だけのようだ。だが海月の推測が正しければ、途中参加の俺たちが大手柄だ。

「このままいくと多摩川を越えますね。まあ非常事態ですから」

「やはり、こちらが本命のようですね」

　多摩川を越えれば神奈川県であり、つまり神奈川県警の管轄になる。警視庁所属の地方公務員（キャリアの海月は国家公務員だが）である俺たちにとっては「よその庭」であり、本来なら神奈川県警に一言挨拶を入れてから捜査活動をするべき場所だ。だがドローンはそんな境界など無視してまっすぐに飛んでゆく。あるいは、それも犯人の計算のうちかもしれない。俺は無線機に言う。「現在第二京浜を南下中。多摩川を越えました。このまま追跡します」

　橋を渡って川崎市に入ると車の数は減り、高いビルもなくなったため、ドローンの姿が常時視認できるようになった。離されてはいない。このままついていけるはずだ。ドローンは急降下が苦手なため着陸には時間がかかるはずだが、犯人が紙袋を落とさせたり、ドローンごと墜落させることで素早く身代金を回収して逃走する可能性もあった。相手が水平飛行を続けているうちにもっと近づいておかなければならない。俺は車を左折させて第二京浜を降り、ドローンを正面に捉えることにした。距離が一気に詰まり、青空を背に、白い袋を提げてプロペラを回すシルエットが見えてくる。

「スピードが落ちていますね。そろそろ着陸するのかもしれません」海月が言う。「着陸地点に先回りしましょう。犯人はドローンをまた細い路地に降ろして身代金を回収した後、二輪車で逃走するつもりかもしれません」

「了解」

　高価な業務用ドローンを十機近くも囮に使うような犯人なら、そのくらいしてくることは考えられた。だが海月はちゃんとそこまで読んでいる。前方のドローンは明らかに速度を落とし、高度を下げていた。第一京浜を経由して市道に入る。道が狭くなってきた。そろそろだ。

「現在、川崎区京町付近。南下したドローン、高度を下げます。着陸地点に先行します」

海月が無線機と俺に同時に言う。俺は了解と答えてアクセルを踏み込んだ。ドローンが近付いてくる。これなら捕まえられる。

だが、ビルの陰から突如、別のドローンが現れた。いきなり俺たちの進路上に降下してきたそれは、まるで俺たちの車を見ているように前方十メートルほどの距離を保ち、こちらの車を同じ速度でぴたりとマークし始めた。

「あれは……」

呟きを口にするのと、目の前にぴたりとくっついているドローンの下部にボウガンがついていることに気付くのが、ほぼ同時だった。矢の先端がまっすぐにこちらを向いている。

「警部、伏せて！」

俺が海月に怒鳴ると同時に矢が放たれ、ばしゃりという音とともに、瞬間的にフロントガラスが真っ赤になった。視界が塞がれ、俺は反射的に急ブレーキを踏む。ブレーキ音とともに車体が激しく揺れ、ガードレールにこする。赤い塗料の隙間から街路樹がまっすぐ迫ってきているのがちらりと見えたが、停まりきれなかった。

叩きつけられる衝撃とともにエアバッグに顔面がぶつかる。フロントガラスが割れ、大きく揺れた街路樹の枝葉がばさばさと運転席に落ちてきた。

エンジンがむなしく空転し、車体が振動している。

「……畜生、やられた」

しぼみ始めたエアバッグを押しのけてシートベルトを外し、助手席を見る。「警部、お怪我は」

海月も俺と同じ恰好でエアバッグに顔面をぶつけた様子で、フレームの曲がった眼鏡をかけ直しているところだった。「……大丈夫です」

ドアを開けて車外に出る。まだ梅雨明けしていない空気が蒸し暑い。周囲にドローンの姿はなく、街路樹に正面衝突したらしい俺たちの車はボンネットが無残に潰れていた。真っ赤な塗料をぶちまけられたフロントガラスには派手にひびが入り、屋根にはぶつかった街路樹の小枝や葉が散乱し、ボンネットにはどこから落ちてきたのか、小枝とごみで作ったメジロの巣が載っている。巣から落ちた雛が二羽、ボンネットの上でピイピイと鳴いていた。

空を見上げると、ボウガンを撃ってきたドローンが、俺たちを嘲笑うかのように遠くの空に消えていくところだった。攻撃されたということは、追跡車両の存在もばれていたということになる。大失態だ。

「……やられましたね」

「……逃がしてしまいました」

海月と顔を見合わせてうなだれ、しかしそれでもドローンのいた方向に向かって小走りで駆け出す。無論、迎撃用ドローンの着陸地点はまだ何百メートルも先だし、犯人はとっくに逃走してしまっているだろう。

――えー写真で見ても分かります通り、犯人のドローンはボウガンのようなものを装備していて、これを撃ち込むと、矢の先端についていた袋が破裂してペンキが飛び散る、といったものだったようです。攻撃された警察の車はこうして街路樹に激突してしまったのですが……。

4

天井近くにあるテレビモニターには俺たちの乗っていた車両がでかでかと映し出されている。フロントガラスにペンキをかけられ街路樹に激突した無残な姿であり、俺はそちらに顔だけ向け、視線はずっと横にそらしていた。午前中の最も人が揃う時間帯であり、火災犯捜査二係が詰めている大部屋にも川萩係長以下、ほぼ全員が揃っている。係長は眉間に「握り潰したような皺」を寄せているだけで無言だが、さっきちらりと見た限りでは手の甲に青筋がくっきり浮かんで手にした湯飲みを握り潰さんばかりであったし、背後で見えないが、デスクワーク中の課員も全員、苦々しい気持ちでテレビに注目しているだろう。その証拠に背後からはキーボードを叩く音一つ聞こえてこない。正面のデスクに座る川萩係長にばれないように視線を動かし、同僚の麻生さんを見る。彼女もこちらに気付いたようで、俺に向かって口の動きで「ご愁傷様」と伝えてパソコンに向き直った。その二つ手前の双葉さんはにやにや顔で肩をすくめて見せ、これ見よがしに引出から耳栓を出して装着した。川萩係長のカミナリはヘマの程度により音量が変わるが、最大音量になると向こう三部屋両隣および上階下階に響きわたり、窓ガラスが揺れ、蠅が落ち、携帯は電波障害を起こす。

——えー幸いにして付近の歩行者にぶつかるなどの事故にはならず、また乗っていた警視庁の警察官二名も怪我はなかったそうですが、今後の

テレビの映像がぶつりと消えた。川萩係長がリモコンをことりとデスクに置く。「……まったく幸いだな。海月警部、設楽巡査。二人とも怪我はないな?」

「は」敬礼する。隣の海月は笑顔だ。状況が分かっているのだろうか。

「ムチ打ちなんかはどうだ。翌日になってから痛みが出ることもよくあるが」

「問題ありません」答えながら背筋を汗が伝う。川萩係長は本気で怒った場合、まず部下の体を気遣う発言から入る。

「人質は昨日のうちに発見された。犯人から連絡があった通り、立川市内の空き家に縛られた状態で転がっていた。健康状態に問題はないとのことだ」係長はエンジンを空ぶかしする

ような不気味に抑えた声で言う。「……貴様らがお釈迦にした車両は今朝、装備課に戻った。街路樹の方はなんとか倒れずに済んでいる。落ちたメジロの雛は区役所が保護。今のところ二羽とも健康状態は良好だそうだ」

海月がにっこりと笑った。「よかったです」

「何がよかっただ！」係長はデスクをどしんと叩いた。電話機が浮いて受話器が外れた。「そんな話をしとるんじゃない！　大損害だぞ！　どう責任とるつもりだ！」

怒号の衝撃波でのけぞりそうになり、鼓膜がぱちんと麻痺する。なぜか背後で仕事をしている麻生さんのパソコンがフリーズしたらしく「あれ凍った」という声が聞こえてきた。

「広報にはマスコミから問い合わせが殺到しているぞ！　身代金目的誘拐事件なのに報道協定が吹っ飛びかねん騒ぎだ！　どうしてくれる！」

「申し訳ありません」頭を下げつつ、おお空気が震える、とこっそり感嘆する。反省していないわけでは決してなく、別のことでも考えていないと衝撃でへたりこんでしまいそうなのである。

「さっき神奈川県警からも強い抗議が来たぞ！　うちの庭で断りもなく何をやってるんだとな！」

さっきのニュースでは、わざわざ「警視庁の」という言い方をしていた。刑事部長あたりが手を回して、神奈川県警にとばっちりがいかないように配慮したのだろう。だが警視庁としては大恥である。確かに、全部俺たちのせいだ。

「言っておくが風評以外にも被害が色々とあるんだからな。車両一台大破。ぶつかった川崎区のガードレール及び道路標識も再生不能。街路樹は樹医の診断が必要だ。加えて貴様らが恵比寿駅付近で逆走した際に店舗の立看板一個及び路上駐輪中の自転車一台が破損。驚いて飛びのいた主婦も『卵の入った買い物袋を落とした』と苦情を言っとる。総額ざっと九百八十万といったところらしいが設楽。貴様、先月の給料はいくらだ」

「あのう」海月が手を挙げた。「業務中に発生した損害ですので、対応は総務部が担当します。設楽さんのお給料に関しては心配がいらないかと」

「貴様ら給料全部返せ！」後ろから「あれっ、フリーズしやがった」という声が複数聞こえてきた。「どこに出してもヘマしやがるから使い走りに回したのに、なんで道端で事件拾ってまでヘマをする？　なぜこうまで見事に警視庁の評判を落とせる？　わざとやっとるのか？　貴様ら左翼《アカ》のスパイなのか！」

「滅相もありません」ついに敵扱いされた。

「しかもそれだけ派手にやらかして何だ。犯人《ホシ》もドローンも逃がしました、だと？　特殊班《よそ》はちゃんと遺留品《リュウ》取っとるぞ！　ドローンの一匹ぐらい撃ち落としてこんか！」

海月がうなだれる。「……拳銃を携帯していませんでした。次はなんとか」

「次などあるか！」係長は湯飲みを粉々に握り潰した。飛んだ破片がデスクに置いてあったピーポくん人形に当たり、ピーポくん人形は笑顔のまま仰向けに倒れた。あまり据わりがよくないのだろう。

　市街地の真ん中でそうそう発砲できるわけがなく係長の言うことは比喩なのだが、海月につっこむ雰囲気ではない。俺はなるべく小さく見えるように首をすぼめていたが、当の海月は全く気にしていない様子で発言を続ける。「いえ、状況からして『次』がある可能性が高いかと思います」

「何だと？」係長が手からお茶をぽたぽた垂らしながら海月を睨む。

「特捜本部の方に伺わないと細かいところは分かりませんが、犯人は長距離・高速飛行ができる商業用の大型ドローンを少なくとも十三機、保持していました。ドローンの飛行コースや中継地点を決めるにあたっても、東京の地理をかなり綿密に調べています。身代金が五千万円どまりだったのは、ドローンで運べる重量とこちらがすぐに用意できる金額を考慮した結果と思われますが、それならなおのこと、これだけの手間と金銭をかけて準備した犯人が、たったの五千万円で満足するとは思えません」

　真っ赤になって鼻腔を膨らませ獅子頭のようになっていた係長の顔からすっと赤味が抜け、普段の状態に戻る。実のところ、こちらの方が目つきは鋭い。

「……野郎、またやるってのか。味をしめて」

「男性かどうかはまだ分かりません」海月はしなくてもいい訂正をした。「ですが、おそらく……まだ続きます。今度は人的被害が出るかもしれません」

「……つまり、犯人が第二、第三の犯行に出る可能性が？」

思わず発言してしまってから、戸梶《とかじ》はしまったと思った。警視庁地域部長としてこの場でとるべき態度は越前刑事部長の意図をひたすら無視することであり、奴の発言に反応してしまってはならないのだ。だが所轄のいち巡査からのし上がってきた現場経験の長さゆえか、「事件」の話となるとつい身を乗り出して集中してしまう。

一人だけ立って喋っていた越前は、戸梶を見て頷く。

「その可能性が大きいと考えるべきです。現在、特捜本部《こちら》では業務用の大型ドローンを大量購入した人間の洗い出しを進めていますが、それらしい人間は浮かんでいない。それと、このファイルにもありますが……」

越前は全員に配られている黒いファイルを一瞥してひと呼吸置き、長机に両手をついた。

「解放された被害者の証言です。犯人は自ら『鷹の王』と名乗りました。そして被害者に対し、『東京はもうすぐ終わる』と宣言しました。監禁中、被害者との接触はごくわずか。被害者が聞いたのはその言葉だけです」

その情報は初耳だった。ただの誘拐犯ではないようだ。

戸梶は考える。確かに、そういう奴なら必ずまた現れるだろう。警察に挑戦しているようなそぶりもある。だが考え始めると同時につい「なるほど」と漏らしてしまい、その途端に警備部長の満田《まんだ》がわざとらしく漏らした咳払いが会議室に響いた。交通部長の猪狩《いのかり》も不機嫌そうに戸梶を見る。

戸梶は二人に対し、詫びるように視線を送った。越前の話など聞くつもりはないということを態度で示さなければならない。戸梶は机の上で黒い表紙を見せたままのファイルに視線を落とした。越前を見るわけにはいかないし、ファイルをめくって読みでもすれば、それだけでこの二人には睨まれるだろう。なにしろ越前はいわゆる「型にはまらない奴」であり、警視庁内では「改革」という面倒なものを持ち出してくる厄介者として、主流派からは随分嫌われている。与《くみ》するようなそぶりを見せるだけでも「考慮事項」になる人間だ。ノンキャリアである自分の立場を考えれば、それだけは絶対に避けたかった。警備部長も交通部長も戸梶より一つ階級が上で東大卒のキャリア、しかも警視庁内では主流派の中枢だ。睨まれれば瑞宝章が貰えなくなる。

そもそもこんな会合に顔を出さなければよかったのだ。戸梶は密かに後悔し、捉まらなかったので出席していないという生活安全部長を羨む。越前のアポもない呼び出しなど、本当なら何か適当な理由をつけて断っていたところだ。警視庁本部庁舎六階の会議室に突然呼び出された際、越前の名前を最初から出されたら「何の用件か」と訊き返せたのだが、呼びにきたのは管理官で「警備部長と交通部長がすでにお越しです」と言われたのでうっかり来てしまったのだ。会議室に入った時、先に座っていた満田と猪狩も憮然としていた。同様の手口で呼び出されたのだろう。

呼び出された会議室で「手短に」の言葉とともに越前からされたのは、先日、大捕物に発展してまだ未解決である「野方身代金目的誘拐事件」の報告と、警備部・交通部そして戸梶ら地域部に対する協力要請だった。

「犯人は多数のドローンを買い集めるにあたり、おそらく後に購入ルートが洗われることを予想し、数年前から時間をかけて少しずつ準備を進めていたものと思われます。国会《ながたちょう》の方ではドローン違法使用の厳罰化が議論されていますが、無論それでは間に合わないし意味がない。犯人がドローンを買い集めた時期には何の規制もありませんでしたから、遺留品のドローンから辿る線は難しいようです」

越前が喋っている。戸梶は動かない。

東京都採用つまりノンキャリアであるためキャリア組の勢力争いにおいてはほぼ無視されている戸梶だったが、幹部である以上、警察庁及び警視総監を中心とする主流派と、一部検察庁及び越前刑事部長を中心とする異端派の争いに関わらないわけにはいかなかった。越前は優秀で独創的な男だが、その勢力は「異端派」などと呼ばれている時点で明らかである。ノンキャリアの自分には派閥争いに影響を与える力などない。ならばせめて退官まで主流派に睨まれぬようにしていたかった。たとえ主流派の中核である警視総監坪井真澄《つぼいますみ》と警備部長の満田が料亭とゴルフにしか興味がないろくでなしでもだ。それなのに。

「ドローン相手となると広域になりますし、先日のように、部署管轄を問わず、最も近くで目撃した捜査員が対応するという形になります。先日も刑事部《うち》の特殊犯・強行犯捜査の他に交機つまり交通部、所轄のＰＣつまり地域部が共同で追跡する状況になったわけですが」

越前はしれっとした顔で猪狩交通部長に目礼し、続いて戸梶にもしてくる。戸梶は猪狩の真似をして視線を下げたままうっすらと応じた。「共同」などという単語を使わないでほしいと思う。こちらは巻き込まれた上、犯人を取り逃がし、とばっちりで黒星をつけられたのだ。猪狩も眉間に皺を寄せている。

「犯人が第二、第三の犯行にでた場合、このような状況が再び発生する可能性が大きい。そこで現時刻より本件を『一号案件』として共有し、各部内で都度上の許可を取る必要なく、速やかに相互協力ができる態勢を作りたい。本来なら正式な場を設けるか、事前にそのような態勢を組んでおくべきなのですがね。今からそれをやっていては間に合わない。なのでとりあえず、この場で仮に、その認識だけ共有しておこうというわけです。なにしろ次の事件が五分後に起こるかもしれませんからね」越前は眼鏡の奥で切れ長の目を細める。「仮に奴が都内で跳梁する事態になったら、セクションどころではなく警視庁丸全体が沈みます。また、警視庁においては実に数十年ぶりの大規模な身代金目的誘拐罪であり、警備部にしろ交通部にしろ所轄にしろ、大物中の大物を相手にするチャンスです。よろしいですね」

越前は脅しすかしを言うが、満田と猪狩は反応しない。当然だろう。もともとこの「鷹の王」とやらは刑事部の案件だ。取り逃がした不始末の責任は刑事部が負うべきものであり、警備部にしろ交通部にしろ、刑事部の汚名返上に協力してやる義理などない。刑事部の刑事二人が車両ごとやられたそうで、今のところマスコミ発表では「公務執行妨害事件」として扱われているが、人質が救出された以上、事件の詳細は早晩発表される。越前を手伝ってうまくいけば刑事部に大きな貸しが作れるが、そのためだけにこんな厄介そうな相手とやりあうつもりはなかった。ドローン犯罪に対処するノウハウはまだどこにも蓄積がないのだ。皆、関わらなくて済む「案件」に首を突っ込んで黒星を貰うほど愚かではない。

予想通り満田と猪狩は首を振り、それどころかファイルすら持たずにさっと席を立った。

「越前さん、話はもう終わりでいいかな。予定があるんでね」

「私も」

越前は二人に言う。「では、くれぐれもよろしく」

「よろしくじゃないよ」満田がすぐに返した。「君も言った通りだ。どうしてもと言うなら正式な場を設けて協力要請をしてくれ。こんな、騙し討ちみたいなやり方はよくない」

越前はそれ以上何も言わず、傍らに控える岸《きし》良《ら》参事官に目配せをしてドアを開けさせた。他人にドアを開けさせることに慣れている満田と猪狩は何も言わずにさっさと廊下へ出ていく。

越前は溜め息をついた。「満田さんもせっかちだね。この『鷹の王』とやらが同じ手口で、次は要人を誘拐するかもしれない。警備部にとっても無関係の案件じゃないのに」

正論だ。だが戸梶は立ち上がった。「私も失礼します」

ドアを閉じられてしまう前に部屋を出なければならなかった。越前とて戸梶より階級は上であるから、この部屋に一人残されて念を押されでもしたら弁慶の立ち往生だ。そもそも先の二人にすぐに続かず「越前としばらく話し込んでいた」というだけで立場的にはまずい。

越前はドアを閉めさせなかった。急いで廊下に退散した戸梶はしかし、警察官としての漠然とした不安も覚えていた。

事件に関し、越前の捜査態勢に不備はなかった。投入した人員と資材を考えれば充分に慎重だったともいえるし、結果的に地域部・交通部まで黒星をつけられる羽目になったとはいえ、無線によるあの指示だって、非常識ではあるもののそう悪い判断だったとは思えない。だが「鷹の王」はそれを易々と飛び越え、五千万の身代金をせしめた。

掃除が行き届いた本部庁舎の廊下を歩きながら戸梶は思う。奴は手強い。警視庁上層部がこんな状態で、こいつに勝てるのだろうか。

「よう。こないだは大活躍だったな。車だけで顔が映らなかったのが残念だったが」

定食の豚カツをつまんだところで声をかけられた。振り返ると殺人犯捜査六係の高宮さんがカレーの載ったトレイを持っている。豚カツを置いて隣の椅子を引くと、高宮さんは向かいの海月に挨拶して座り、さっさとスプーンを取った。

「特捜ですよね。六係も専従だと思ってましたが」高宮さんは特別捜査本部、つまり野方身代金目的誘拐事件の最前線にいる。

「もちろん。野方の方は大騒ぎだ。人質は怪我一つなく帰ってきたが、なんせ警視庁史上初めて、身代金目的誘拐が『成功』しちまうかもしれないケースだからな」高宮さんはそうやって食べる習慣らしく、カレーのルーをすくって丁寧にごはんにかけている。「寄ったのは照会のついでだ。あとは……まあ、そういう皆がカッカしてる時に一歩引いて、関係ないことをのんびり考える時間ってのが意外に大事らしいってことを、そこの海月警部から学んだんだ。もう何ヶ月も捜査本部《いそうろう》勤務ばかりで、久しぶりに本庁《じっか》のカレーも食いたかったしな」

「……わたしがですか？『のんびりするように』といったことをどなたかにお教えした記憶はないのですけれど……」海月は怪訝そうな顔でのんびり焼き魚をほぐしている。

高宮さんはハンカチで汗を拭き、コップの水をぐびりと飲んだ。「それと、もしかしたら海月警部の神通力に頼る展開になるかもしれないからな」

「ああ、それは」

要するに地取りも鑑取りも遺留品捜査も行き詰まっているのだろう。俺と高宮さんは頷いて海月を見るが、当の彼女は焼き魚をほぐしつつ首をかしげている。「わたしは、仏道修行をした経験はありませんけれど……」

「ですが、あんたが追いかけた『南行き』のドローンが正解でした」高宮さんはスプーンを取ったまま海月を見る。「池田山公園から飛び立ったドローンは全十二機。うちバッテリー切れや墜落で回収できたのが八機、あんたがたが追いかけた南側の一機を含む四機は行方不明ですが、犯人は明らかに高価な商業用ドローンを使い捨てるつもりで行動している。金も手間暇も相当かけています」

「身代金五千万っていうと借金で首が回らなくなった奴が言いそうな額ですが、こいつはそうでもないようですね」

「そうなんだ。しかも、こいつが被害者《ガイシャ》を誘拐した手口がわりと驚くようなものでな」

俺が周囲を気にして見回すと、高宮さんは「別にマル秘じゃない」と止め、スプーンを持ったまま続けた。「被害者が拉致されたのは八王子駅近くの立体駐車場だそうだ。夜、ひと気のない駐車場で車に乗ろうとしたら、三連発のボウガンを装備したドローンがいきなり現れた。そして被害者の車に矢を発射した。車体に刺さった矢には、被害者の小学校二年になる息子の、下校中の写真がつけられていた」

俺はその場面を想像する。突然目の前に現れて矢を撃ってくるドローン。普通はまず状況が呑み込めないだろう。

「で、被害者の目の前でぴたりとホバリングするドローンがいきなり喋りだしたらしい。

『車に乗って指示する場所に行け。でないと息子を殺す』――なにしろ現実にボウガンで狙われているわけだからな。従わざるを得なかったそうだ。驚くことに、ドローンの方は被害者に開けさせたリアハッチから車に乗り込んで、運転席の被害者に照準を合わせたまま着陸した。相当な操縦技術だ」

「被害者は車から逃げようとは思わなかったんですか？」

被害者が共犯の狂言誘拐というケースもなくはない。だが高宮さんは首を振った。「そのあたりもちゃんとできないように脅迫していたんだよ。『矢には致死性の毒が塗ってある。おかしな動きをしたら即、シートを貫通させて撃つ』だそうだ」

ブラフかもしれないが、ヤドクガエルの毒のようなものは素人でも入手可能だ。

「……で、被害者はやむなく指定された空き家へ向かった。指示通りにガレージに車を入れて十五分ほど待たされた後、またドローンに脅されながら中に入ると、いきなりスタンガンで通電されて、気がついたら縛られていたそうだ」高宮さんはようやくカレーを食べ始めた。「被害者自身も驚いてたよ。ドローンをまるで手足のように使っていた、と」

どこでもホバリングができ、狭い屋内でも飛ばせるドローンなら不可能ではない。そしてドローンを使えば、犯人は極力被害者と接触せず、しかも拉致現場に近づかずに犯行が可能になる。誰でも思いつくアイディアではあるが、本当にそういう手を使う奴がいるとは思わなかった。確かに厄介そうだ。

「……ガレージで十五分ほど待たされた、のですね」海月が箸を置き、味噌汁の湯気で曇った眼鏡を外した。「だとすると、単独犯の可能性が大きくなりますね」

「ん？」

「えっ」

俺は海月を見た。なぜそうなるのだ。高宮さんも驚いた顔をしている。「これだけ大規模な犯行となるとおそらく複数犯、というのが特捜本部の見立てですが……」

「最初、被害者を立体駐車場で脅したドローンは間違いなく手動操縦です。つまり被害者が車に乗せられた時、犯人は少なくとも一キロ……現場が屋内であったことを考えますと、数百メートル以内にいたことになります」海月は再び箸を取って言う。「ですが、犯人は空き家の中で被害者を気絶させてもいます。複数犯なら、一人が立体駐車場にいて、もう一人が空き家で待っていた、ということになるはずですが……」

ああそうか、と納得した。「それならせっかく連れてきた被害者を空き家のガレージで十五分も待たせたりせず、すぐに車から降ろして中に入らせますね。待たせれば待たせるほど被害者が抵抗するかもしれませんし、近所の方にも見られる危険が大きくなりますから」

「そうです」海月は頷く。「犯人が単独犯だとすれば辻褄が合いますよね。犯人は立体駐車場でドローンを操作して被害者を車に乗せた後、自分も車で空き家に向かい、被害者をガレージで待たせている間に裏口から入ってドローンを操作し、被害者を気絶させたんです」

海月は曇りのとれた眼鏡をかけ直す。定食の焼き魚は芸術的な美しさで頭と骨だけになっていた。

「……本庁のカレー、食いにきて正解だったな」高宮さんが言った。「確かにその方がイメージには合う。野郎、被害者に対して『鷹の王』とか名乗ったらしい」

「……そいつはまた」

どこの餓鬼だ、と思うが、技量や計画性は名に恥じない。ドローン使い「鷹の王」。

「それと、もう一つ気になることを言っていたらしい。『東京はもうすぐ終わる』──とな」

思わず海月と顔を見合わせる。

──「東京はもうすぐ終わる」。

つまり、「鷹の王」はまだやるつもりなのだ。たった一人で、もっとでかい何かを。

「いずれまた知恵を借りにいくかもしれない。その時はお願いしますよ、海月警部」

高宮さんはさっさとカレーを食べ終え、席を立った。海月は昼休みの間中考え込んでいる様子で、時折一人でぶつぶつと何かを呟いていた。

5

椛島誠司《かばしませいじ》は受付の女性に入館証を返すと頭を下げて玄関ドアを開け、外に出たところでもう一度頭を下げた。この最後のお辞儀は要らないのではないかといつも思うが、皆がやっていることにはとりあえず合わせておく、というのが日本のビジネスマナーである。車寄せの屋根の下から出た途端に斜め前から焼けつくような日差しが照射され、全身がむわりと発汗を始める。来る時は曇っていたが、晴れて急に気温が上がったらしい。七月下旬、まだ梅雨明けはしていないはずだが、この日差しはもはや夏だ。アブラゼミの鳴き方とは違うがじいいいいー……とモーター音のように聞こえるこれは蟬の声だろうし、青空の彼方でむくむくと盛り上がっているあれは明らかに入道雲だ。そういえばテレビのCMも水着だのプールだの夏公開の映画だのになっている。

環七沿いのこのあたりは街路樹の枝葉が貧弱でろくに日陰がない。亀有駅までは一キロもないはずだが、顔面を焼き肩を炙る日差しに、タクシーを呼んでしまおうかという誘惑が椛島の頭をよぎる。営業部の先輩には「歩け。自分の脚を使ってその町の空気を吸うのも営業の役に立つ」と言う人と「タクシーを使え。一分でも無駄にするな」と言う人が両方いて人格的にはどちらも信用できない。椛島は迷いながら歩き出し、駅に向かうタクシーは方向的に道の向こう側で捉まえなければならないということに気付いて消極的に徒歩の決断をした。迷っている間に百メートルは進んだ。これでいいのだろう。

道路脇の木々のどこからか響いてくる蟬時雨に混ざって、明らかに蟬の声ではない何かの音が聞こえていることに椛島が気付いたのは、その直後だった。

頭上から音が聞こえる。最初は蜂の羽音かと思ったが、それにしては一定すぎる。これは機械のたてる音だと思って見上げると、六つのプロペラを回転させたアメンボのような飛行体が、椛島の前に降りてくるところだった。

ドローンだ。なぜこんな場所で。何の撮影だろうか。しかも業務用の大型だ。

それ自体は珍しくもないものだった。テレビの映像などでは日常的に使われているのが分かるし、動画サイトでもドローンによる空撮映像が溢れている。街の玩具屋で小型のものが売られているのを見たこともある。だがこうして、実際に飛んでいるところを間近で見るのはそういえば初めてだった。蜂の群れが唸るような飛行音はこの距離で聞いていると思ったよりうるさいが、この距離まで気付かなかったのだから飛行体にしては静かだ。いや、それより。

黒いドローンは椛島の眼前にすっと降りてきて静止した。

「おい、ちょっと」

顔を隠すべきかを迷った。明らかに自分を狙っている。いたずらだろうか。「何だよ。なんで撮るんだよ」

だが椛島は、自分の顔と同じ高さにまで降りてきて静止しているドローンが下部に装着しているものを見て目を見開いた。ボウガンだ。それも矢が装塡されている。

「おい、危な――」

頭を庇おうとした瞬間に矢が発射され、椛島の右胸を貫通した。衝撃で後方によろめいた椛島は突然の焼けるような感触に驚いて自分の胸を見る。黒い金属の矢がワイシャツの胸に深々と突き刺さっていた。

「なんで……」

言えたのはそこまでだった。激痛が駆け抜け、仰向けに倒れた椛島の視界をドローンが上昇してゆく。近くで悲鳴が聞こえた。胸の肉をねじり取られるような感触に呻き声が出る。右胸を押さえている手が真っ赤に染まっているのが見えた。

一体何が、と考える間もなく、椛島は気を失っていた。

――至急、至急。亀有1より警視庁。環七通り亀有五丁目交差点付近で傷害事件発生。通行中の男性一名が重傷。突然現れたドローンにボウガンで撃たれた模様。ドローンは逃走。犯行直後にほぼ真南の方向に逃走。操縦している犯人は見つかっていません。

東京都全域に一斉送信されたその報に、警視庁警察官たちはざわめいた。「ドローン」という単語が入った至急報。その意味は全員が知っている。

特捜本部の指揮で野方署の大会議室にいた進藤捜査一課長は、「ドローン」という単語を聞いた瞬間に話をしていた署長を制し、パソコンを開いて都内の地図を出していた。亀有付近を拡大し、もう一方の手では無線機を摑んでいるが、その時にはすでに警視庁本部からの通信が発せられている。

――警視庁より亀有管内各局及び各移動。現時刻一五〇八時をもって環七通り亀有五丁目交差点付近を中心に五キロ圏内に緊急配備発令。ドローンを操縦している者、または付近から逃走しようとしている車両に警戒。尚、犯人ドローンはボウガン装備の模様。各員防弾ベスト着用を厳に。また亀有にあっては環七通り及び管内すべての橋において検問《マルケン》を実施。停止車両内の確認にあたってはドローンの機体、及びコントローラーに注意せよ。

三分で検問が張られる。犯人がドローンを回収して逃げるまでの間に網を張るべく、現場が全力で動いている。だがその直後、先のものより切迫した別の至急報が入った。

――至急、至急。駒込3より警視庁。白山通り千石一丁目交差点付近で放火とみられる建物火災発生。突然現れたドローンが火のついた矢を発射したとの通報。ドローンは黒の大型。タイプは不明。南東、本駒込駅方向に逃走。操縦している犯人は見つかっていません。119通報済み現急中。

大会議室の捜査員たちは大方が出払っていたが、進藤以下警視庁の指揮官や野方署長以下所轄の管理職は残っている。その十名ほどが部屋ごと揺すられたように一斉にざわつく。火矢を装備したドローンでの放火。通行人への傷害だけではない。それに一ヶ所ではないのか。

――至急、至急、至急。調布管内和泉多摩川PBより警視庁。世田谷通り狛江高校前交差点付近にて傷害事件発生。突然現れたドローンにボウガンで撃たれ、通行中の女性一名が重体。119搬送済み。ドローンは黒の大型。犯行直後上昇してほぼ真東、用賀方向に逃走。

――至急、至急。代々木2より警視庁。井ノ頭通り大山交差点付近でドローンによる建物放火事件発生。火のついた矢でビルの窓を狙撃、火の手があがった模様。119通報済み。ビル内の避難は未確認。犯人の姿はなし。ドローンは東南東、六本木方向に逃走。

駒込、調布、代々木。東京の各所から次々に至急報が入ってくる。同時多発。あまりのことに、大会議室にいた者たちは数秒、呆然と立ち尽くしていた。様々な声で続けられるこの至急報の洪水はいつまで続くのか。

大田区東蒲田。橋を渡って呑川のむこうに行こうとしていた女性が、足元の方から不審な飛翔音が聞こえていることに気付いた。橋脚にスズメバチの巣でもあるのだろうかと思ってそちらを見ると、欄干のむこうにプロペラを回した黒いドローンが浮遊していた。ちょうど顔と同じくらいの高さだった。

ドローンは糸ででも吊られたようにぴたりと空中に静止していた。女性は「蜘蛛のようだ」と感じた。周囲に通行人はおらず、自分が見られている、と感じて顔を伏せようとした。

その直後、ドローンの下部から放たれた矢が女性の腹部を貫通した。

葛飾区高砂。自転車で路地を走っていた男性は、墓地の木の陰からビルの陰へ、黒い何かが横切ったのを見た。カラスのようにも見えたが動きが不自然に直線的で鳥ではない。何だろうかと気になり、自転車を漕いでビルの方に近寄った。

ビルの向こう側、四階あたりの窓の前で張りつくように静止している黒い飛行体が何なのか、男性にはすぐに分からなかった。UFOというやつか、と思いかけ、今話題のドローンだとようやく分かった。

光る何かがドローンから撃ち出され、窓ガラスが割れる音がした。何をしている、と思ってじっと見ていると、ぼん、という音がしてビルの窓から火の手があがった。

江東区木場。信号待ちで停まっていた運転中の男性は、T字路になっている交差点の正面上方、マンションの陰から黒い何かがいきなり現れたのを見て身を乗り出した。黒い物体は空中に道があるかのように滑らかに移動し、右側のビルの最上階付近でぴたりと停まると、光る何かを窓から撃ち込んだ。

男性は後続車にクラクションを鳴らされながら、ビルから火の手があがるさまを呆然と見ていた。

――警視庁から葛西PS管内。傷害事件入電。葛西橋通り浦安橋付近にて、女性がドローンから発射されたボウガンの矢に打たれたとの入電あり現着。女性一名が重傷。ドローンは南南西、葛西臨海公園方向に逃走。操縦者の姿なし。各移動、現急願います。

「……葛西。浦安橋」

新たにもたらされた通報地点を画面に表示された地図で探し、マウスを動かしてポイントする。同時多発的にこれで八件目だ。ボウガンで通行人を射撃する傷害が計四件、ビルの窓に火矢を撃ち込む放火が計四件。数十秒から数分しか間を置かずに、東京都全域だ。

大会議室内が騒然とするなか、進藤はパソコンの画面をじっと見ていた。通報の初期対応や緊急配備は所轄と通信指令センターがやってくれる。周囲の騒ぎに呑まれて流されてはならない。自分が今、考えるべきは。

地図の縮尺を変え、これまでの事件発生場所がまとめて映る広域表示にする。発生の前後は不明であるしこの際考慮しない。亀有に高砂。ドローンは南へ逃走。調布の和泉多摩川から真東へ逃走。そして今、葛西から南南西。ということは。

進藤はマウスを走らせ、各発生場所から逃走方向に向かって線を延ばした。やはり思った通りだ。すべての線が、一点に向かって集まっている。代々木から東南東。駒込から南東。八本の線が集束するのは――。

「……江東区、若洲海浜公園！」

進藤は判断と同時に無線機をとっていた。

「至急、至急！　警視庁より城東、深川、東京湾岸、月島、葛西管内各局及び各移動。現在都内八ヶ所で発生中の傷害・放火事件に関連するドローンは江東区・若洲海浜公園に向かっているとみられる。同公園を中心として十キロ圏内に緊急配備発令。範囲内のすべての橋、及び幹線道路にマル検実施せよ。犯人はボウガン装備のドローンにより武装している可能性がある。防弾ベスト着用のこと」喋りながら考え、言葉を足す。「車両はすべて車内を確認。ゴルフバッグ等で偽装している可能性がある。注意されたし」

進藤は無線機を握りしめる。「鷹の王」とやら。ついにやりやがった、東京中で一斉だ。犯人は何人組だろうか。身代金で資金も得たとなると、大規模なテロ組織の活動も疑われる。

桜田門の公安委員会に行っていた越前刑事部長は、亀有での事件発生の一報を受け、野方の特捜本部に移動する車内で進藤捜査一課長の通信を聞いた。当然、現場から雪崩れ込んでくるそれまでの通信も聞いている。

「代々木の現場付近を通りますが」運転席の係員が言う。

「いや、いいよ。まっすぐ野方に向かって」

越前は手を振って応えると、眼鏡を直して窓から外を見た。首都高の高架道路が、密集して圧し潰されそうな高層ビルの谷間を蛇のようにくねりながら走っている。前後左右、そして上下までもコンクリートの塊に囲まれた奇妙な空中通路だ。そのことに、なぜだか不安を覚えた。たとえばここに敵のドローンが降りてきても、逃げ場は全くない。

隣の岸良参事官が携帯を出している。「海保への連絡は」

「頼む。ドローンだけじゃない。犯人が小型船で脱出する可能性もあるからね」

そう応えはしたが、越前はさして期待はしていなかった。おそらく犯人はもう若洲海浜公園にはいない。仮に犯人がそこで待っているとするなら、たとえば蒲田の機体などはまず海上に出てから方向転換すればいい。にもかかわらず八機のドローンは、まるでそこを指し示すように露骨な軌道で飛んでいる。陽動か。それならば犯人は浦安か川崎あたりだろうか。あるいはただ単に警察を嘲笑いたいだけか。

越前が予測した通り、葛西・木場から東京都湾岸地区一帯まで緊急配備検問が敷かれたにもかかわらず、不審車両の報告は一件もなかった。八機のドローンは進藤捜査一課長の予想通りに若洲海浜公園上空で高度を下げたが、追跡していた城東署員及び交通機動隊員を嘲笑うかのように海に向かって直進。そのまま海上を木更津方向に消えた。

要請を受け緊急出動した海上保安庁の巡視艇二隻も何も発見できず、また千葉県警からもドローン発見の報告はなかった。すでに水没したか、コースを変えたか。捜索は難航しそうだった。


月島署地域課勤務の伊藤宏倫《いとうひろみち》巡査は本庁捜査一課長より発せられた緊急配備指令を受け、地域課長の指示の下、他五名の課員とともに春海橋東岸で検問業務にあたっていた。合計八車線の晴海通りは西岸だと左右の地上道路と直進する高架道路に分かれてしまうが、東岸だとここ一ヶ所で済む。だが決して交通量の少なくないこの通りを六名で封鎖するのは大変だった。頭上からの日差しと路面からの照り返しが、鎧のように重い防弾ベストをじりじりと熱し、シャツの中はすでに汗でびしょびしょである。しかし非常事態だった。東京中でドローンを飛ばし、通行人を撃ちビルに火をつけた犯人グループの中心人物が、まさにここを通るかもしれないのだ。暑いなどと言っている場合ではなく、伊藤は道路を走って渡り、また駆け戻り、笛で車を制止し、窓を開けた停止車両に駆け寄って「すいません検問です。ご協力お願いします」と声をかける。

伊藤の担当する車線に来た十数台目の車は柿色のeKワゴンだった。ナンバーは練馬。乗っていたのは男性一名。いきなりの検問に怪訝そうではあったが、きちんと応じてはくれた。「どちらにお出かけで」車内をチェックしながら声をかける。不審な荷物はないし、車体に不自然なアンテナがついたりもしていない。

「葛西臨海公園で」

男性はにこやかに答えた。その答えの続きを説明するように、助手席に乗っていた脚の短い犬がくりくりとした目で伊藤を見て、小さな声でバフ、と鳴く。耳と顎肉が大きく垂れ、どことなく仙人を思わせる風貌だ。

「可愛いですね」伊藤も犬は好きだ。実家にはもう十七歳になる柴犬がいる。

「バセットハウンドです」男性はどこか自慢げに微笑む。「手間がかかるんですよ。運動もさせなきゃいけないし」

犬を撫でたい気持ちが湧き起こったが、後続車が来ている。伊藤は笑顔で「ご協力ありがとうございました」と言い、ｅＫワゴンから離れた。男性もウインドウを閉めながら「ご苦労様でした」と会釈を返してくれた。

検問や職務質問に対して市民がとる態度は、大半が二つに分けられる。この男性のように好意的に「ご苦労様です」と言ってくれるか、何の権利があって納税者である自分に命令するのか、と敵意を剝き出すか。伊藤たち現場が注意すべきはそのどちらでもない者、つまり目をそらしたり早く行きたがったりして落ち着きのない者だったが、そういった人間にはまだ当たっていない。

後続の軽トラックがクラクションを鳴らしている。あいつは敵意の方だなと思いながら、伊藤はその運転席に小走りで駆け寄る。

6

二十メートルほどの高度から家々の屋根を飛び越していく。広い道の真上に出ると、カメラは一度ぴたりと停止し、直線的な動きで降下し始めた。人工的で滑らかなドローン空撮の映像はテレビなどで見慣れているが、まるで本物の街ではなくCGの世界で起こったことのように見える。だが突然降りてきたドローンに戸惑う通行人の姿が画面に映ると、映像は急に手持ちカメラのような生々しさを帯びた。立ち止まって戸惑い、なぜか買い物袋を守るように持つ初老の女性をぴたりと正面から撮り、軽い揺れとともに黒い矢を発射する。ゲームのように固定された視点の非現実感と、腹部を貫通した矢をどうすることもできないまま血を流して地面に膝をつく女性の現実感が全く嚙み合っておらず、それがこちらの脳に得体の知れない不安を喚起させる。

犯人はゲーム感覚なのだろうか。だが被害者のこの反応を目の当たりにしてなおゲーム感覚でいられるとしたら、そいつは完全にサイコパスだ。

大型スクリーンに映し出されていた映像がそこで一時停止になる。撃たれた女性は俯いている。重傷ではあるが命に別状はないらしい。

「……ここまで、五十秒ほどの映像でした。アップされたのは本日十五時九分。つまり犯行の直後です。犯人によるものとみて間違いがありませんが、アカウント情報から辿っても、例によって遠隔操作されたネットカフェの端末が出るだけでした。こちらは現在サイバー犯罪対策課が当たっていますが」

司会進行役をする野方署刑事課の坂下捜査一係長は、何かを恐れるような表情で捜査員たちを見渡し、スクリーンに出現したカーソルが映像を切り替える。この動画がアップされたサイトの画像である。

「御覧の通り、アップした人間のＩＤは『鷹の王』。誘拐事件時に被害者が聞いた名称で、当然マル秘でしたので本人で間違いないと思われます。アップ時のメッセージはこれだけです」

画面が拡大され、動画サイトのデフォルトアイコンの横に「鷹の王」というＩＤと、一行だけのメッセージが表示されている。

自覚せよ

坂下係長は神経質そうな表情のまま画面とこちらを見比べ、マイクを持ち直して言う。
「この投稿は三十分ほど前、サイト管理者によって削除されましたが、いわゆる魚拓が多数出回っておりまして、これらはすでに午後のニュースで流れてしまっています」
ここに来るまでの間と会議が始まるまでの間、携帯でニュースと動画は確認している。「鷹の王」に対するネット上での反応は様々だった。

≫怖すぎる　いきなり空中からとか避けようがない

≫ゲーム感覚。悪影響はありませんとか言った奴出てこいよ

≫「鷹の王」とか中学生の犯行か

≫これ一回だけとは思えないね。ドローン全部逃げたんでしょ？　次はどこだろう？

度を過ぎた悪ふざけと見る者から無差別テロと見る者まで。さっそく「ゲームと携帯でリアルを見失った若者が」といった言説を大喜びで振り回す者も多数出ているようだが、これ

は正しくない。犯行は都内の離れた場所八ヶ所で同時多発的に起きた以上、犯人は大規模なグループだというのが本部の見立てであるし、広報が無理矢理非公開のまま抑えているためそろそろ「隠蔽」と叩かれ始めそうな塩梅《あんばい》らしいが、「鷹の王」はすでに警察を撒いて五千万円の身代金をせしめている。悪戯やゲーム感覚でできることではない。壇上の進藤捜査一課長も、特捜本部の見立てとして「若者中心の過激派的なグループ」を例示した。

鷹の王
鷹の王　事件
鷹の王　意味
鷹の王　自覚せよ
鷹の王　自覚せよ　意味

現在、ネット上では「鷹の王」の名は検索ワードの一位になり、「自覚せよ」の意味についても、勘違いした犯人の恰好つけや話題作りに過ぎないと切り捨てる者から、より大きなテロの宣言であるとする者まで、様々な憶測が飛び交っている。警察としては当然、後者である可能性を考慮して動いている。だから大会議室のこの状況なのだ。

事件発生から二時間で、特捜本部には総勢二百名超の捜査官が集結していた。同じ長机、同じパイプ椅子にずらりと並ぶ、一人一人は個性的だが全員が共通の凄みを纏わせているスーツ姿の男たち。もともと身代金目的誘拐事件である段階で、野方署及び近隣の所轄の他に本庁捜査一課の特殊犯捜査と応援の強行犯捜査が加わる大所帯だった。だが事件が「野方身代金目的誘拐事件」から「東京都ドローン連続放火・傷害事件」になったため、殺人犯捜査全班に加えて俺たち火災犯捜査二係と一係も参加することになった。俺と海月は大恥をかかせた張本人であるため所轄に交じって最後尾の隅で大人しくしていたのだが、そうするとかえって会議室全体がよく見えた。所轄の若手の中には緊張した面持ちでせわしなくメモを取っている者もいるが、大半はじっと係長の話に耳を傾け、自分がするべき仕事と留意すべき点を無言で検討している。その中には公安の三浦警部補の姿もあった。会議室内が二百名の体温で温まっているせいか、端の席についた三浦はどうも手製らしいステッチの入ったハンカチで（手芸が趣味なのだ）首筋を拭ったりしつつ係長の話を聞いている。公安らしく何を考えているか分からない人だが、ここに来ているということは、筧《かけい》公安部長がかなり組織的な犯行グループの関与を疑い、刑事部に面の割れている三浦警部補を情報収集に寄越したということだろう。自分たちの摑んでいる情報《ネタ》は漏らさずこちらの情報だけを吸い取っていく連中だが、顔見知りでもある。出る時に捉まえて話を聞いてみようと思った。

「えー今回、傷害四件に現住・非現住放火合わせて四件。計八件で重軽傷者十七名。放火されたビルはいずれも半焼程度だそうですが、熱と爆発の影響か壁など各所に亀裂が入っていて事実上、全壊だそうです。速報なんで被害はもっと増えるかもしれませんが……」坂下係長が素早くパソコンを操作して画面を切り替える。東京都の地図が表示された。「遺留品は発射された矢のみ。犯行の態様から、攻撃されたビルや被害者の間につながりがある可能性は低く、犯人は無関係の人間を無差別に攻撃したものと思われます。したがってドローンの操縦電波が届く範囲をやや広めに計算して亀有、高砂、駒込、代々木、木場、葛西、調布、蒲田の各現場から周囲一キロ圏内の地取りが重要になります。また犯行現場付近だけでなく、ドローンが現場に出現するまでの軌道も明らかにする必要があります」

坂下係長の隣に座っていた眼鏡の管理官がマイクを取る。「ただ、目撃者の協力は得にくいものと想定してかかってください。初動の聞き込みで機捜から上がった感想ですが、『どうも皆、関わりあいになるのを避けたがっている様子で、証言が集まりにくい』とのことです」

管理官の隣で腕を組んでいる川萩係長が顔をしかめる。「腰抜けが」と文句の一つも言いたいところなのだろう。

警察官ならば皆、承知していることではある。一度の聞き込みで相手の持っている情報をすべて聞き出せはしない。情報を持っていながら話してくれない人間も多い。話せば事件と「関わりあいになる」羽目になり、警察署への出頭だの裁判での証言だのといった面倒を抱え込むことになるかもしれない。もし証言でもしたら犯人に逆恨みされるのではないか。それならどうせ他人事なのだし、わざわざ自分から面倒の可能性を大きくする必要はない。協力したところで自分は何か得られるわけでもないのだから――そう考えるからだ。捜査協力を拒んで犯人逮捕が困難になれば社会に、それも当人の近くに犯罪者が野放しにされることになる。その危険を回避できるだけでも決して「何か得られるわけでもない」というわけではないのだが、義務でないこと、自分の利益が一見して分からないようなことは一切やりたくない、という人間も多い。だから刑事は同じ場所に何度も聞き込みにいくのだ。

だが今回の場合、目撃者たちにはそれとは別の不安があるに違いなかった。突然目の前に降りてきて、ボウガンで撃ってくるドローン。東京都全域、どこに出現してもおかしくはなく、避ける手立てはない。明日、いつもの道を歩いていたら、いきなりどこかからモーター音が聞こえ、自分の目の前にドローンが降りてくるかもしれないのだ。それなら、できるだけ目立つことはしたくない。合理的であるかどうかはさておき、そう考えるのは人間のある種の本能かもしれなかった。係長の説明を聞きながら考える。「鷹の王」の犯行現場が東京都全域にばらついているのは、奴が都民に対し「誰でも狙われる可能性がある」という印象を与えようとしたためかもしれない。「自覚せよ」というのは、どこにいようが誰であろうが、明日いきなり目の前にドローンが降りてきて撃たれるかもしれないということを「自覚せよ」という意味なのかもしれない。

だが何かしっくりこなかった。「鷹の王」が過激派的なグループだとして、彼らの目的はただ都民を脅すことだけなのだろうか。身代金目的誘拐で得られたのはたったの五千万。グループが八人だとして、山分けしてしまえば到底割に合わない。俺は嫌な予感を覚えていた。これまでの犯行は、次に来る本命のための演出、観客に不安感を与えるためだけの、ホラー映画のBGMのようなものに過ぎないのではないか。なぜなら、「鷹の王」は言っている。「東京はもうすぐ終わる」と。

「……というわけで、なにしろ現場が八ヶ所にわたっていますので手が足りない部分もありますが、夕方の報道次第ではよりパニックが広がる可能性もあります。警察活動がひと目につくのは、都民の不安を和らげる上でも重要です。大変ですが頑張りましょう」

坂下係長がそう言い、俺は正面の壇上に意識を戻した。係長が壇上の中央に座る越前刑事部長を見る。刑事部長は無言だった。こういう場合、形式上はトップに立っている刑事部長が最後に何か訓示や叱咤激励を述べるパターンも多いが、越前刑事部長はあまりそれをしない。

係長もそれを知っている様子でこちらを見回す。「では何か質問がある方は」

一拍置いて、すっ、とまっすぐに手が挙げられた。周囲の捜査員たちは体ごとそちらに向き、離れた席の者も振り返る。捜査にあたって必要な情報はすべて壇上から話があるし、書面にできるものは各員にファイルが配られてもいる。質問が一つも出ないことも多い。困ったことに、大人数の会議ほど挙手をする者が少ない、という日本特有の奇妙な法則は捜査会議にも当てはまるのだ。

「火災犯捜査二係の麻生です」

手を挙げたのは二係《ウチ》の麻生さんだった。百戦錬磨の中年・初老男たちがひしめき、むさくるしい空気が澱む捜査員席のほぼ中央、すっと立ち上がる彼女は周囲に冷気のきらめきを放つようでもある。

「亀有及び高砂の現場ですが、他と違いこの二ヶ所だけが直線距離で一・五キロ程度と接近しています。そのため両者の中間地点からであれば、双方に操縦電波が届くことも充分考えられます。亀有駅の北側及び南側は高層ビルが存在するため、犯人グループがここを避けたとすれば、環七通りより東側、例えば中川橋付近または中川沿岸のどこかでドローンを操縦していた可能性があります」麻生さんは特に気負う様子も気後れする様子もなく淡々と言う。「中川橋東岸、国道六号線からJR常磐線まで。新宿二丁目及び五丁目の区域を重点的に捜査することを提案します」

周囲の者が地図と彼女を見比べる。捜査会議のこの段階で「質問」が出ることは珍しくないが、「提案」は珍しい。無論、司会進行をする管理職はそれも募るという体裁ではあるのだが、捜査方針については原則的に、壇上に座る管理職が決定したものを伝達・指示するというのが実際なのだ。だが麻生さんはわりとそれをやるし受け入れられてもいる。

進藤課長は管理官や係長らと頷きあい、マイクを取った。「了解した。では高砂班の一部を使って、その区域から優先的に聞き込みをする」

　無言で頭を下げて着席する彼女の席にはタブレットが置かれている。会議が始まる前の段階で現場の地図を参照し、周囲のビルの高さなども確認していたのだろう。何人かの捜査員が感心したように頷く。隣席の者をつついて何か囁いている者もいる。優秀だからな、と思う。男所帯で男子校のようなノリの警察内部には、若い女性というだけで低く見るような奴も多いが、その中にあって火災犯捜査唯一の（いや、海月もいるのだが）女性刑事である彼女は、目立つ存在であると同時に実力を認められてもいる。

　だが、それを見てか、なぜか隣の海月が手を挙げた。「あのう、わたしからも二つほど、よろしいでしょうか」

　前方の捜査員たちは、およそ場にそぐわぬ可愛らしい声がどこから発せられたのか分からない様子できょろきょろしている。一番早く反応したのは川萩係長だった。慌てたようにマイクを取って言う。「海月警部。あんたは後にしてください」

「二つだけですので」海月は勝手に立ち上がった。

「あの、警部」

　俺は焦った。麻生さんが発言したからといって、なぜ海月まで立つのだ。俺たちは誘拐事件の追跡時に大恥をかき、川萩係長からは会議が始まる直前に「見つからないように隅に座れ」「顔を隠せ」「袋でも被ってろ」と無体なことを言い渡されていたというのに。

「一つ目ですが、八ヶ所の現場の他に、捜査対象に秋葉原周辺を加えてはいかがでしょうか」

座る捜査員の何名かと坂下係長が、スクリーンに映し出された地図を振り返る。秋葉原はどの現場からも五キロ以上離れている。

「あの、警部……？」

俺は海月をつつくが、海月は俺をなだめるように手で制して喋り続けようとする。川萩係長がマイクで言う。「海月警部。あんたここまでの話聞いてましたか」

「二つ目なのですが」海月は係長もなかば無視して言う。「若洲海浜公園周辺の検問ですが、たとえば大きな犬を連れた方などはいなかったでしょうか」

……犬。

ここまでの話からすると全く脈絡のないその単語に、会議室内の空気がすっぽ抜けたように停止する。なぜ犬が出てくる。

俺はわけがわからずに動きを止めた。周囲の席の捜査員たちもぽかんとしているし、川萩係長はじとりと俺を睨む。坂下係長は「犬……パーソンラッセルテリアとかジャックラッセルテリアとかの犬ですか？」と首をかしげている。テリアを飼っているのだろうかと思うが坂下係長のライフスタイルについては今はどうでもいい。越前刑事部長だけはなぜか考え込む表情で眼鏡の蔓を撫でていたが。

「あの、警部」皆がどうしてよいか分からない様子で沈黙してしまい、責任を感じた俺は急いで海月をつついた。「警部。わけがわかりません」

「えっ」

海月は俺を振り返り、それからようやく皆が沈黙している理由を察した様子で眼鏡を直した。「あっ、すみません。ええと、つまり……たとえますと」

「わっ、ちょっと」俺は急いで海月をつついた。「たとえ話はいいです」

「たとえますと、アステカ神話にショロトルという神様がいますよね。あれは」

「警部警部警部待った」俺は焦った。海月は物事を説明するのが極めて下手、という警察官に不向きな性質を備えている上、分かりやすく説明しようとしてたとえ話を始めると、その説明はもはや『ドニー・ダーコ』*や『2001年宇宙の旅』**に近い難解さになる。「たとえ話をやめてください。分かりやすく分かりやすく分かりやすく」

「分かりやすく、ですか」

「いえ、その、つまり。しまった」海月としては分かりやすくするためにたとえ話をしているのだ。

「あのう、ペンハリガンのシプレには姉妹品と言いますか、似た」

「警部警部。すみませんすみません。たとえ話をしないでください」

俺は手を広げて海月を止める。周囲の捜査員たちもきょとんとしている。麻生さんと三浦警部補は二人だけ「あれが何の関係があるのか」という顔をしているからペリカン的な何かの正体は彼らにあとで訊くとして、今は川萩係長の額に浮かんだ「ここからでも見える青筋」をなんとかしなければならない。

「わけわからんことを言うな」係長がマイクを摑んだ。遅かった。「犬が何の関係があるんですか。大事件なんだ。気の抜ける話はやめてください」

「あの、ですから、では大型犬でなくてもいいのです」

「小型犬も関係ない！」係長はプロレスのマイクパフォーマンス風に立ち上がってこちらを指さした。「会議中にわけのわからん話を挟むな！　設楽、そいつを大人しくさせろ。ええい声を出されると面倒だ猿轡《さるぐつわ》を嚙ませろ」

どう見ても犯罪者の台詞を怒鳴る係長がこちらに走ってこないうちにと、俺は海月を引っぱって無理矢理座らせた。何か考えがあるのは分かるが、非常事態なのだ。捜査方針を共有し警視庁一丸となって臨むべき時に海月のアイディアなど考慮の余地はないだろうし、そも

＊　リチャード・ケリー監督・脚本（２００１年）。精神が不安定な少年ドニーが銀色のウサギから「世界の終わりまであと28日と6時間と42分12秒しかない」と告げられ、飛行機のエンジンがスポーンと落ちてくる映画。難解。

＊＊　アーサー・C・クラーク原作／スタンリー・キューブリック監督（１９６８年）。サルが骨を投げると宇宙船になったり、色とりどりの壁の間を進んだりする映画。難解。

そも先日の事件で大失態をやらかし、本来なら謹慎になってもおかしくない俺たちが何か言ったところで、場を乱すだけでしかない。俺は海月の肩を叩いてなだめる。「警部警部。お話はあとで伺います。とりあえず落ち着いてください」

「わたしは落ち着いています」

「すみません」それもそうだなと思う。「とにかく、今はちょっと待ちましょう」

川萩係長は額に大蚯蚓《おおみみず》のような青筋を浮かべ、周囲の署長や管理官らに頭を下げて着席した。鼻息がマイクに拾われぶぉほう、という音響になる。

「えー……何やら中断してしまいましたが」呆気に取られている坂下係長に代わり、多少なりとも海月の行動に慣れているらしい進藤課長がマイクを持ち、腕を伸ばして係長からファイルを取る。「先程説明した通り今回は地取りがかなり重要になります。以下、分担を言います、が……まず火災犯捜査二係より海月警部及び設楽巡査。君らは捜査共助課に行って、課長の指示を聞いてください」

共助で何をするのかと思ったが*、進藤課長は「これで済んだ」と言わんばかりの調子で地取りの説明に入り、捜査員を割り振っていく。海月は平然としていたが、明らかに俺たち二人だけが蚊帳の外に置かれている空気に俺は、子供の頃、両親がキッズスペースに俺を置いて「大人の話」を始めてしまった時の感覚を思い出していた。捜査一課刑事が勤務中に何を思い出しているのやらと、思わないでもなかった。

7

「タグ付きでのレスはある程度ちゃんとした書き込みの割合が高いですが、それでももう滅茶苦茶です。なので大変です。ここまでの分は地名でソートしてありますが、漏れがあるかもしれないので結局全部人力で確認しないといけませんし」

警視庁刑事部捜査共助課。最前線とは全く違う「管理部門」の空気があるこの部屋を訪ねた俺たちを、パソコンに向かっていた係長がどことなく怪訝そうな顔で迎え、仕事を指示して席につかせた。室内のこの一角は刑事部の公式アカウントを使ってSNS上の公開捜査などをしているが、サイバー犯罪対策課のように一つの机に二つも三つも端末が並ぶような状

＊　捜査共助課の主な仕事は他道府県警との連絡調整や指名手配関連。有名な「見当たり捜査班」もここにいる。

態ではなく、いかにも官給品というＤＥＬＬのノートパソコン以外は普通のオフィスと変わらない。警察官ではなく警察職員の割合も高く、警察施設特有の硬質さや威圧感はだいぶ薄い。海月警部にはここの空気の方が似合っていなくもないのだが。

「どうします？　画面そのままですとだいぶ目が疲れるんで、ここまでのものだけでも紙に出力いたしましょうか」

色白でもやしというよりエノキダケ（一本）の印象を与える眼鏡の係官は警視庁にあっては異質な海月の外見に衝撃を受けたらしく、耳を赤くして彼女をちらちら見ながら早口で説明してくれる上にせわしなく椅子をすすめてくれ、なぜか脱兎のごとく逃げ出した、と思ったら湯飲みを持って戻ってきてお茶まで出してくれた。丁寧に接してくれるのはいいが、俺たちはそこまでされるような立場ではない。俺たちがここにいるのは特捜本部からの、事実上の戦力外通告を受けたからなのだ。

俺たちが命じられたのは、捜査共助課が管理しているＳＮＳの公開捜査アカウント経由で集まった情報を整理することだった。刑事部では普段から公開捜査が妥当と判断した事件に関し、防犯カメラの映像を添付するなどしてユーザー一般からの情報を募っているが、すでに警視庁内で「鷹の王事件」と呼ばれ始めている本件においても、情報提供用ページへのリンクを貼り、犯行ドローンの目撃情報、及び事件以前のものも含めて不審ドローンの目撃情報を募っている。直接警察と接触したがらない目撃者を集めるにはいい方法だったが、「鷹の王」のニュースがテレビに取り上げられてからはサーバーが不調になるほどアクセス数が増え、同時にデマらしき通報の数も膨れ上がった。これらを分類・整理・分析してデマらしきものは排除し、資料にまとめてこい、というのが本部の指示である。

一見重要に見えなくもないが、極めて不毛な作業だった。そもそも重要な書き込みがあった場合、ここから特捜本部に直接連絡がいくようになっている。俺たちが洗うのはそれ以外の蚤《のみ》の市なのであり、要するに「誰かにやらせなければならないがそこに割いている人手はない」という仕事なのだった。係長が怪訝な顔をしていたのも「こんなところに本庁の人員を割いていいのか」ということだろう。

だが海月は椅子にすとんと座り、ポケットからゴムを出して髪をくくる。「さあ、がんばりましょう」

「……前向きですね。すごい量ですよ、これ」

「捜査共助課《こ　こ》の方が見落としている中に決定的な情報があるかもしれません。重要な仕事です」

あまりに前向きなので尊敬する。こいつは踵も延髄も前向きについているのではないか。

「あ、あの、その位置、見づらくないですか。椅子をこっちに、あいてっ」

急いで椅子を持とうとしてキャスターで脛《すね》を打つ係官を礼を言って制し、本来の仕事に戻ってくれ、と言う。係官はちらちらちらと海月を見ながら「何か手伝うことがありましたら僕、何でもやりますんで」と言いつつ少し離れた席に戻る。

勧められた椅子に座って目の前の端末を見る。デマの率が高くいつ終わるかしれない作業だが、仕事というのはとにかく始めなければ終わらないものである。俺は海月と少し打ち合わせてまずは表計算ソフトで一覧表を作ることにし、マウスを動かし始めた。

作業をしながら周囲に人がいないことを確認し、隣の海月に囁く。「……で、警部。さっき秋葉とか言ってましたが、どういうことです」

「『鷹の王』が単独犯だと仮定すると、事件時には秋葉原周辺にいた可能性があるのです」海月は手を止め、無駄に可愛らしい仕草で小首を傾げる。「越前さんにはお伝えしたので何人か出していただけると思いますけれど、人通りが多い場所ですし、あまり期待できないかもしれませんね」

「はあ」やはりキャリアだなと思う。人を使う、ということが当たり前の感覚になっている人の物言いだ。「それは犬と関係が？」

「犬、ですか？」海月は手を止め、こちらをじっと見たまま三秒間は動かなかった。「あっ、捜査会議での話ですね？」

「そうです」そんな唐突に無関係の犬の話などするはずがないのだが。

さっきの係官が早送りのような素早い小股歩きで寄ってきた。「あの、これ先日買ってきた地元の土産なんです。賞味期限までですから。おいしいです」

「栗が入っていない方の『鳴子まんじゅう』*ですね。ありがとうございます。しっとりしていておいしいですよね」

　よく知っているなと思うが、鳴子温泉の話で係官と盛り上がりかける海月をつついて止めなければならない。「警部、警部」

「あっ、勤務中です。いけません」

「いえ一口なんでどうぞ。失礼いたしました。お邪魔しました。何かあればいつでも」

　係官が逃げるように離れていくと、海月は三分の二ほどになっていた鳴子まんじゅうをもう一口食べ、しっかりと味わってからもう一口で残りを食べた。いつもゆっくりと食べるのは知っていたが、一口饅頭を三回に分けて食べる奴は初めて見た。

「設楽さんもお一ついかがですか」

「ありがとうございます。ですがさっきの話は」

「鳴子温泉でしたら、みたらしあんをかけた栗だんごも」

「違います。犬」

「そちらですか」海月は眼鏡を直してこちらを見る。「特に犬に限ったことではないのですけれど、わたしには他の可能性が浮かびませんでした」

＊　鳴子温泉銘菓のいわゆる一口饅頭。おいしい。

「どういうことです」

係官がまた来た。「あの、お茶おかわりどうですか」

「ありがとうございます」係官に礼を言う。「そちらの仕事があるでしょうし、どうかお気遣いなく」

「あっ、そうですね。いえ、では何かありましたらいつでも」

「……で、警部。犬ですが」

「鳴子温泉は源頼朝に追われた義経が」

「犬の話をしてください」

「そうでした。失礼しました」海月は今度は眼鏡を外してお茶を飲む。「犯人がわざわざ若洲海浜公園にドローンを集めたのは陽動ですが、犯行時の映像を公開したり、『東京はもうすぐ終わる』とメッセージを残したり、『鷹の王』には警察に挑戦してくるような性格があります」

ドラマなどではよく見るが、実際にはまずいないタイプだ。俺たちがこれまで関わった事件の犯人たちは、大規模な犯罪を企てても、警察そのものに挑戦するような志向はなかった。

「もしそうであれば、犯人はドローンを回収したり操縦したりするためでなく、ただ単に『自分の誘導した通りに警察が動いている』さまを見るためだけに、若洲海浜公園付近に来ていた可能性があると思ったのです」

「考えられることですが」腕を組んで検討する。

係官が来た。「あの、マウスパッドこっち使ってください。それ、すり減っててやりにくいかもしれないんで」

「すいません」ありがたいが自分の仕事はいいのか。「……で、ええと。つまり警部は、やはり奴は単独犯だと？」

「分かりません。ですが、もし単独犯であるなら、三井将司さんの証言の通り男性です」海月は椅子を回して体をこちらに向けた。「設楽さん。事件時のような平日の午後、男性が一人で、車に乗って広い公園に行きました。何をしに行ったのでしょう。たとえば設楽さんなら何をしに行きますか？」

「それはつまり、犯人が検問を抜けるため、湾岸の公園に『何をしにきた人間を装ったか』……ということですか」唸ってみる。確かに何も浮かばない。「俺なら稽古とか……いや、別に公園でやることはないか」

「わたしが考えたのが『管楽器の個人練習』か『飼い犬の運動』です。海辺で練習するのは楽器に大変悪いのですが、そういった無茶をする方は現実にいらっしゃいますし」海月は鳴子まんじゅうの包み紙を小さく折り畳む。「それ以外に、男性が平日の午後、一人で車に乗って公園に来る理由が思いつかなかったのです。野点《のだて》のできる公園でもありませんし」

「……なるほど」

ダンスやジャグリングの練習。エクストリームスポーツ。いずれも屋外の広い空間が必要ではあるが、車ではるばるやってくるほどのものではなく地元の公園でできるだろう。確かに、他にはあまり思いつかない。

「それと、設楽さん」海月は俺を見て椅子を寄せてくる。「わたしは、『鷹の王』が三井将司さんに言ったことが心配なのです。『東京はもうすぐ終わる』という言い回しが」

「……今回で終わりとは思えませんね」

そこは俺も危惧している。ただ無差別に通行人を数人傷害し、建物に火をつける程度のことが「東京の終わり」だとはどうしても思えない。確かにニュースでも派手に取り上げられているし、都民に与えた不安感も大きい。だが。

「……わざわざ『鷹の王』を名乗っているってことは、ドローンを使ってもっと大規模なテロをやるのかもしれませんね」

しかし、と考える。俺がテロリストだったとして、ドローンを使って何をするだろうか。

海月も言う。「ドローンは重量物を運ぶのに適していません」

俺は思考を巡らせる。奴は多数の大型ドローンを用意していた。ボウガンと、鑑識によればガソリンを用いた火炎瓶式の火矢も用意していた。いずれも免許など不要で入手できるものであり、そのことの恐ろしさは改めて実感したのだが、それだけだろうか。被害者の前では言えないことだが、その程度の道具だけで発生させられる損害などたかが知れている。奴は何か、もっとトンでもない切り札を手に入れているのかもしれない。

「……毒ガスでも手に入れたか」

「その可能性はあります。ですが、そういったものを大量に入手するのは難しいはずです。少量では、仮に雑踏で散布したとしても例えば地下鉄サリン事件の規模には達しませんし、『東京』が『終わる』わけでもありません」

確かに、あれはラッシュ時の地下鉄車内だから毒ガスが充満したのだ。地下鉄駅のホームならドローンを飛ばすことは可能だが、ちょっとした障害物で墜落してしまう上に電波が届きにくい。現実的とは言い難い。

「都庁か霞が関に爆弾でも落とすか。……いや、何か犯人像としっくりこない気がするな。それに爆弾の威力も足りない」

爆弾は威力が上がればそれだけ重さも増える。コンクリートの建物を大破させようとすれば数百キロの爆弾が必要になるだろうが、ドローンは重量物の運搬に向いていない。数十キロの荷物を運べるようなドローンはドローンというより『無人飛行機』になるため、個人で足がつかないように入手するのも難しい。

「複数の機体を編隊飛行させて荷重を分散させればある程度の重量は運べますが、それでも限界はありますね。一番手っ取り早く広範囲に被害を及ぼすとなると、原子力発電所を攻撃してメルトダウンを起こさせれば簡単ですけど」

「原発の建物がドローンでやれますかね」

「上空から徹甲榴弾《てっこうりゅうだん》のようなものを落とせば、一、二発で可能です。炉心そのものではなく冷却装置の電源でしたら、コンクリートの塊を落とすだけで破壊できるかもしれませんし、メルトダウンも起こせます。ですが設楽さん」海月は恐ろしいことを言いながらお茶を飲む。「現在、東京近郊の原子力発電所は大部分が冷温停止中です。他地域でメルトダウンを起こさせても東京には届きませんよ。汚染されるのは地元です」

聞き耳を立てていたらしく、係官がぎょっとした顔でこちらを見て、俺と目が合うと慌てて背を向けた。そういえば、これではまるでテロリストの会話だなと思う。

とにかく、そうのんびりしていられる状況でないのは確かだ。「犬を連れた男、あるいは管楽器を持った男……探してみましょう。ひょっとしたら検問で捕まって、不審ではない、ということで報告に上がっていないだけかもしれません」

海月も頷いた。「検問で出動した城東、深川、東京湾岸、月島、葛西署に問い合わせてみませんか？　詳細は直接訪ねる必要があるかもしれませんが、該当者の有無だけでも今日中に」

「了解です」

壁の時計を見ながらパソコンにUSBメモリを挿して何かやっている海月を「持ち帰り厳禁です」と止め、自分の前のパソコンで城東署の電話番号を検索する。どうせ戦力外通告された身なのだ。そのくらい勝手にやっても誰も見ていないだろう。

8

カウンターの隅に置かれたピーポくんぬいぐるみの頭を撫でながら、むこうを向いている海月がぽつりと呟いた。

「……設楽さん。もんじゃ焼きの香りがしませんか」

「もんじゃストリートは西仲です。海のむこうです」*ネクタイを緩め、シャツの胸元を煽って風を入れる。「いくら月島署だからって、署内にもんじゃの香りが漂ってるわけないでしょうが」

「ですが、銚子電鉄の窓を開けると醤油の香りがしますし、名古屋駅では天麩羅の香りがします。ありえないことではありません」

「あれは駅内に天麩羅屋があるからです」**受付カウンター奥の壁掛け時計を見る。確かに昼飯時である。「じゃ、ここ終わったら昼飯にしますか」

「そうしましょう」海月がピーポくんのツノを握って抱き上げ、***こちらを振り返ってぱっと顔を輝かせた。

　それからピーポくんをぎゅっと胸に抱きしめ、上目遣いでこちらを見る。「設楽さん。あのう、もし、よろしければ、なのですが……」

　力一杯抱きしめられてピーポくんの頭部が笑顔のまま潰れている。俺はカウンターの係官に目線で詫び、なぜかじりじり寄ってくる海月を押しとどめる。「分かってます分かってます。西仲行きましょう。平日ですからどこか入れるでしょう」

　制服勤務でそれをやったら批判の的になるのだろうが、これが私服のありがたいところだ。海月は「察してもらってうれしい」という顔をするが、さっきから後ろを振り返り、なぜか月島署正面玄関わきに置いてある、海月と同じくらいのサイズの巨大もんじゃヘラ模型****を終始眺め通しなのだから分からない方がおかしい。

　警察相談や道路使用許可申請等で一般市民が出入りするため、一階ロビーは警察署における標準的な混雑具合でざわついている。地元の人ばかりであることもあってか巨大ヘラ模型

*　月島警察署は晴海（月島四号地）、西仲は月島一号地。百メートル弱、海を隔てている。

**　銚子電鉄の方は、沿線にヤマサ醤油第一工場がある。

***　正確にはツノではなく「社会全体の動きを素早くキャッチする」能力のあるアンテナ。

****　「事故をヘラそう」と書いてある。

はさして注目を集めているわけではないが、警察署は市民が「入りやすい場所」でなければならないため、少しでも地域性を出して親しみを持ってもらおうという努力はわりとどこの署でもやっている。俺も所轄時代に巨大ピーポくんパネルの移動作業をした記憶がある。「頑張っちゃって」と冷やかす人間もいるが、所轄にいると管轄地域には詳しくなるし、この地域は自分たちが守るのだ、と自覚するとやはり愛着が湧くものだ。一方、本庁捜査一課は遊撃隊であり、捜査本部のある署では常に居候の立場だ。神出鬼没のヒーローめいた気持ちよさを覚えることもあったが、「地元」を持たないドライな雰囲気が寂しい、というヴェテランも時折いる。捜査一課では最もキャリアの浅い部類に入る俺にはまだぴんとこない感覚ではあるが。

ロビーの冷房に、体にまとわりついた熱気がほぐれて拡散してゆく。海辺だからまだ涼しいだろうと思ったが、前後左右上下をコンクリートに囲まれた東京湾岸の埋立地は逆に内陸より日差しが強くて暑い印象がある。エレベーターホールに向かう廊下に自販機があるのが見えたが、用件が先だと思いとどまった。

昨日、海月と手分けをして城東、深川、東京湾岸、月島、葛西の各署に「検問中、犬を連れたり楽器を積んだ男の車を見ていないか」と問い合わせた。現場に出た係員すべてに回さなければならない面倒な照会であり、いきなり仕事を増やされる所轄側には通常かなり嫌がられるところなのだが、事件が事件なので今回はすんなり協力をもらえた。最も多くの人員を出した城東署からはまだ回答がないが、東京湾岸署と葛西署から一件ずつ「該当がありそうだ」という情報が寄せられたため、午前中にさっさと本庁を抜け出して湾岸地区にやってきている。もっとも片方は単純な伝達ミスに基づく勘違い、もう片方は保護犬関係のＮＰＯ団体の車であり車内は犬だらけだったというから、まあ違うだろうと分かった。この月島署が三件目であり、春海橋の検問に当たった晴海三丁目交番の巡査が「該当あり」の回答をしたため、この月島署まで呼んでくれるという。もともと本庁勤務というだけで所轄は丁寧に応じてくれるし、キャリアの海月と組んでからはますますそうなったのだが、実のところ慣れないし、どうにも落ち着かない。俺はネクタイを締め直す。

そろそろ腹が鳴るなと思った頃にカウンターの端が開いて制服が二人と私服が一人出てきた。立ち上がり、礼を交わして廊下の方に移動する。制服の方は二人とも活動服だから年かさの方は交番所長かと思ったが、驚くことになぜか月島署長本人だった。私服の方が地域課長、まだ二十歳そこそこに見える若い制服が当の巡査である。

「海月警部、それに設楽さんですね。お待たせしてすみません。こちらの伊藤巡査が道中で道案内をしておりましたようで遅くなりました。伊藤はまだ交番研修中でありまして、何か不手際があったかもしれませんが……」

署長がすまなそうな顔で伊藤巡査を紹介する。伊藤巡査は自分がミスをしたのだろうかという不安と全く警察官に見えない海月の外見、さらにその海月がキャリアの警部であるという三種類の動揺が混ざっている様子でちらちらと視線を動かしたり目を見開いたりしている。

「いえ、むしろお手柄かもしれません。わざわざ恐れ入ります」

丁寧に対応していただいているのだし、伊藤巡査に迷惑がかからないようにしなければならない。海月と並んで頭を下げる。

「応接室が埋まっておりまして申し訳ありません。地域課の方にご案内いたしますので」

「そこまでしていただくことはありません。手短に済ませますので」海月は大抵の捜査対象者を油断させる可愛らしい敬礼をする。屋内の上に無帽なのだから挙手の礼は違うといつも言っているのだが、未だにこうして時折出る。「署長さん、わざわざありがとうございます」

「いえ、こちらこそ、わざわざご足労いただきまして」

五十代であろう署長は階級的には警視であり海月より上だが、キャリアである海月に対してはどうしても配慮する形になる。この人に海月がどう映っているのかは気になったが、署長の関心はそこではないようだった。

「例のドローンの件ですよね。実は午前中、勝鬨橋周辺の河川上を不審なドローンが飛んでいたという相談がありまして、こちらとしても警戒していたところなんです」署長は周囲に人がいないのを素早く確かめ、小声になる。「実際のところ、進捗はいかがですか?」

「難航しています。わたしたちは本命とは別の線を追っているのですが」実際は「別の線」どころか完全に非公認の独断専行なのだが、海月は平然と言った。「こちらの伊藤巡査が?」

「あ、はい」

課長が伊藤巡査を促すと、巡査はぴしりと直立不動になって言った。

「本職は緊急配備指令を受け、昨日一五一〇《ヒトゴーヒトマル》より春海橋東岸にて検問に当たりました。当該車両は一五一九《ヒトゴーヒトキュウ》頃、豊洲方面から来て三丁目交差点方面に走り去りました。車は柿色のeKワゴン、記憶しておりますナンバーは練馬、日本の『に』、５８３‐１×０５」伊藤巡査は緊張した面持ちできちんと報告した。「乗車していたのは運転者の男性一名で、車内に不審物はありませんでしたが、中型犬を一頭、乗せていました。葛西臨海公園で運動をさせた帰りだとのことでしたが……」

俺はナンバーその他の情報を手帳にメモする。「あとで面通しは頼めますか」

「はい」

「男の外見は」

「はい。その、運転していたため身長は不明なのですが……」

遠くで低く重い音がして、足元に振動を感じた。伊藤巡査が言葉を切り、俺たちも廊下のむこうを見た。玄関方向、外だ。遠いのにこれだけの音と振動だということは。

「外ですね。音はあちらの方向」

「いえ、こっちです」

エレベーターホールの方を向いた海月の肩を押さえて玄関方向に向ける。その間に署長と課長は「失礼」と言ってホールに向かっている。伊藤巡査と一緒にそれに続いた。

だが、ロビーに戻った瞬間、もう一つ振動と音を感じた。さっきのものよりもさらに遠いようだが、やはり音自体はかなり大きいと思える低音だ。かすかな振動が靴底を通り脚から伝わる。ロビーにいる一般利用者たちの間にも気付く者が出始めたらしく、外を見たり言葉を交わす姿が見られた。

そして無線が入った。

——至急、至急！　佃ＰＢより月島管内各局、各移動。佃大橋で大きな音と振動。現場確認したところ、橋が一部崩落しています。現在交通規制を開始。応援願います！

「崩落だと……？」

地域課長が呟く。だがそれにかぶせるように別の無線通信が入る。

——警視庁から月島ＰＳ、及び築地ＰＳ管内各局及び各移動。えー、橋梁の崩落事故入電。晴海通り勝鬨橋にて、車道部分が一部崩落し通行不能になっているとの入電あり。怪我人はなし。現急、確認願います。

署長たちの顔色が変わった。

まず動いたのは署長だった。カウンターの端を開いてオフィスに入り、「おい、館内放送！」と声をかける。伊藤巡査がどうすればよいか分からず立ち止まっている間に、課長がそれに続いてオフィスに入る。署長が無線機のマイクを取る。「至急至急！　月島ＰＳより月島、築地、中央、深川管内各局及び各移動。現在、月島管内すべての橋梁で崩落の危険が発生しています。現時刻をもって管内すべての橋梁を通行止め。現急、現場確認願います」

それを聞いた伊藤巡査がはっとしたように目を見開き、海月に敬礼した。「すみません。本職は晴海大橋の確認に向かいます。ここで失礼いたします」

伊藤巡査が駆け足で玄関を出ていく。署長と地域課長は大声で指示を飛ばし始めており、オフィスの奥から出てきた係員たちが急ぎ足でカウンターから飛び出してくる。ロビーにいた利用者たちは啞然としてそれを見ている。

無線から「相生橋が一部崩落」の報告も入った。俺たちもぼけっと突っ立っているわけにはいかない。「警部、これは……」

勝鬨橋、佃大橋、相生橋。いずれもこの月島・勝どき・晴海の埋立地を外部とつなぐ橋だ。それが相次いで崩落している。これが事故のはずがない。爆弾か何かが仕掛けられたのだ。脳内に真っ赤な非常灯が灯り、アラートが鳴り響く。どうやっているのか、よほど大規模な何かを使ったに違いないが、何者かが周囲の橋を落としている。月島地域と外部をつなぐ橋は全部で六本かそこらだった。残った三本まで落ちたら。

地下鉄の線路内で何かを起こせば大江戸線・有楽町線は簡単に止められる。月島・勝どき・晴海の人工島群は出入口を塞がれて孤立してしまう。そう思った時、隣で携帯の画面を見ていた海月が言った。「大江戸線が止まっています。勝どき駅付近で線路内に侵入物あり、とのことです」

思わず玄関ドア越しに外を見る。その瞬間、表の通りを黒いものがまっすぐに横切った。一瞬だったので、俺が認識できたのはあくまで「黒いもの」だった。だが、川崎で攻撃された俺には、その直線的な飛び方だけで分かった。玄関ドアを開けてポーチへ飛び出す。植栽の隙間から、晴海通りをまっすぐに飛んでいくものが見えた。

後ろで足音がした。「設楽さん」

俺は海月に振り返った。「ドローンです。おそらく『鷹の王』の」

――至急、至急！　リバーシティPBより月島管内！　中央大橋も崩落しています！　通行止め実施中！

中央大橋もやられた。俺は開いているドアからロビーに戻りながら、模倣犯のチンケな悪戯であってくれ、とまず祈った。だがその可能性は限りなく低い。何者かに橋が落とされている。なぜか月島の人工島群だけを孤立させるように。そして出現したドローン。あの機体は何かを装備していただろうか？　一瞬なのでそこまでは見えていない。

俺とすれ違いに出ていこうとする男性を止める。「すみません。しばらく屋外には出ないでいただけますか」

男性は怪訝な顔で大きく片眉を上げるが、俺はロビーにいる七、八人ほどの利用者を見渡して怒鳴った。

「利用者の皆さん、申し訳ありません。現在、外を不審なドローンが飛び回っています。危険なので、状況の確認ができるまでしばらくここにいてください」

視線が集まる。カウンター内の職員たちもこちらを見ている。「鷹の王」が大きな騒ぎになったせいか、「不審なドローン」の単語が出た瞬間に皆が反応したのが分かった。

俺はカウンターに駆け寄る。署長の方から訊いてきた。「設楽さん、どういう状況ですか」

「『鷹の王』です。黒いドローンが晴海通りを北東方向に移動」

「何機ですか」

後ろの利用者たちを気にしながら囁く。「確認できたのは一機だけです。武装も不明ですが、今、月島管内が丸ごと孤立していると……」

署長の表情が険しくなる。無線機から声が聞こえる。

――至急至急、晴海三丁目ＰＢより月島管内各局！　晴海大橋も一部崩落しています。現在……

署長は隣に来た地域課長に命じた。

「館内放送。残ってる車両と人員、全部出せ！　分担して管内全域を確認。ドローンの捜索だ」利用者に聞かせて動揺させたくないのだろう。強く囁く声になり、地域課長と集まってきた係員たちに続けて命じる。「全員、防弾ベスト着用。私服は拳銃携帯も忘れるな。現時刻をもって拳銃の積極的な使用を許可する。ドローンを発見次第、周囲の安全を確認したら即発砲、直ちに撃墜しろ。撃たれてからでは遅いぞ！」

通常ではありえない指示に周囲の係員たちが緊張する。だが彼らは「了解」と返すとすぐに持ち場に戻っていく。「鷹の王」のドローンが一機、出た「かもしれない」というだけの証言、それも署内ではなくたまたま訪ねてきた捜査一課のいち巡査の報告だけでここまでの指示を出す署長に驚いた。もし間違いだった上、指示通りに誰かがドローンを撃墜したら、発砲の責任も撃墜の責任もすべて署長にのしかかってくることになるというのに、安全最優先でここまでの指示を出した。

俺は素早く署長に敬礼し、カウンターにいる係官に訊いた。「今、管内で一番人が集まってるのはどこですか」

係官は壁の時計を振り返って言った。「この時間だとトリトンスクエアです。昼休み中の勤め人が外に出ています。場所、分かりますか」

「はい」来る時に通った。月島署のすぐ近くだ。晴海通りを北東に二百メートルほど。ドローンが飛んでいったのもそちらだ。「トリトンスクエアに急行します。これお借りします」

カウンター横に立てかけてあった警杖を奪い、ロビーで立ち尽くす利用者たちに「どうかこのままここでお待ちください」と怒鳴りながら玄関を出る。空を見上げようとして、斜め前からの日差しに目が眩んだ。途端にじりりと背中が焼かれるが、そのまま晴海通りに駆け出す。

無線機から「線路内に侵入物があり地下鉄有楽町線が止まっている」という報告が入った。続いて「春海橋崩落」の報も聞こえた。これですべての橋が落ちた。月島・勝どき・晴海・豊海。四つの人工島群は今、完全に孤立している。

正面、百メートルほどむこうを黒いものが横切った。今度ははっきり見えた。ドローンだ。しかも下部に何かを装備している。

「晴海通りより月島管内各局。二機目のドローンを確認。色は黒。下部に何かを装備しています！」

無線機に怒鳴りながら走る。上からの日差しと地面からの照り返しで白くぼやける街並みが都市熱でゆらめいている。ちょうど真上から日差しが降りてくる時間帯なので、走りながら空を見渡すたびに目を細めなければならない。上空から攻撃するのに有利な時間帯だ。

握っている警杖を見る。素手で出ても仕方がないからとっさに持ってきてしまったが、拳銃を携帯してこなかったことが悔やまれた。いつ「鷹の王」のドローンに出くわすか分からない状況なのに、なぜ朝、本庁に寄った時に保管庫から持ち出しておかなかったのか。

「設楽さん」

後ろから海月も走ってきていたが、スピードが遅すぎてすでにだいぶ離れていた。振り返ったが声をかける余裕がない。目の前の太い通りが晴海通り、晴海三丁目交差点。その後ろ、まるで大地に打ち込まれた巨人の杭のような超高層のオフィスビル群がトリトンスクエアだ。

交差点には晴海三丁目交番もあるが、勤務員は全員、晴海大橋の通行止めに出払っているだろう。

交差点には月島署で聞いた通り、大勢の通行人が見えた。トリトンスクエアはオフィスビルとマンションと商業施設が一体になった複合施設で、巨大な超高層群の中では二万人以上の人間が活動している。昼飯時になれば周辺は利用者でごった返す。

だが、通行人たちの様子が変だった。立ち止まっている者が多い。皆、同じ方向を見ている。空を指さしている者もいる。明らかに何か起こっている。

甲高い悲鳴が重なって聞こえ、男性の叫ぶ声も続いた。俺は信号を無視して晴海通りを走って渡り、ビル前の広場を目指す。混雑する広場は騒然としていた。悲鳴と怒号。「危ない、危ない」という声。滅茶苦茶な方向に駆け出している通行人が一人二人とこちらに向かってきてぶつかっていく。車道に人が溢れ、斜めに停まった車が激しくクラクションを鳴らしていた。

広場を見る。そちらの方はすでにパニック状態になっていて、逃げだそうとする人々が揉みくちゃになっていた。立ち止まった俺に走ってきた男性がぶつかり、別の男性にぶつかられて転びそうになった女性を慌てて抱き止める。何があった、と訊く前に女性は俺を押しのけて逃げ出した。地面にうずくまっている老人がいる。少し離れたところに女性が一人倒れ、通行人たちに助け起こされていた。だが女性の腰のあたりに、黒い棒がまっすぐ突き立てられていた。それだけではない。人ごみを見回すと一人、二人と、倒れて逃げまどう人々から取り残された怪我人の姿が見える。皆、白いシャツを着ているので出血で真っ赤になっているのが分かる。

負傷者の救護をと思ったが、極彩色のペンキをぶちまけたような悲鳴と怒号とクラクションの隙間から、聞き覚えのある細い飛行音が聞こえた。背中にぶつかられながら、音のした方向を見上げる。

十メートルほどの高度を黒いドローンが飛んでいた。下部には三連のボウガンがついている。だがその下、もっと低いところを、別のもう一機も飛んでいた。こちらはゆっくりと高度を下げている。日差しに目を細めながら上空をぐるりと見回す。さらにもう一機がビルの陰から出てきたところだった。一体、何機飛んでいるのだろうか？

「逃げてください。屋内に。皆さん早く」

ドローンが降下しているあたりから聞き覚えのある声がした。人の陰から垣間見えたのは警察官の制服であり、膝をついているのは三丁目交番の伊藤巡査だった。「どこでもいい。屋内に逃げてください。押さないで。押さないで」

こちらに逃げてくる人波に押し流されそうになりながら、声のした方を見る。一メートルほど先の広場中央、伊藤巡査は地面に膝をつき、腹から血を流してぐったりと伸びた若い男性を助け起こしていた。男性の白いシャツが真っ赤に染まっている。だが伊藤自身も腰のあたりが真っ赤だった。脇腹に矢が刺さっている。

「伊藤」

「設楽さん」こちらに気付いた伊藤は何かを叫びかけ、はっとしたように上を見た。

伊藤の視線の先を見る。五、六メートル前方の路上。甲高くて耳障りなビープ音を鳴らしているドローンがゆっくりと、確実な軌道で降下してきている。路上の通行人たちがそれを見上げ、転びながら散っていく。

三連ボウガン装備。だが二発はすでに発射している。残った一発の矢が引き絞ってある。

「伊藤、退避しろ！」

思わず怒鳴った。だが伊藤はドローンと腕の中の男性を見比べ、男性を守るように抱え込んでドローンに背中を向けた。俺は気付いた。あいつは月島署にいた。防弾ベストは装備していない。その前方にドローンが降りてくる。二人まではまだ距離がある。駆け寄って手を貸しても間に合わない。

俺は警杖を放り捨て、駆け寄りながら怒鳴った。「銃をよこせっ」

伊藤は腰に手をやろうとしたが、右腕で男性を庇っている上に左腕は脇腹の負傷で上げられないらしい。俺は伊藤の隣に膝をつき、右腰のホルスターから拳銃を抜き取ってトリガーの安全ゴムを指で飛ばした。紐で伊藤のベルトに繋がったままだが外している暇はない。伊藤に寄り添うように立て膝になり、両手で拳銃を構えて撃鉄を起こす。ドローンはすでに五メートル前方、目の高さに降りてきて静止していた。銃身の照準器《サイト》の先で、ボウガンの矢がまっすぐにこちらの顔を狙っている。ゆっくり照準をつけている暇はない。射線上に人がいないことだけ確認すると、銃身をしっかりとホールドして撃った。発射炎のむこうでドローンがバランスを崩し、がしゃりと地面に落下する。やった。

同じようなビープ音とローター音が背後から聞こえた。俺は「借りるぞ」とだけ言って拳銃から紐を外し、振り返って敵の姿を視認する。広場の植込みの上、高度五メートル、距離七メートル程度。下には脚を撃たれて呻く男性と、その男性を助けようとして必死で背中を抱え、引っぱっている老人がいた。ドローンはそこに狙いをつけてゆっくり降下している。

直線的な動きだ。当てられる。

撃鉄を起こすとドローンの少し下に照準をつけ、引き金を絞っていく。射線に入った瞬間に少しだけ力を込めて発射する。ドローンはバランスを失って落下したが、落ちたままボウガンの矢をこちらに向けていた。もう一発撃って機体を砕く。その間にもう一機、少し離れた位置に降下してきている。距離十メートルはあったが、機体のどこかに当たれば撃墜できる。呼吸を整えて撃ち落とした。

「すげえ……」

足元で伊藤が呟くのが聞こえたので言う。「銃は借りる。予備弾は持ってるか？」

「いえ……申し訳ありません」

「いや、当然だ。それより負傷者を屋内へ。刺さった矢は抜くなよ」

ドローンが頭上を通過し、飛んでいく先で悲鳴があがる。俺はそちらに駆け出した。その間に無線機から通信が続いている。

——佃PBより管内。大江戸線月島駅前、ボウガンを装備したドローンが通行人を攻撃中。負傷者が出ています！

——警視庁より月島管内。清澄通り、中央豊海郵便局前から殺人未遂事件入電。ボウガンを装備したドローンが通行人を攻撃したとの通報あり。

——勝どき駅前、武装ドローンが出現！　負傷者が出ています。応援願います！

上空をまっすぐに飛んでいったドローンが高層ビルの陰に隠れたのが見えた。

最悪の事態だ。今、月島、勝どき、晴海、豊海の人工島群全域を、ボウガンを装備した多数の殺人ドローンが飛び回り、無差別に通行人を殺傷している。人工島群から出る橋はすべて落とされ、地下鉄は止められて孤立状態だ。「鷹の王」はそこに何機ものドローンを放った。まるで動物でも狩るかのように。

屋内退避を叫びながら走り、倒れている男性に駆け寄る。手を貸してくれた女性と二人で引きずってエスカレーターに寝かせる。このまま載せておけばドローンの入りにくいポーチまで運べる。手すりに飛び乗って上がりかけたエスカレーターから飛び降り、植込みの柵に寄りかかるように崩れ落ちている別の負傷者の方に走る。走りながら周囲の逃げ遅れた者たちに叫ぶ。「屋内に！　近くの屋内に退避してください！」

無線からは署長の声で指示が飛び続けており、パトカーのサイレンも遠くで聞こえている。出動中の車両を総動員して管区内を周回させ、屋内退避を呼び掛けているようだ。だが大半の通行人はまだ状況を飲み込めていないだろう。そこにドローンが攻撃を始めればなすすべもない。

橋に向かって駆け寄る途中、路上の中央分離帯のあたりを、片足を引きずりながら必死で逃げている女性が見えた。ドローンが彼女の頭上を通り越し、ぴたりと静止してその場で向きを変える。女性は悲鳴をあげてその場に立ち尽くし、ドローンを見上げている。ドローンはその目の前に昆虫のような無機質さで降下し、静止する。俺は照準をつけた。距離がある。弾丸は最後の一発。外せない。

撃った弾丸はドローンを弾き飛ばし、道の向こう側に落下させた。だがガードレールを飛び越して路上に出た俺は、頭上から別のドローンが降りてきているのを見た。もう弾がない。周囲からは人影がほぼなくなっていたが、道にへたりこんだ女性と柵のところに崩れ落ちている負傷者は動けない。ローター音が大きくなり、黒い機体が獲物を選ぶように旋回する。俺は女性をかばって体を縮めた。防弾ベストも装備していない。どこを撃たれるのか。

だが、ドローンはなぜかくるりと向きを変え、俺の頭上を飛び越した。

振り返ると、海月がまっすぐにドローンを見据えて立っていた。ここまで走ってくる間にぶつかられたか何かで転んだのだろう。膝が汚れており、眼鏡は手に持っている。もう一方の手には俺が捨てた警杖が握られている。

「警部」ドローンはそちらに向かっている。「危ない。退避してください」

しかし、ドローンが高度を下げると、海月は警杖を振りかぶって投げた。回転して飛ぶ警杖がドローンに当たり、見事に撃墜する。

「警部……」駆け寄る。そういえば海月は、何か投げつけるのがやたらと得意だった。

「設楽さん。拳銃は」

「残弾がありません」

「そうですか」これほどの混乱の中だというのに、海月はいつも通りの声だった。「ですが、現在、人工島群を飛行中のドローンの対策は分かりました」

道の先、歩道橋の上をドローンが飛んでいく。無線では月島管内全域での混乱が慌ただしく伝えられている。負傷者の報告と殺戮ドローンの出現。新たな110番通報と撃墜の報告。橋が落ちて応援が望めない現在、月島署は独力でドローンの群れと戦っている。

海月は無線機を出すと、落ち着いた声で言った。

「警視庁より月島管内。現在飛行中のドローンは自動操縦。搭載されたカメラで顔認証をし、その位置をもとに接近、攻撃してくるプログラムの模様です」海月の声は、混乱した無線通信の中を貫き通るようによく聞こえた。「巡回警戒中の各移動。『屋内退避』に加え、以下の内容を広告してください。『ドローンを見つけたら頭を抱えて下を向き、決して顔を上げないように』。また、対応中の各員はドローンを見ながら接近し、攻撃を引きつけてください。顔認証をさせればドローンは直線的に接近してきます。落ち着いて撃墜してください」

戦闘中の各員から「了解」の反応が続き、署長の声で海月の指示が繰り返された。サイレンの音が急速に近づいてきて、緊急走行中のパトカーがスピーカーで警告を繰り返している。

「ご通行中の方は近くの屋内に逃げてください。ドローンが来たら顔を伏せて、決してドローンを見ないようにしてください。ご通行中の方は近くの……」

ビープ音がしてそちらを見ると、いつの間にか離れた街路樹の上に新たなドローンが出現していた。俺と海月はそちらに向かって車道を走った。

「設楽さん、その位置で顔を伏せてください。わたしが引きつけます」

「了解」

顔を伏せると、ドローンは俺を無視して頭上を越え、ビープ音を鳴らしながら海月の前で静止した。あの音をなぜ鳴らしているのか疑問だったが、あれは通行人を振り返らせ、顔認証をしやすくするためだったのだ。

狙い通り、ドローンは動かない海月を狙って俺の目の前に降りてきた。弾丸はない。俺はドローンの後方から駆け寄って地面を蹴り、飛び蹴りで叩き落とした。もう一度跳躍し、墜落してもまだ回っているローターを踏み潰す。ビープ音が止んだ。

海月の予想通りだった。ドローンは自動操縦だ。プログラミングに従っておそらくは決められたルートを周回し、ビープ音で通行人を振り返らせて顔認証をし、照準をつけて撃つ。その繰り返しなのだ。

これで現在飛行中のドローンには対処できる。無線機からも、ドローン撃墜の報告が次々と入ってくる。

——月島3より管内、首都大前にてドローンを一機撃墜。

——こちらリバーシティPB、佃二丁目北交差点付近、ドローンを発見したため発砲、撃墜しました。重傷者一名119通報済み。

——初見橋交差点前、ドローンを一機撃墜。付近の避難は完了しましたが重傷者一名。119通報済み。

対応が早かったせいか、恐れている「意識不明の重体」という報はまだない。屋内避難の呼びかけと遭遇時の対応方法が管轄内に行きわたってきたのか、気がつくと周囲の通行人もほぼ姿を消していた。だが、負傷者はまだ残っている。道にへたりこんでいる女性は意識があるようなので、柵にもたれるように俯いている男性の方に走る。豊洲には昭和大学江東豊洲病院が、佃大橋のむこうには聖路加国際病院があるが、橋が落とされているため救急車が通行できない。新手のドローンがいつ現れるか分からない中、救護活動にあたらなければならない。この周辺だけで何人、負傷者が出ただろうか。伊藤巡査は自分も重傷なのに負傷者の救護をしていた。あいつは大丈夫なのだろうか。

無線では、本庁からの緊急配備指令も出ていた。深川署、築地署から応援も出ており、水上警察と海上保安庁もそろそろ動いているはずだ。だが。

「『鷹の王』は、付近にはいない……？」

現在、人工島群を飛び回っているドローンがすべてプログラミング操縦だとすれば、「鷹の王」自身がこの付近にいる理由は全くない。各所に隠しておいたドローンにタイマーを設定し、あとはプログラミング操縦で自動的に殺戮を始めるようにしておけばいいだけだからだ。「鷹の王」は自宅のリビングでコーヒーでも飲みながら、自分の鷹たちがちゃんと仕事をしているかを想像していればいい。つまり警視庁は前回同様、また盛大に空振りさせられることになる。

頭上、上空をドローンが飛んでいく。その進行方向を無線で報告しながら俺け、はっきり感じていた。「鷹の王」は警察を、いや東京そのものを嘲笑っている。

だがそれが分かっても、こちらは地上を駆け回り、まずは目の前の負傷者を救護しなければならない。俺は男性の横に膝をつき、肩を叩いて意識の有無を確認しながら負傷の程度を見た。太腿を矢に貫かれていて抜くことはできないが、このままでは圧迫して止血もできない。なるべく揺らさないようにしながらとりあえず屋内に運ぶしかなかった。

海月もへたりこんでいた女性を助け起こした後、こちらに駆けてきた。「設楽さん。そちらの方は」

「脚ですが、出血はたいしたことはありません。屋内に運ぶので脚の方を持ってください」

男性を背中側から抱くように起こし、せえの、と声をかけて上半身を抱え上げる。海月の力だと倒れかねないので、なるべくこちらに荷重がかかるようにしっかり抱えた。男性は呻いている。意識はしっかりしている。

「設楽さん。わたしたちはやることが多いです」海月は脚を抱えて横歩きをしながら言う。

「ドローンの掃討、負傷者の救護、遺留品の捜索」

「おそらく、それはありません」海月は遮って言う。ふらついて怪しげな足元としっかりした口調が合っておらず、下手糞なCG合成のように見える。「それよりもまず、崩落した橋の破片を回収するべきだと思います」

「橋の……？」

相変わらず、時と場所を選ばず意味不明のことを言う。抱えている男性がずり落ちそうになり、俺は慌てて腰を落として力を入れ直した。

9

「……意識不明の重体は月島署の伊藤宏倫巡査、一名。その他に重傷十二名、軽傷七名、うち一名は転倒しての負傷だ。被害は甚大だが、撃墜されたドローンが十六機で、すべて三連ボウガンを装備していやがったから、本当なら四十八人やられていたところだ」

係長の声が人気のない大会議室に響く。「だから、よくやったと言えなくもない。月島の署長からは感謝の電話が来た。お前らの報告のおかげで被害が減った、とな。律儀な人だ。が……」

川萩係長が身を乗り出し、どん、と長机に肘をつくと、隣に座っている存在感のない管理官がびくりと背筋を伸ばす。係長の纏う空気に雷雲の気配が漂い始めた。

「……お前ら、なんで月島なんぞにいやがった。本庁でパソコン見てろ、別命あるまで椅子から絶対に立ち上がるなと命令したはずだ」

そこまでは命令されていないが、つっこむような雰囲気ではない。結果的に被害者を減らすことに貢献したとはいえ、もともとの命令無視が発覚する結果になってしまった。無論、他人の手柄をわざわざ特捜本部に伝えてくれた月島署長を恨むのは筋違いである。

「はい」海月は背筋を伸ばした。「先日お話ししようとした『犬を連れた男』について、月島署に特捜本部名義で照会をしましたところ……」

俺が「あっ馬鹿」と言いそうになった次の瞬間、川萩係長が怒鳴り声になった。

「勝手に特捜本部を名乗って照会をしたのか?」係長の鼻腔がまん丸く膨らんだ。「誰がそんな指示を出した! 貴様らの仕事はこれ以上ヘマをしないようにパソコンの前から動かないことだ!」

係長が吼え、傍らのノートパソコンが「デーン!」とエラー音を鳴らした。

深夜一時を回っていることもあって、野方署内は静まり返っている。特捜本部員はほぼ全員が帰宅せず、最上階の道場に並べられた布団で仮眠をとっていた。この大会議室も後方の半分は消灯されており、壁と天井に反響した係長の怒号が後ろの暗闇に吸い込まれていく。

「貴様らはちょっと目を離すとすぐこれだ! 紐でつないでおかんと駄目なのか?」

「緊急の必要性があったのです」長机のノートパソコンはなぜか「デーン!」とエラー音を繰り返しているが、存在そのものがエラーのような海月は全く意に介することなく言う。

「あのう、『鷹の王』はやはり単独犯である可能性が大きいと思料します。あのう、つまり、犬というのは、たとえますと、振袖の帯を立て矢結びにしました場合、帯のふんおふ」

海月の口を塞ぎ、驚いてじたばたするのを無視して言う。「自分がご説明いたします」

海月が頬を膨らませて不満顔で睨んでくるのを耳のあたりに感じながら、昨日の捜査会議でできなかった説明をする。川萩係長は拳を握りしめて額に青筋をたてていたが、俺が急いで喋るととりあえず遮らないではいてくれた。ノートパソコンがたてる音がエラー音の「デーン！」から警告の「ヒョローン！」に変わっていく。さらに印刷完了の「ヒョホヒーン♪」に変わったあたりで係長の青筋は薄まり、月島署で伊藤巡査から受けた報告を伝えると虹のように消えていった。

「……単犯だってのか。野郎、遠くからドローンだけ飛ばして笑っていやがったってのか」

係長が腕を組み、椅子の背もたれをぎしりと鳴らす。ノートパソコンも音声認識オンの「ピコン！」を鳴らす。「確かに特捜本部《こっち》の見立ては『数名から十数名のテロ集団』だった。それが怪しくなっている。緊急配備検問《アミ》に誰一人引っかからん」

俺と海月は現場にいた者として各種報告その他に追われていた上に地下鉄の運転再開が遅れたためなかなか埋立地から出られず、夕方の捜査会議には出ていない。移動中に夜のニュースは見たが、橋を崩落させて住民を閉じ込めた後に「殺人ドローン」を放つ、という残虐な手口のせいで、マスコミはすでに大騒ぎになっていた。確かに月島上空には日が落ちるまでずっと取材ヘリが飛んでいて、ヘリの爆音で救助活動を邪魔された消防隊員が空に向かって怒っていたし、野方署は正面玄関も裏口もマスコミが張っており、俺たちは容疑者のように顔を隠してそそくさと入ってこなければならなかった。捜査員がほぼ全員、道場に泊まっているのも、外に出ればマスコミに捕まるからだろう。むこうは徹夜の構えだ。

だが、どの局も「月島ドローン無差別襲撃事件」を大きく取り上げてはいたものの、犯人像に関する警視庁の見解は報道されていなかった。坪井真澄警視総監の記者会見映像はあったが、総監はいつもの調子で「困ったら原稿に視線を落として『こう書いてあります』のアピール」をしながらのらりくらり意味のないことを喋り、警視庁の見解はあるのかないのか結局分からなかった。マスコミにも一部根回しをしてあったのか、会見ではこちらが困るような質問は飛んでこなかった。あれはあれで総監の才能だと言える。

「鑑*も遺留《リュウ》品も手がかりなしだ。今回も被害者の間につながりは見つかっておらずおそらく報道通りの無差別、例によって撃墜されたドローンもボウガンも入手経路不明だ。……黙れ」係長がノートパソコンを睨むと、ノートパソコンはシャットダウンの「シャーン……」を最後に沈黙した。「確かに、でかい組織があったにしちゃ何も残らなすぎるし、『自覚せよ』以外の声明がないのも腑に落ちんが……」

係長が言いかけたところで携帯の着信音がした。誰のだと思って皆がお互いを見ている中、海月は携帯を出して画面を確認すると「失礼いたします」と綺麗にお辞儀をして廊下に出ていった。そこで話しても別に構わないのだが。

管理官は、海月の出ていったドアをきょとんとして見ている。

「……随分と、変わった方ですね。警察官らしくない」

「申し訳ない。いつもああです。喋る海月《クラゲ》か何かだと思ってください」

係長は内側から怒気で膨らませたような顔をしているが、しかし話を聞いてくれる気はあるようだ。

確かに海月は、通常の警察官とはそもそも思考方法が根本的に異なっている。警察官の思考方法というのは、証拠を集めて犯人の足跡を「後ろから」追いかけていき、追いついて「尻尾を摑む」というものだ。だが海月は違う。犯人の人格を想定し、その未来の行動を読んで先回りし、前髪を捕まえようとする。いいかげん組んで長い俺はその思考方法に慣れつつある気がしないでもなく、正直なところそんな自分に対しては「これまで経験を積んで磨いてきた勘が鈍っているということではないか」と不安を覚える部分もある。まして普通の警察官からすればあまりに異質で、海月の意見が非論理的な思いつきに映るのも当然である。

だが係長もずっと俺たちの上にいるだけあって、海月の言動には慣れてきているらしい。というより、理屈には納得しないが結果の的中率は無視できないから、巫女の託宣のように

＊　鑑取り。事件を捜査するに当たり、被害者の人間関係などを調べて容疑者を洗い出す捜査方法。対して現場周辺の聞き込みなどをするのが「地取り」。

聞くだけ聞いてみる、といったところだろうか。とりあえず最後まで話を聞いてくれそうな様子ではある。

短時間で電話を終えたらしい海月が、丁寧にドアを開け閉めしてからこちらに来た。

「失礼いたしました」海月は綺麗にお辞儀をする。「月島署の伊藤巡査が目撃していた車のナンバーを照会してまいりました。その結果が返ってきましたので」

「それも勝手にやりやがったのか」係長が沖縄のシーサーに似た鼻腔の膨らませ方で鼻息を吹き出す。机の上の書類が浮いた。

だが海月は、そもそも問題を認識していない様子でかまわずに報告する。

「車種は柿色のｅＫワゴンで、盗難届は出ていないということです。所有者は河村和夫《かわむらかずお》。住所は立川市錦町四丁目三七の一一。現在は無職ですが、最後の勤務先は……」海月は係長を見た。「……東京産業大学農学部、応用生物学科とあります」

「応用生物……？」

その一単語が発せられた瞬間、場の空気が一瞬停止したように感じられた。確認の意味もあって、俺は海月に訊き返す。「遺伝子操作とかいった分野ですか」

「そのようです。詳細は分かりませんけれど」海月は頷く。「『鷹の王』が、わざわざ人質に声を聞かせてまで『東京はもうすぐ終わる』と宣言したのは、その分野で得た何かをこれから使うつもりだからではないでしょうか」

「まさか、まだ続きがある、と？　……例えば、バイオテロ」

とっさに出たその言葉の重大さに思わず訂正したくなるが、しかし、つまりこれはそういうことなのだ。間違いではない。そしてバイオテロに関して言えば、東京はすでに経験済みである。「つまり、やばい細菌だのウィルスだのの入ったミストを空中散布するか、矢じりに塗りつけて、刺さった奴から感染を広げるか……」

月島での救助作業を思い出す。傷口の周囲に不自然な腫れや発疹のできている被害者はいただろうか。急な発熱などは。いずれも覚えていない。搬送先の病院からもそういう報告はないはずだ。

「……被害者が収容されている病院に要請すべきですね、感染症のチェックを厳に、と」

「聖路加なんかは慣れてる。矢に毒が塗られている可能性ぐらいは考えているだろうが」係長は俺を見た。「貴様らも明日、念のため病院に行け」

「そうします。ですが」海月はまだ考え込んでいるようだった。「わたしは、バイオテロではないと考えています」

「なぜです」お前が言いだしたんだろう、と不満げに、係長は海月を見る。

「そのような危険な細菌やウィルスは厳重に管理されているからです。現在の研究機関では、たとえ無害なものであっても、人体に感染するような細菌やウィルスは所在がすべて特定されていて、持ち出せばすぐにばれてしまいます」

係長は何か言いかけたのをやめて海月を見ている。確かにその通りなのだ。

俺は悪い可能性を頭の中に列挙してみた。「……『鷹の王』が独自に新種を開発した可能性は？」

「容易に感染が広がり、しかも重篤な症状を引き起こす未知の細菌やウィルス、といったものは、そもそもそう簡単に作れるものではありません。それに、そういったものは研究を始める段階から厳しく管理されます。着手から完成まで、所属する機関に一切知られずに作った、というのは現実的ではありません」

研究機関のことは分からないが、確かにそうだろう。そうでなければ世界中でもっとバイオテロが頻発しているはずである。

海月は言う。「加えまして、『鷹の王』は極めて周到な人間です。もし仮にそういったものを手に入れたなら、わざわざ『東京はもうすぐ終わる』などと自分から手の内を明かすような発言はしないと思われます」

「……それも、そうですね」

効率よく感染を広げるためには、感染の事実に気付かれなくすることが最も重要だ。被害者が隔離されてしまえば、どんなに感染力のある病原体でも「東京を終わらせる」ような事態にはならない。本当なら黙っているべきところだ。

「じゃあ結局、野郎は何をやるつもりなんだ？　毒物がないなら爆弾でも落とすか。だがドローンで落とせる程度の爆弾じゃ、ここの天井に穴が開く程度だぞ」

　警察の常識から考えれば、確かに係長の言う通りだった。ドローンの最大の弱点はパワーがないことだ。あれの主な用途は軽いカメラを装備しての「撮影」だからだ。対して、爆薬や毒物といったものは効果と分量が比例するため、大規模犯罪をやろうとすればそれだけ重量も増えていく。ドローンに向いた犯罪は盗撮や業務妨害、せいぜい個人を狙った要人暗殺といったところで、今回のような無差別襲撃事件ですら無理に無理を重ねた例外と言っていい。それ以上のことが、まして「東京の終わり」と断言するような大破壊がドローンでできるとは思えない。加えて爆薬も毒物と同様、危険度に比例して管理が厳しくなり、どこの工場や研究所に現在どれだけの量が保管されているかはすべて把握されている。当然、大量になくなったりすればすぐに通報があり、それだけで大事件になる。テロリストが自分の手で製造するケースもなくはないが、爆薬や毒物の生成に直接つながるような原材料は完成品と同じくらい厳しく管理されているものだし、それ以前の段階から製造しようとすればかなり本格的なプラントが必要になる。プラントを設置しようとすれば専門的な機器が必要になり、そういった機器の方も流通は把握されている。海外とつながりのある、よほど大規模な犯罪集団でない限り、大破壊を起こすような量の爆薬や毒物は入手できない。日本の社会はそのようにできているのだ。

　だが、海月にはすでに考えていることがあるようだった。「ドローン出現直前に、月島周辺の橋が六ヶ所も崩落しています。今回の事件で重要なのはボウガン装備ドローンによる通行人の殺傷ではなく、その直前に起きた橋梁の崩落だと思います」

　係長が続きを促す様子で沈黙する。

「現場を確認しましたところ、佃大橋と相生橋は橋脚が折れて断裂、他の四ヶ所も路面のコンクリートに亀裂が入り、一部が落剝していました。月島周辺の橋はどれも安全基準の厳しい頑丈なものなのに、です」

　係長が太い腕をむっしりと組む。「爆薬で吹っ飛ばしたんだろう」

「橋が崩壊する轟音と振動はありましたが、爆発音は誰も聞いていません。現場を確認しましたが、爆発の痕跡はありませんでした」海月は係長をじっと見ている。「それに、佃大橋や相生橋を爆破するとなると、相当な量の爆薬が必要になります」

「たしかに今も九機の水難救助隊が潜っているが、爆弾のような物の残骸は水中からも出ていない。ドローンが撃ったとみられる矢が数本浮いていただけだ。爆薬に点火するためのものだろうが……」

　係長は口を閉ざした。橋の崩落部分周辺から爆発による焦げ跡などが確認されなければ状況の説明がつかないのに、今回はそれがない。そういう報告もすでに受けているのだろう。

「では、海月警部は『鷹の王』がどうやって橋を崩落させたと考えているのですか？」

　完全に気配を消して沈黙していた影の薄い管理官がいきなり口を開いたので、俺も係長もおっと驚いてそちらを見た。

海月は落ち着いて答えた。「崩落個所周辺の破片を採取し、科警研に分析を依頼しました。早ければ明日にも結果が返ってくるかと思います」

「勝手にやるな」係長は疲れたように言う。もはや怒鳴る気力もないらしい。

「また、前回『鷹の王』による放火事件がありました木場・高砂・代々木・駒込の四つの現場で崩落したビルの瓦礫を一部採取、一緒に分析するよう依頼しています」

俺は係長に睨まれて直立不動になる。「緊急でしたので、報告書の作成が遅れました。申し訳ありません」

「そもそも指示を出しとらん」係長はもう怒り疲れたらしく、やや諦めたような顔になって海月に訊く。「それはどういう意図だ」

「前回の事件ですけれど、ただの放火でコンクリートの壁が激しく損傷するのは不自然だと思いました」海月は表情を変えずに答える。「『鷹の王』の事件ではいずれも、どうやって崩落させたのか分からないまま、コンクリート建造物が損傷しています。放火事件も今回同様、都民を攻撃するためだけでなく、『鷹の王』の実験の一環だったと考えることはできないでしょうか？」

俺も、その話は初めて聞いた。「爆弾を使わずに建造物を壊す実験……ですか？」

「そうです。非力なドローンで『東京を終わらせる』実験、とも言えます。それを可能にする何かを、『鷹の王』が得たのかもしれません」

「……想像に過ぎんな。現状ではどうしようもない」

係長はそう言ったが、鼻腔を膨らませてしばらく唸った後、こちらを見上げて口を開いた。

「だが確認はしておく。本部の人員は出せん。貴様らでやれ」

「はい」俺たちも本部の人員のはずなのだが、すでに数に入れられていないらしい。

「早い方がいいから今からでもやらせたいところだが……おう」

係長がドアの方を向く。いつもと違って髪を無造作に下ろした麻生さんが、ドアの隙間からこちらを覗いていた。スーツだが、シャツはよれているしメイクも落としている。道場で仮眠をとっていたのだろう。目をこすりながら係長に軽く会釈をする。

「眠そうだな。お疲れ」

俺が声をかけると、麻生さんは欠伸を噛み殺してこちらを見た。「係長の声が道場まで聞こえたから、戻ってきたんだと思ったけど。お邪魔……では、なさそうだね」

すでに叱られている段階を過ぎたと察したらしく、麻生さんはいつものぴしりとした歩き方になって入ってきた。「報告なら、私も同席させていただいてよろしいでしょうか？」

月島を出る直前くらいに、特捜本部の方の状況を聞こうと一度携帯でやりとりしている。現場にいた俺たちから直に話を聞こうと思って待っていたらしい。

係長は頷く。「かまわん、が……麻生。ちょうどいい。もうひと仕事しろ。立川の住宅を見てこい」

「立川？」麻生さんはもう昼間の顔に戻って壁の時計を見る。「今からですか」

「どうせ非公式だ。深夜の方が都合がいい。寝込みを襲え」

麻生さんの表情が険しくなった。今から、という指示に緊急性を感じたらしい。「承知しましたが、まさか重参の住居《ヤサ》ですか？」

「そこの海月《クラゲ》の思いつきだ。だから全く無関係かもしれん。だが一応、今から言う住所を確認してこい。不審なところがあったらすぐに連絡しろ」

「あの、川萩係長」管理官が立ち上がった。「女性一人で行かせるつもりですか。そもそもこんな時間に。本部に諮らないと」

「とりあっちゃくれませんよこんな話。なに、うちじゃこの麻生が一番腕っぷしは強い」

麻生さんは「恐縮です」とだけ言う。彼女は陰で巴御前《ともえごぜん》とか呼ばれており、実際に強い。

俺も行きますと言いかけたのだが、係長は顔にまとわりつく蠅を払うように手を振った。

「貴様らは帰って寝てろ。ただでさえ玄関がマスコミに張られてるんだ。そんな恰好でうろうろしたら連中がみんなついてきちまってパレードになる」

係長の視線を追って自分のシャツを見ると、脇腹のあたりに点々と血の染みがついて茶色くなっている。よく見たら袖口にはもっとはっきりと、大きな血の染みが広がっていた。多数の重傷者を救助した過程でついたのだろう。これまで報告と作業で駆け回っていたためずっと気付いていなかったのだ。誰か指摘してくれてもよさそうなものだと思ったが、渦中の月島では皆その余裕もなかっただろうし、そもそも指摘したところでどうなるわけでもなかった。

俺は肩をすくめる。「すまん。麻生さん頼む」

「解決したら奢ってね。東銀座に行ってみたい店があるから」

高そうだなと思うが頷く。海月も連れていって払わせればいいかもしれない。

「麻生、誰かもう一人か二人連れていけ。結果はすぐ報告しろ」係長は寝ずに待つつもりらしかった。「防弾ベストと拳銃携帯を忘れるな。訪ねたらいきなり頭の上から殺人ドローンが襲ってくるかもしれん。予備弾も持てるだけ持っていけ。今からかかれ」

「了解です。メイクぐらいはしてから行っても？」

「好きにしろ」

この場で階級的にも職掌的にも一番上なのは面食らっている管理官なのだが、もはや全員がそんなことはどうでもよいという様子だった。俺は麻生さんに「気をつけて」と言い、「縁起でもない」と返されながら廊下に出る。今日一日の疲労が金属の塊のような重みをもって全身のあちこちにじゃらじゃらぶら下がっている。脚が重い。瞼がずっしりと下がってくる。だが、麻生さんの報告を聞くまでは休んでいられなかった。

10

高宮は何度目になるか分からない欠伸を噛み殺して溜め息をついた。眠気は常にまとわりついているが、四割から七割の間を上下するだけで、うとうととする手前で引き返してしまう。

深夜の立川は静まり返っており、フロントガラス越しに流れていく二車線道路の風景も、黒っぽいビルの濃淡が続くだけで特に変化がない。東京とはいえ、このあたりまで来ると街はちゃんと夜の静寂に従っている。というより、深夜までぎらぎらと眠らない新宿だの渋谷だのの方がおかしいのだろう。

周囲にはほとんど走る車がないが、運転席の麻生は丁寧に減速してハンドルを回し、ちらりと高宮を見る。「……寝ていても結構ですが」

「そうさせてもらうつもりだったんだが、どうやら俺は、自分で思っているより気が小さいらしい」高宮は身につけている防弾ベストを見る。「こいつが気になって眠れない」

麻生も言う。「私もあまり好きではありません」

立川の河村和夫宅に向かう高宮と麻生はフル装備だった。シャツの上に防弾ベストを着用し、腰には手錠はもとより警棒と拳銃、それも五発しか装塡できないM360J《サクラ》ではなく、オートマチックのP230JP《シグザウエル》にフル装弾をし、予備のマガジンまで携帯するという重装備だ。鎧のような防弾ベストは固く重く、腰の拳銃と相まって自分が装甲車にでもなったような感覚がある。これでぐうぐう眠れる奴の方がおかしいとも言える。

亀有の現場周辺で聞き込みをしていたところに月島の事件が発生し、駆けつけて夜まで検問の手伝いと周辺の聞き込みだった。ようやく野方の特捜本部《チョウバ》に戻り、報告を終えたら日付が変わっていた。シャワーを浴びて着のみ着のままで寝たところを今度はなぜか火災犯捜査二係の麻生巡査部長に叩き起こされ、重装備でお出かけだという。麻生曰く「誰でもいいと言われたから荒事に慣れた人を選んだ」とのことだが、荒事を持ってくるのは大抵二係《おたく》じゃないかと高宮は思う。

だが、振り回され通しではあるものの気持ちは高ぶっている。重大事件発生の直後は皆そうで、経験の浅い若い捜査員などの中には眠れなくなる奴もよくいるくらいなのだが、この状態なら疲れてはいても体は動くし、集中力も保てる。

一方で感じることもある。「……こんなことを言ってすまないが、嫌な予感がする。だいたいこのパターンだと、ろくな目に遭わない」

「私もです」捜査一課きっての美人と評判の麻生は、怜悧な無表情のまま頷く。「あのお姫様が関わると、だいたい怪我をさせられますから」

　麻生も自分と同じ認識だったのだなと高宮は思う。火災犯捜査二係で研修中のキャリアである海月警部と、そのお守りの設楽巡査。カク秘どころか他言無用レベルの情報だが、どうも警視庁にある新組織を発足させるためのテストケースとして活動しているらしいという話で、高宮も麻生もこの二人の活動に時折付き合わされる。そして大抵ひどい目に遭う。テロ集団と化したカルト団体の施設に警棒一つで突入する羽目になったり、化物みたいな殺し屋と対峙して蹴倒されたり、ろくなことがなかった。もっともそこでの活躍のおかげで、麻生ともどもいくつかの賞を貰ってはいるのだが。

「あのお二人さん、今回はたまたま月島の現場に居合わせたそうだな。……設楽も災難だ。多すぎて紙資源の無駄だってんで、あいつの始末書は裏紙に書かせてるって噂だ」

「本人は、まんざらでもないみたいですけどね。こっちに戻る気があるのかないのか」麻生は呆れたような顔になって溜め息をついた。「……この路地の先だそうです。路駐でいいでしょうか」

「そうだな。迅速にずらかる必要が生じるような事態にならないことを祈るが」

　車の中で装備を確認し、まるでヤクザの殴り込み《カチコミ》だなと苦笑しながら路地へ出る。無論、二係の川萩係長は「そうなっても大丈夫な奴」ということで麻生を選んだのだろう。

目標の家は路地が短冊状に整備されたよくある住宅地の一角の、よくある二階建て住宅だった。ブロック塀、屋根瓦、かすれて読みにくくなった表札の「河村」の文字。あまりに無個性でまるで政府から支給されたような、ありふれた戸建て住宅だ。だが。

「……車がないな」

高宮は腕時計を動かして街路灯の明かりで照らす。午前二時十一分。情報によれば、河村和夫は現在、退職者であり、この家に一人で住んでいるという。平日のこんな時間まで、車でどこに出かけているというのだろうか。たまたま車で、泊まりがけの旅行をしているのか。

麻生がアコーディオンフェンス越しにガレージの中を覗き、高宮を振り返る。「ガレージ内に落ち葉などはありません。普段はここに一台、停めていたのは間違いないようです。深夜にちょっとした用事で乗って出た可能性もありますが……」

麻生はフェンスをとん、と叩く。言わんとすることは高宮にも分かった。中が空なのに、アコーディオンフェンスはきっちり閉じられている。几帳面な家人がいるならともかく、一人暮らしなら、車で出ている間は開け放してあるのが普通だ。フェンスを開けて車を出し、近くに一度停めてフェンスを閉め、帰ってきたときもまた近くに一度停めてフェンスを開けてから車を入れる。そういう手間をかける人間はあまりいない。

高宮は家を見る。一階も二階もすべての窓に雨戸が閉められており、中の様子は窺えない。

だが。

「……家を長期間、空けるつもりに見えるな。もしかしたら『帰る気がない』のかもしれない」

　こうしている間にも、周囲の暗がりからドローンが現れるような気がして落ち着かなかった。通行人に見られるのも避けたい。だが麻生は特に周囲は気にならないようで、いきなり門扉のインターフォンを鳴らした。

　インターフォンはきちんと音を出している。高宮は息をひそめて待った。どこの植木からなのか、こんな時間なのにアブラゼミの鳴き声が聞こえてくる。

　反応はなかった。今度は高宮がボタンを押す。やはり反応はない。

　留守だ。だがここの住人は一昨日の事件時、ここに置いてあったはずのeKワゴンで犬を連れ、葛西臨海公園に来ていたという。その後ここに戻り、そしてこんな時間にどこに消えているのだろうか。明らかに、長く家を留守にする消え方だ。

　高宮は麻生と顔を見合わせる。「……入ってみるか」

「そうしましょう」

　言うが早いか、麻生は腰の拳銃をがちゃりといわせながら門扉を開け、玄関ドアのインターフォンを鳴らした。高宮は続いて庭に入ったが、耳を澄ましても反応はない。

　さて、どうするか。こんな時間に派手にノックなどできない。

高宮は迷ったが、麻生は「電気メーターを見てみます。誰かに見られたら『バカなカップル』の方向で」と言い、さっさと家の横に回り込んでいく。刑事が男女でペアになり、カップルを装って潜入するケースは時折あるが、はたして麻生にバカの演技ができるのかと高宮は不安に思う。だが麻生はどんどん先に行ってしまい、高宮も急いで続いた。彼女は置いていくぞの一言もなく置いていくタイプだ。塀と壁の間の狭い空間を、体を横にしながら進む。その余地がそもそもあまりないせいか、雑草が伸びて荒れているということもなかったが、箒が無造作に倒れていたり、割れたブロックが転がっていたりと、家周りについては主の無関心さが感じられた。麻生がパイプのところで立ち止まる。

「……メーターがほぼ止まっています」麻生は高宮を振り返った。「踏み込みますか？」

決断が早すぎると思わないでもなかったが、高宮は黙って頷いた。重要度は分からないが参考人の自宅。一昨日には飼い犬を連れてのんびり公園に来ていたはずなのに今は夜逃げのようにいなくなり、この時間に至るまでまだ帰宅していない。不審に思う理由は充分にある。

「窓をブチ割るような真似は避けたいところだが」再び体を横向きにしながら玄関に戻る。

「勝手口をちょっと開けさせてもらうか？」

「そうですね。雨戸が……」言いながら玄関のドアに手を伸ばした麻生が、はっとして動きを止める。

「どうした？」

「……鍵が開いています」

高宮は麻生と一瞬、目配せをしあった後、前に出てドアノブを引いた。後ろでは麻生が拳銃を抜いている。

「夜分に失礼します。警視庁の者ですが……」

細く開けたドアから中を窺う。雨戸が閉まっているため、玄関の奥はほぼ完全な暗闇だった。傘立てと靴箱が辛うじて見えるだけで、廊下は数歩先で闇に沈んでいる。

「……河村さん、いらっしゃいますか？」

高宮は暗闇の中に目を凝らした。靴箱の上には置物の一つもなく、いつのものか分からない新聞がばさりと置いてあるだけだ。靴はなく、爪先にひびの入ったサンダルが一足。傘立てには黒い男ものの傘が一本、刺さっている。やはり独居で、しかも留守だ。

「河村さん。……失礼します。上がらせていただきます」

高宮も拳銃を抜いた。麻生と頷きあい、迷ったものの土足のまま上がり框に足を上げる。家の中には何の気配もなかった。光もなく、臭いもなく、じっとりと汗をかかせる暑い空気も動いていない。高宮の靴底がたてるごとりという足音が、闇の静寂を数メートルだけ飛んで消えた。目を細め、麻生に合図してから電灯のスイッチをつける。電気自体は来ており、不愛想な黄色い電球の光が廊下を照らした。床は綺麗に掃除されており、やはりつい最近まで人がいたと分かる。廊下の正面には旧式の電話機が置かれ、その隣ではモデムが緑色のランプを灯している。

入ってすぐ横の引き戸に手をかけ、ゆっくりと開けていく。からからから、と、たてる音同様の軽さで引き戸は動いた。だがダイニングと、それに続くリビングの中も寝静まったように沈黙している。

電灯のスイッチをつけると、廊下より白っぽい光が周囲を満たした。

何もない家だった。ダイニングには使い込まれた様子でニスが剝げたテーブルと椅子が四脚。シンクには全く食器が出ておらず、乾いている。畳の隅が毛羽立った和室のリビングには、無機質な灰色のローテーブルとテレビ台とサイドボード。ガラス戸のついた大型の本棚。隅にシールか何かを剝がした跡がついている、安っぽい素材の小さな簞笥。テレビ台に載っているのはいつのものだと思うような赤いブラウン管テレビで、帽子のようにデジタル変換器を載せている。ローテーブルの上にはノートパソコンとワイヤレス式マウスが、サイドボードの上にはアンテナの伸びた小型のラジオが載っている。隅々に残った昭和をそのままにして、部屋の中心部だけがゆっくりと現代まで進んできたような家だった。カーテンは閉まっている。無機質な調度ばかりの中、隅に花の柄が入った青いカーテンだけが、住んでいる人間の心の存在を窺わせる。

麻生が拳銃を構えたまま前に出て、ダイニングテーブルに載っていた写真立てを手に取った。細かい装飾の施された金属の写真立ては、カーテンを揃えたのと同じ人間が選んだもののように見える。

　何のことはない家族写真だった。どこかの展望台で撮ったらしく、東西南北を示す石板が足元にある。写っているのは中年の夫婦と小学校高学年くらいの男の子。そして七十前後に見える男と、その男が抱いている、耳の垂れた中型犬。

　バセットハウンドというやつだ。写っているこの男が、春海橋東岸で目撃された河村和夫のようだ。かすかに微笑んではいるが、頬がこけて、着ているチェックのシャツが風で膨らんでいる。いかにも学究の徒といった感じの、薄い立ち姿だった。

　麻生がリビングに入っていき、左手で本棚の戸を開いた。

「どうした？」

「いえ……子供向けの本がありますね」

　本棚には確かに、元研究者の七十男には相応《ふさわ》しからぬ鮮明な色遣いの背表紙が雑然と並んでいた。大判の古びた絵本、児童文学、それに最新の、ゲーム関連のガイド本まで。おそらく写真に写っていた孫のためのものだろう。この本棚には何冊かの雑誌の他には、子供が読みそうな本しか入っていない。河村和夫自身の書斎は二階にあるのかもしれない。

「……孫が訪ねてきていたんだろうな。いかにも普通の爺さんだ」

　だが、高宮がそう言った瞬間、背後で機械音がした。

　高宮と麻生は同時に振り返って銃を構えた。

だが、音がしたのはローテーブルの上のノートパソコンだった。画面は黒いままだが、なぜか電源が入り、ランプが緑色に点滅している。

誰も触れていない。なぜいきなり電源が入った？

見られている気がして、高宮は拳銃を構えたまま周囲を見回す。ダイニングにも、開けたままの戸から見える廊下にも、動くものはない。ドローンを飛ばすには狭すぎる空間だ。

ノートパソコンはしばらくか細い駆動音をさせていたが、画面は黒いままだ。ＯＳの起動画面が出ないことに気付いた高宮は、画面を覗き込んだ。

真っ暗な画面に一行、白い文字が表示された。

自覚せよ

11

科学警察研究所。略して科警研。ドラマなどでもよく出てきてお馴染みの施設（昔は「科捜研」と言った）だが、主業務はあくまでDNA鑑定技術の開発であったりポリグラフ検査＊技術の開発であったりと文字通り「研究」であり、警察からの鑑定依頼は本流ではない。学究肌の研究員の中には「自分の仕事」を中断させられて露骨に嫌な顔をする者もおり、かといってこちらとしては専門家に頼る他ないため機嫌を損ねるわけにもいかず、悩ましいことになる場合もある。

だが、海月のもとに送られてきたメールを見せてもらった限りでは、今回、回答をくれた

＊　いわゆる嘘発見器。この機器での検査は同意なしに実施できない上、現状では、精度の点で証拠能力もなかなか認められない。99％的中しても、１００人に１人も冤罪が出ていたら大変だからである。

研究員は大いに乗り気なようだった。

（to）警視庁捜査一課　海月千波
（subject）ご依頼の件／第五研究室　車田
（本文）
お世話になっております科警研第五研究室の車田です。ご依頼の件鑑定中ですが一通りまとめましたので明日朝にでも研究棟の方に来てください。なんと言うか一言で言うととてもとてもとてもとてもとてもとてもとてもとてもすごいです。分かりにくかろうと思いますので分かりやすいところにたとえますと最低でもナーシャジベリとかシモヘイヘレベルにすごいです。これは是非生で直接ご説明したいので明日朝にでも特急で来てください。何時でもいいです私は徹夜しておりますので。東京土産と言いますとやはり東京銘菓の東京ばな奈か名菓ひよ子がいいですが最近自分の中でシュガーバターの木のランクが上がってきたのでそちらでも構いません。ではよろしく。暑い日が続きますがどうぞ御身体御自愛の程

この文面から送り主のいかなる人格を想像すればよいのだろうか。メールに時候の挨拶をつけたり、「分かりやすいところにたとえますと」と言っているにもかかわらず逆に分かり

にくくなっている点*など考えれば海月に近いのかもしれないが、海月は育ちがいいので常識面ではしっかりしている。科警研の所在地は千葉県の柏市であり、土産を要求するほど東京は遠くない。そしてそもそも、通常、科警研の研究員は鑑定結果を聞きに訪れる捜査一課警察官に土産を要求しない。つまり変な人なのだろう。

俺が返した携帯を受け取ってポケットにしまい、海月は困ったような顔をした。「……個性的な方のようです」

「読点の存在を知らないんでしょうかね」あんたが言うか、と思わないでもないが。「こういう文章を書く作家がいたような」

「表面だけです。本質はまるで違います」誰を連想したのか、海月はなぜか決然として言った。「それに『名菓ひよ子』は福岡です**。お会いしたら、そこをきちんとご説明しておかなければいけません」

＊　ナーシャ・ジベリ……イラン出身のゲームプログラマー。初期の「ファイナルファンタジー」シリーズ等を手掛けたが、「たまたま起こったバグを利用してゲーム上の演出をした」「バグの報告をしたら電話口で修正コードを言い始め、その通りに修正してみたらバグが直った」といった伝説がある。

シモ・ヘイヘ……「白い死神」と呼ばれたフィンランドの狙撃手。「スコープを使わずに三百メートルの距離をほぼ確実にヒットさせた」「五百人以上を狙撃で殺害した」という伝説があり、三十二人のフィンランド軍が四千人のソ連軍から拠点を守り抜いた「コッラの奇跡」の立役者。

＊＊　吉野堂（株式会社ひよ子）本社および工場はいずれも福岡県。あれは福岡のお菓子である。

それこそ捜査に何の関係もない。海月は聞き込み中に関係ない話で盛り上がって本題を訊き忘れることがよくあるが、そうならないよう俺が気を張っているべきかもしれない。俺はそう考えつつ、急遽駅で買った「東京ばな奈」の紙袋を持ち直す。午前九時半過ぎではあるが日差しが強く、ここまで歩くだけでも前腕の、抱えたジャケットに触れている部分がしっとりと汗をかいているのを感じる。ジャケットが当たるせいか紙袋の隅に折り目がついてしまっているが、そんなことを気にするべき相手でもなさそうだった。

当初は海月の思い付きにすぎないと思われていたこの鑑定の重要度が増しつつある。

昨夜遅く、河村和夫宅に行った麻生さんと高宮さんから連絡が入った。麻生さんのことだからおそらく豪快に突入したのだろうが、とにかく河村宅はもぬけの殻、そして二人の訪問を待っていたかのようにノートパソコンが起動して「自覚せよ」の文字が表示されたという。これで、「鷹の王」が河村和夫であることがほぼはっきりした。

特捜本部は朝一番の捜査会議で河村和夫を重要参考人とし、奴の確保を最優先とした。だが、奴はすでに姿を消していた。現在、捜査員が必死で奴の身辺を洗って潜伏先の特定を急いでいるが、手がかりはまだない。あれだけの数のドローンとボウガンを用意しているほど周到な男なら、潜伏先の手配ぐらいとっくにしていただろう。

そして奴が「鷹の王」だというなら、ますます橋梁を崩落させる方法が謎になる。七十の老人一人とドローンで、そんな量の爆薬も重機も扱えない。その答えが、今から行く科警研の分析結果で分かる、はずだった。

どこまでも続くかに思われた科警研の敷地の塀が途切れ、潜入捜査のために目立たない勤め人を装う警察官、といったイメージの科学警察研究所正門が現れる。火災研究室や爆発研究室もあるため火災犯捜査二係に配属後、ここは何度か訪れている。海月も一緒だったことがあるはずなのに、彼女は何の疑いもなく研究棟ではなく実験棟の方に行ってしまう。急いで引き戻して正しい方向を向かせる。研究棟の受付で取り次いでもらう時、係員は「車田先生？　……ああ」と、憐れむような視線を俺たちに向けた。その視線から車田がどういう人間かおおよその想像がつき、俺は朝から疲れを感じた。

エレベーターで階を上って廊下に出た瞬間、がらがらがら、と野放図に音をさせながら、キャスター付きのポールのようなものをキックボードの代わりにして滑る怪しい白髪の男が視界に入った。思わず拳銃を抜こうとしたが、男は白衣の裾をなびかせながらこちらに向かって水平移動してくる。

「やあやあやあやあお待ちしておりましたどうもどうも。生物第五研究室車田でございます。海月警部と設楽警部ですねお待ちしておりましたさあさあさあ」

誰が警部だと思う間に、車田は白く清潔な科警研研究棟の床にキャスターの転がる音をけたたましく響かせながら目の前に来て、床をきゅっ、と蹴って停止する。海月は微笑み、ビジネスマナーとしては満点がつけられそうな丁寧な仕草で挨拶をして名刺を差し出す。「捜査一課、火災犯捜査二係の海月千波です。この度は迅速な報告をありがとうございました」
「やあ楽しくてね。こちらこそ。あなた可愛いですね溶連菌に似てるって言われません
か？」
「初めて言われました。それよりも車田さん。『名菓ひよ子』は福岡の銘菓なので、何の説
明もなく東京銘菓だとしてしまうのは問題があると思うのですが」
「ああこれは失礼全くそのとおりですがまあ東京銘菓として売り出していますから」
間違いを認めないタイプだなと思った。鑑定結果が心配だ。だがそれより、このまま海月
とこの男に喋らせていては、噛み合っているのかいないのか分からない会話で一日が終わっ
てしまう。「車田先生。それよりも、鑑定結果を」
「はいはい。では研究室にどうぞ。あっありがとうございます『東京ばな奈』。これ好きな
んですよ」車田は俺から奪うように紙袋を受け取り、ポールに摑まる。「では研究室の方に
どうぞ。乳酸菌くらいしかお出しできませんがどうかお構いなく」
「いえ、勤務中ですから」内容物で言うなと思うが、それを含めてつっこむべき部分にすべ
てつっこもうと思ったらそれこそきりがない。「それと車田先生。それは何ですか」
途中で気付いたのだが、車田が「乗って」きたのは点滴用のスタンドだった。しかも透明
な薬剤の入ったパックがつけられていて、チューブの先が車田の左腕に刺さっている。
「これですか？　いやちょっと徹夜だったもんでね」車田は笑顔で言う。「簡単に言うと魔

法の薬です。これ入れてると何晩徹夜してもシャキッとしてるの。乗り物にもなって一石二鳥」

眼鏡をかけているので見落としていたが、車田の目元にはうっすらと隈ができている。大丈夫なのかと思うが本人は笑顔だ。*「ではこちらにどうぞ。設楽警部一緒に乗っていきます？」

「結構です。……警部警部。危ないですからやめてください」

誘いに応じてスタンドの脚に乗ろうとする海月を引きはがし、がらがらがらし先に滑っていってしまう車田を早足で追い、ぎょっとして壁に背中をつける通りがかりの研究員に詫びながら部屋に入る。ビーカーに攪拌機に冷蔵ショーケースと設備は揃っているが、点滴スタンドを引っぱりながら歩く車田がショーケースから出してきたのは怪しげな黄色の液体が入った瓶だった。「まあまあお構いなく。ひとまず液体でもどうぞ」

お構いなくの用法が違うぞとつっこむ間もなく車田は液体を手近なビーカーに注ぐ。「あ　あすいませんね今コップが使用中でこれ二つしかないもんでね。設楽警部はこちらですみません」

＊　当然のことながら「主観的にシャキッとする」だけで、疲労を短時間でとる薬などない。肉体的にはむしろ危険なので、疲れた時は眠りましょう。

車田はビーカーに口をつけて黄色の液体を飲みつつもう一つを海月に勧め、俺にはメスシリンダーに液体を注いで出してきた。そもそもちゃんと洗ったのだろうか。生物第五研究室の専門は細菌やウィルスである。

「それでねこれがまた驚くようなもんなんですよ。お二人ちょっとこっち来てくださいこっち」

車田が奥の電子顕微鏡の前に座って手招きをする。怪しげな液体に手をつけずに済んだと思ったら、海月はビーカーを両手で持ったままついてきた。

「警部、それやばいです。置いといてください」

「アルコールではありませんよ？　爽やかでおいしいです」

飲むな。しかし車田は点滴を刺したままにこにこしている。「シャキッとするでしょその液体？　まあそれよりこちらですこちら。いただいた破片をね、いろいろ混ぜたり染めたりしつつ確認してみたのですが。これですこれこれこれこれ」

とにかく本題に入ってくれたらしい。車田が端末をくりくりと操作してモニターを表示させると、ごろごろとした球体が群れ集まっている様子が白黒で表示された。

「……球菌、ですね」

「そうなんですよ私はどちらかというと桿菌派なんですけどね。なかなか可愛いでしょう？」

海月は頷く。「ころころしていますね」

外見はどうでもいい。「これがつまり、何なんです？」

車田は眼鏡を外し、直で白衣のポケットに押し込んだ。もともとそれほど視力が悪くないのか、それでも特に不自由はないらしい。何がしかの同調行動なのか、海月も眼鏡を外してこちらはケースに収める。

「これがねもう送っていただいたコンクリート片にびっしり付着していたんです中までびっしり。びっしり。短期間で一気に増えた様子でねびっしり。橋梁の破片と、その前のビルの破片。どちらにもこいつが付着していました。もうびっしり中までびっしり」車田は「びっしり」と言うたび、顎の左右に変な形の皺が走るおかしな顔になる。「コンクリート中に生息する細菌はいくつか知っていますがもうびっしり。しかもこいつは見たことがない種類ですよもう大興奮ですよ。少なくとも自然界ではいない変わり者です」

変わり者はあんたじゃないかと思うが、車田の声は鋭くなっている。

「……どういった細菌なのですか？」

海月の問いに、車田は両手を白衣のポケットにつっこんで二秒ほど斜め上を見た。どこから説明するか考えているらしい。

「……硫酸塩還元菌っていう子たちの存在ご存じですか。聞いたことありますか」

「$4Fe+SO_4^{2-}+8H^+ \rightarrow 3Fe^{2+}+FeS+4H_2O$」海月が答えた。「好気性部分で起きている$1/2O_2$

$+H_2O+2e^- \rightarrow 2OH^-$と合わせて、ガルバニック作用で金属配管の腐食を加速させる細菌ですね。下水の配管などを腐食させるため、建築分野では対策が研究されています」

「よくご存じで。さすが溶連菌に似てらっしゃるだけありますね話が早い」

　俺は全くご存じでないのだが、とにかく概要が分かればいい。黙って聞くことにした。

「まああれです。細菌ちゃんたちによる鉄筋の腐食コンクリートの亀裂は日常的に起こっていることですよね。大変賑やかで人類は決して孤独ではないぞと思えるので詩的心情としては好きなんですがね。結論を端的に申し上げますとこの子たちは好気性で硫酸塩還元菌とは全く別カテゴリなんですが、人間を困らせる手口は似ています。コンクリート食べちゃうんですよもうムシャムシャモリモリと。セメント中のFe_2O_2とかSO_3を使うので食べちゃう、って言っていいと思うんです。反応の経路はまだ不明な部分もありますがもうかなり特異。すっごい特異。コンクリートに亀裂を入れるメカニズムもねこれもすっごいです。思わず特異ちゃんって渾名つけちゃいましたよこの私ともあろうものが」車田はビーカーの液体を一口飲むとモニターを操作し、表示されている球体を拡大した。「こいつは通常の環境下では何もしません。ですがある条件が揃うとすっごいんです。それまでやっていたものとは別の激しい反応を起こし始めて同時に爆発的に増殖を始める。すっごい爆発的に。もうびっしりになるくらいです。この激しい反応がエネルギー効率えっらいいいようでそのせいですね。まあ雌の蚊が産卵前に吸血するようなものなんでしょうね。いやもうすっごい」

すっごい、と発音するたびにタコ並みの長さに口をすぼめる車田の顔の変化にも平然とし、海月は瞬きもせずに先を促す。「その反応とは？」

「なにせ限定的な条件下でしか起こらないものでしてね。シャイなんですよこの子たち。まあ繁殖活動を顕微鏡でつぶさに観察されるのなんて私でも嫌ですから当然と言えば当然なわけなんですけどねちょっとくらい見せてくれてもいいのに。んもう。いけずぅ。そんなわけで正確なところはまだ摑んでいません。ですが空気中の二酸化炭素を吸収して周囲を脱水した上で自分たちも反応過程のどこかでエネルギーを得ます。その結果コンクリートに短時間で亀裂が入る」

俺はさすがについていけない。「……どういうことですか？」

「おっと設楽警部の方は分かりませんよね失礼。そういえばあなた何菌にも似ていないし。ではちょっとゆっくりお話ししましょうか。対Dランク学生用講義モードでよろしいですか。Eランクの方がよろしいですか」

「恐縮です」外見と理解力は関係ないだろう、と思うが。「どちらでも」

車田は「ではDランクでいいですねあなたイケ面《メン》だし」と一人で呟き、なぜか左腕に刺している点滴の針をぶつりと抜いた。あまりに乱暴な抜き方で血が出るぞと心配になったのだが、車田は垂れ落ちそうになった血をべろりと舐めて話を続けた。

「さて私は専門ではありませんので知っている限りでお話ししますが、コンクリートの経年劣化に関しては、以前から建築学上の一大テーマでした。コンクリートというものは簡単に言えば砂と石と水の混ぜ物でしてね。安定してはいるが絶対ではない。もともと放っておくだけで亀裂が入るものなんです」急に低く落ち着いた声になった車田は、指を三本立てる。「コンクリートに亀裂が入る原因はいくつかありますが、よくある原因は大きく分けて三種類。一つ目はコンクリートの中性化により生じた鉄筋表面の錆。二つ目は乾燥収縮ひび割れと言われるもので、セメント中の水分がどこかに行ってしまってその分体積が減ることによる亀裂。三つ目は温度ひび割れというもので、よく冷まさないうちに打設したりした時に温度差により引っぱり張力が生じて起こる亀裂。コンクリートは押す力には強くても、引っぱる力には極めて弱いですからね」

俺は画面に表示された球菌を見る。話が分かってきた。「つまり、この細菌が……」

「こいつは二つ目と三つ目を同時に発生させる」車田は言った。「さっき言った特異反応とでも言うべきものが始まると、こいつは空気中の二酸化炭素を吸収すると同時に反応に使う水分を集め始め、コンクリートを急速に脱水する。そして脱水反応時に凄まじい勢いで発熱します。そうしながら増殖してコンクリートの隅々にまで侵出する。脱水と発熱が急速な上、どうも反応過程でこいつが排出する物質がコンクリート中の水分に溶けて沸点を下げてしまうらしく、特異反応が起こると反応熱で周囲の水分が一部沸騰するんです。その膨張力も手伝ってコンクリートに急速に亀裂が入る。建築関係者が知ったら蒼ざめるような『コンクリート破断細菌』ですよ。しかも困ったことにこいつ、コンクリート内部が大好きときてる。コーティングに穴を開けてどんどん中に入っていってしまうんです」

思わず、電子顕微鏡内の方を見てしまう。この研究棟は大丈夫なのか。

車田はそれを察した様子で首を振る。

「感染しても特異反応さえ起こさなければ何もしませんし、特に熱心に増殖するでもなくむしろ休眠状態に近く、短期間で死滅します。だから、たとえば培養液をそのへんに塗りつけても全く問題はありません」

「都内四ヶ所の放火事件と、先日の月島ドローン無差別襲撃事件では、間違いなくその特異反応によって建造物が崩落しています」海月が車田を見上げる。「特異反応が始まる条件の方は、分かりましたか」

「あなたのご指摘の通りでしたよ。海月警部」車田も海月を見下ろした。何やら急にまともになった気がするが、点滴の針を抜いたことと何か関係があるのだろうか。「火災現場で崩落したことから、温度と炭酸ガス濃度の上昇を指摘されましたが、まさにそれでした。温度はおそらく45℃程度。そしてCO_2濃度が2000ppm程度と推測されます」

「2000ppmというと……」

俺は記憶を探る。確か火災現場などで、人体に有害とされるCO_2濃度は5000ppmだったはずだ。

「基本的には火をつけないと達しない濃度ですね。大気中のCO_2濃度は平均で350ppm程度、都市化の進んだ都心部でも450ppm程度です」海月が答えた。「ですが、大人数のいる教室や閉め切った自動車内では、5000ppmを超えることもあります。検知器に息を吐きかければ、瞬間的になら2000ppmを超えます」

「それだけで……?」

だとすれば、やはり危険極まりない。今のような夏場なら、建物の外壁表面温度が45℃を超えることはよくある。

「実際にはCO_2はすぐ拡散してしまいますから、息を吹きかけて一瞬2000ppmを超えた程度では、特異反応は始まらないようなんですが。感染した壁面に燃料をばら撒いて火をつければ、燃焼によって発生した熱とCO_2で充分、特異反応を起こせますよ」車田は目元をひと揉みすると、口許にどこか悪魔的な笑みをのぞかせて言った。「……たとえば、ドローンのボウガンに火矢をつけて壁面を撃つ、といった方法でも」

画面に表示されているちっぽけな球菌が、急に存在感を増した。爆発物を使わずに月島周辺の橋六つを崩落させた「コンクリート破断細菌」。目に見えないこの小さな生物が、やり方によっては爆弾よりはるかに深刻な破壊をもたらす。そして、爆弾を運ぶパワーのないドローンでも、こいつの培養液なら運べる。

「破壊の規模はどの程度なんです」答えを聞くのが怖くなりつつあったが、ここへは捜査で

来ているし、気持ちとしても聞かずにはいられない。「つまり培養液の量次第では、たとえ

ばこのビルを倒壊させるようなことも?」

「培養液の量はそれほど関係がありません。自分で増える子たちですから」車田の表情と言

い方からは、この細菌に対する敬意すら見える。こいつがマッドサイエンティストなのか、

それとも事態が深刻すぎる故の諦念なのか。「ただ……そうですね。ドローンと噴霧器のよ

うなものを使ってまんべんなく感染させれば、あとはどこかに火をつけるだけで特異反応が

連鎖的に起き、建物全体が崩壊します。この建物でも三十分かからないでしょうね」

だとすれば、およそ都内にあるどんな建物でも、ドローンの集中攻撃で培養液を吹きかけ

さえすれば破壊できることになる。霞が関の官庁舎、国会議事堂、首相官邸。どんなに警備

の厳しい重要施設でも、コンクリートで造られていることには変わりがない。俺は霞が関の

警視庁本部庁舎を頭に浮かべる。巨大で堅牢で、たとえ震度七の地震が起きてもミサイルが

直撃してもそう簡単には倒れないはずの本部庁舎ですら、電子顕微鏡でやっと見える大きさ

のこの細菌によってあっさり崩壊するかもしれない。筋骨隆々の大男がほんの小さな毒蜘蛛

のひと噛みで死ぬように。

「研究の過程で偶然できたのか、それとも例の『鷹の王』とやらが意図して作ったのかは分

かりませんが」車田はビーカーの液体を飲み干し、縁についている滴をべろんと舐めとった。

「私の予想ではもともと研究していたんでしょうね。細菌を用いたコンクリートの粉砕は、

爆薬を使わない安価な解体方法として極めて現実的な方法です。ですがある時点で、犯人は

それをテロに使う決心をした。病原性はないし、特異反応が起きない限りは何もしない細菌

ですから、内容を隠したまま研究を続けることもできたでしょうね」

河村が——「鷹の王」が「東京はもうすぐ終わる」とわざわざ宣言して姿を消した理由が

ようやく分かった。奴には絶対の自信がある。間違いなく奴は今、多数の大型ドローンとコ

ンクリート破断細菌を携え、東京のどこかに潜んでいる。

「……急いで本部に報告、ですね」

海月と頷きあう。確かに彼女が言った通り、「鷹の王」の「本命」はこれから来る。次に

やられるのは東京のどこなのか。いずれにしろ、一刻の猶予もなかった。だが河村和夫の行

方は杳として知れない。

12

「……死者ゼロではあるんだけどね。『鷹の王』なんてセンセーショナルに名乗ってくれた上に、月島のあの派手さだ。最近、目立ちたがる犯罪者が増えてないかね」甘辛く香ばしい湯気をたてる饅頭に箸を突き立てせわしなく頬張りながら、警視総監坪井真澄は彼なりの論理で犯人を攻撃する。「だいたい最近の若者はどうかしてるよ。犯罪を犯してでもネットで目立ちたい、っていうんだから」

「今回の『鷹の王』は七十代とのことですが、動画サイトなどに犯行映像をアップしたりと、若者に媚びておりますな」さりげなく訂正しつつ、警備部長の満田も饅頭をかきこむ。抜け目なく坪井より一つランクを落とした「上」である。「年長者の威厳が失われています。だから若者もどんどん無軌道になっていく。嘆かわしいことです」

「今日は『志のや』に行くつもりだったのに、おかげでこの様《ざま》だよ」坪井は総監室の窓から外を見る。座っているので地上は見えないが、周囲の官庁ビルにまだ無数の明かりが灯っているのは見える。「マスコミ、まだいるかい。いいかげん肩が凝ってきたんだが」

「まだでしょうな。地下駐車場はいいとして、路上を張ってますから。まあ、こっそり脱出できないこともないですが」満田は困り顔を作る。「警備部としては、もうしばらくこちらにいていただいた方が。ご自宅も張られている可能性がありますし」

「困ったもんだ」

戸梶は応接セットで満田と向かいあって天丼をもそもそ食べている。食べるのに集中していて発言しない、というふりをして顔を上げないことにしていた。上げてどちらかと視線が合えば暗愚魯鈍そのもののやりとりに自分も参加せねばならないし、この二人に「心から」賛同の意を示さねばならない。坪井はともかく、腰巾着の満田は部下や同僚が偽の笑顔を示すと鷹より鋭く見抜く。警察官としては万引き少女の嘘ひとつ見抜けないようなレベルであるにもかかわらずだ。

こんなことをしている場合ではないのだ。戸梶は貧乏揺すりの悪癖が出るのをこらえることに必死だった。現在のところ「鷹の王」とみられている河村和夫は行方知れず。しかも今朝の報告で、奴が「コンクリート破断細菌」というとんでもないものを携えているらしいという情報も入ってきた。確かに結果の数字だけ見れば事件はまだ「傷害及び放火事件」に留まっている。だがそれは幸運と月島署の警察官たちの決死の闘いによるもので、本来なら二桁の死者が出ていておかしくないものだ。そして間違いなく「本命」の事件がこれから起こる。今いるこの庁舎すら、「鷹の王」がその気になればまるごと崩壊させられるかもしれないというのに、坪井も満田も状況が分かっていないのだろうか。報告を聞いていないのだろうか。それとも敵に遭うと砂に頭を突っ込んで隠れた気になるダチョウの諺のごとく、鰻重に頭を突っ込んで現実逃避しているのだろうか。

坪井は今、「鷹の王」事件が派手に報道され、警視庁本部庁舎周辺にマスコミが張りつくようになったため、「警視総監が早々と帰宅するところを見つかりでもしたらまずい」という理由で総監室に残り鰻を取り寄せて食べている。昨今の絶滅危惧種指定を考えればこれだけで批判の対象になりかねないのに、ましてこの非常時に、である。特捜本部の動向を気にするでもなく、警察庁を通じて千葉・神奈川県警や都公安委員会、海上保安庁との連携を模索するでもなく、ただここにいる。いっそ「鷹の王」がドローンを飛ばして今のこの男の映像を流してくれればと思う。だが自分は主流派だ。坪井が許し満田が席を立たない以上、自分だけが「仕事がありますので失礼します」とは言えない。各方面本部長、特に湾岸で、「鷹の王」と対峙する可能性が高い第一・第二・第七方面本部長とは会って警戒態勢を整えておかねばならない。刑事部からの応援要請にも対応が必要だ。いくつかの署からは報告が上がっているはずだがまだ目を通していない。やるべきことが山ほどあるのに、戸梶はまだ解放されない。

「犯人はまだ、居場所の手がかりもないのかね。月島署のが顔は見たんだろ？」坪井は残った鰻に山椒をばさばさと振る。「越前君ならもっとやれると思ったんだけど」

「どうも彼は最近、鈍ってきましたね。金星は多いけど黒星も増えた」満田も茶を飲みながら応じる。「まあ、今回のような件だとどうしてもまず対応するのが所轄の交番勤務になりますから。あまり当てには」

当然のように自らの職掌を軽んじられ、戸梶は反射的に立ち上がりそうになった。お前らも昔は所轄にいただろうが。

だが満田は訳知り顔で坪井に進言する。「毀誉褒貶が多いというのはそれだけでもう、いいことではありません。『鷹の王』とやらの跳梁をここまで許した責任というものがありますし、警視庁としては刑事部の態勢を考え直す、というのはいかがですか」

「んー……まあ、今はね。まだいいけど」

組織の中には必ず「目立つ奴」というのがいる。実績の有無ではなく仕事に対する姿勢のことで、ただマニュアルに従いルーチンワークをこなすだけではいられず、前例にないことを提案したり実行したりして周囲を戸惑わせるタイプだ。それは自分の仕事に理想と熱意がある者にとっては改革と進歩の原動力になるが、普通に業務をこなして「つつがなく」給料を貰いたいだけの者にとっては、自分の頭で判断せねばならない「余計な案件」を出来させるトラブルメーカーということになる。丸の内署勤務時代に共に勤めたことがある戸梶は知っている。当時の越前はまだ二十代の若造だったが、奴はその頃からとびきりの「目立つ奴」だった。前例をふまえつつ自分で考え、新たな提案をする。同様に若造だった自分は越前の先見性と合理性に感服し、所轄側の理解者といった立場でよく飲みにもいったものだが、上司に釘を刺されて気付いた。越前に関わると、普通に勤めさえすれば積み上がるはずのものが崩れる恐れがある。独創性を発揮する越前の性質は、瑕疵やリスクがないことを最大の美点とする官僚組織にあっては絶対に出世できないタイプのものだった。

だが越前は出世した。「話の分かる中央官僚」である越前は所轄や道府県警本部の信望も厚く、また派手な事件を解決に導いた実績も多く挙げていた。地方の県警本部長になっては実績を挙げて霞が関に戻ってくる越前は早々に「またあいつか」という形で幹部連に名前を知られた。そして越前は他に手柄を譲ることを厭わなかった。それゆえ奴の周りには、実績のおこぼれにあずかろうとする人間が常にへばりついていた。

しかし、坪井や満田だけでなく、ノンキャリアの戸梶も分かっている。越前のここまでの軌跡は言ってみれば片張りのギャンブルに勝ち続けたようなもので、確率的にいえばどこかで必ず破綻するのだ。その時に肩でも貸していれば一緒に転ぶ羽目になる。警察機構の中で越前が「使えるが組みたくはない男」以上の評価を受けることは絶対にないし、局長・警視総監クラスに出世することも絶対にない。坪井はいつでも切るつもりでいるようであるし、満田などは坪井のために、監察室にまで手を回して越前を切るチャンスを窺っている。

だが、それにしても今はないだろう、と戸梶は怒鳴りたい気分だった。「鷹の王」のような「前例のない」犯罪者に対応するには、自分の頭で考えて「新たな選択肢を創造できる」人間でなければならない。そんな奴が他にいるのか。最初の誘拐事件だって、普通の指揮官なら野方までしか追跡できなかっただろう。そもそもこんな非常事態に、たいした理由もなく特捜本部のトップを入れ替えることなどできるはずがない。現場が無駄に混乱するだけだ。

案の定、坪井は言った。「まあ、まだ今はね。少なくとも本件は越前君にやってもらおう」うまくいかない場合の腹切りも含めて、と言外に滲ませつつ坪井は言う。状況の真っ最中にトップを替えたりすれば、坪井の方が運営能力を疑われるから、坪井は絶対に同意しない。おそらくその答えを予想しつつ、事件後の提案をしやすくするつもりで言っていたであろう満田も頷いた。「そうですね。今は」

戸梶は背中がむずがゆくなるのをこらえる。非常事態だというのに。今、この瞬間に新たな被害の報告が飛び込んできてもおかしくないのに、こいつらが考えているのは越前を飛ばすかどうかということなのだ。上がこんな状態で、本当に「鷹の王」の本命を防げるのだろうか。奴を逮捕できるのだろうか。

暗澹たる気持ちで戸梶が箸を置いた瞬間、ばつん、という音がして部屋が暗くなった。エアコンも止まり、突然の静寂が生暖かい闇となって戸梶たちの五感を塞ぐ。

「……何だ。どうした」

坪井が浮足立った声音で問う。満田は「さあ」と言っているだけだ。二人とも姿は全く見えず声だけがする。数秒待っても復旧の兆しが見えないため、この場では一番下っ端の戸梶が立ち上がらなければならない。だが戸梶は気付いた。暗すぎる。

このフロア、またこの庁舎だけの停電なら、外の明かりで人のシルエットくらいは浮かぶはずだった。だがそれすらない。戸梶は携帯電話の懐中電灯アプリを起動し、頼りなく青白い光で足元を照らしながらデスクを回り込んで窓に張りつく。

東京が暗黒に沈んでいた。ビルも街路灯も信号もすべて消えている。周囲の高層ビルは四角い影に、それより低いビル群は黒の凹凸に、ＪＲ山手線の高架線路はただの直線になっている。あちこちで非常用電源を備えたビルが対応を始めたようで、ぽつりぽつりと小さな光が灯り始めていた。

大停電だ。それもこの周辺だけではない。千代田区全域、いや江東区、スカイツリー方面まですべて暗闇になっている。どんなに遠くでも、せめてどこかに明かりが灯っている地域があれば停電範囲の推測ができるのだが、見渡す限り真っ暗になっている。

切れた電源を文字通り叩き起こすような音が廊下から響き、総監室内にわずかな白い光が戻る。非常用発電装置が作動したのだろう。

「……なに、停電」背後で坪井が今更にすぎることを呟く。

「見える範囲で、停電していない地域がありません」戸梶は窓の外に灯りを探す。「相当広範囲です。場合によっては東京都全域の可能性が。いえ、これはもしかすると……」

戸梶は気付いていた。落雷も大風もない、ただ暑いだけのこんな夜に、これだけの大停電が起こることは考えにくい。これは人為的なものなのではないか。どこかで送電線が、故意に切断されたとすれば。


その四分三十七秒前。栃木県益子町南部、大郷戸《おおごうど》。

山間部の畑から、八つのローターをフル回転させた大型ドローンが離陸した。

真っ暗な山間部でも、ドローンの赤外線カメラは目標を明確に捉え続けていた。東京電力福島幹線の五百キロボルト高圧送電線。離陸地点からターゲットまでは全く障害物がない。送電線はわずかに風に揺られながら、山腹の森の上に無防備に露出している。タイマーにより発動したプログラムは正確に動作していた。ドローンは空中架線の真上でぴたりと停止し、ホバリングを始める。

プログラムに従って動くだけのドローンには興奮も躊躇もない。ドローンは下部に装着されているネットランチャーを作動させ、収納されていた銅製のネットを空中架線に向けて落とした。

爆発に近い激しい音と火花、そして行き場を失った電流が黄色に発光する。銅は空中架線に用いられるアルミニウムより導電率が高く、平行に渡された架線に銅線がかけられてしまうと、電流はそちらに流れてしまう。むき出しの空中架線は一瞬でショートし、根元を固定する碍子《がいし》の付近で火がついた。

電流は遮断され、この瞬間に、東京電力福島幹線が電力を供給している首都圏の一部地域が一斉に停電した。


同時刻、銅線ネットトランチャーを装備した架線破壊ドローンが、首都圏各地で同時に離陸していた。千葉県香取市の河川敷。東京都あきる野市の山林。千葉県船橋市北東部の農道。郊外の闇夜にまぎれ、離陸したドローンたちは赤外線カメラで風による誤差を修正し、正確に架線の真上から銅製のネットを落とし、東京圏に送電する主要高圧送電線をショートさせてゆく。

東京電力の送電線網は、一ヶ所や二ヶ所の架線トラブルでは停電を起こさぬよう、複数のバックアップルートが用意されている。どこかでトラブルが起これば別のどこかがすぐに代わりを務められるよう、機器と職員が二十四時間体制で管理してもいる。だがそれでも、一万五千キロに及ぶ架空送電線の大部分は山間部や郊外を通り、すべてを監視・警備することは事実上、不可能である。悪意をもってドローンを操る「鷹の王」を前に、東京都に電力を供給する福島幹線及び福島東幹線、新佐原線及び印旛線、新秩父線、新豊洲線といった主要送電ルートが次々と遮断されていった。東京電力の各給電所では警報が鳴り響き、各地の遮断器が一斉に動作を始める。だが主要送電線の大部分が同時に使用不能になっている状況では、人とシステムがいかに足掻いたところで無駄だった。

まず板橋区・北区一帯が停電した。一瞬遅れて世田谷区が。杉並区が。江戸川区・江東区の湾岸一帯が。そして警視庁本部庁舎のある千代田区が。

停電は首都圏全域に及び、茨城県南部、埼玉県東部、千葉県北西部及び東京都全域が光を失った。たった数秒のうちに、日本列島南東部に真っ暗な一角が出現したのである。停電発生八分後、都内の状況を確認するため出動した消防庁ヘリからの通信で、パイロットの漏らした第一声が、この時の状況の異常さを表している。

——「東京が消えています」。


突然の大停電に見舞われた東京都は大混乱に陥った。病院や官公庁など、独自に非常用発電装置を備えているビルは多く、停電から数十秒ののちにそれらが一斉に稼働し、完全な暗闇は消えた。だが非常用発電装置で賄える電力は最低限の照明や生命維持などのごくわずかであり、街からは明かりが消え、街路灯が、信号が、繁華街からはネオンが消え、非常灯の白やオレンジがその存在を示すだけにとどまった。鉄道は全線が停止、帰宅ラッシュの最中で人がひしめきあう駅構内は大混乱に陥り、基地局の電力不足で固定電話・携帯電話が極めて繋がりにくい状況になったことがそれに拍車をかけ、「突然暗闇になり、何が起こっているのか分からない」というパニックの中、駅構内で、停止したビルのエスカレーター上で、歩道橋の階段上で、将棋倒しの下敷きになった重傷者が無数に発生した。東京は折悪しく気温三十一度の熱帯夜であり、空調の止まった地下や屋内に留め置かれた中には体調不良で倒れる者が続出した。持病や転倒時の負傷で緊急を要する容体になった者も多かったが、119番通報は電力不足と回線の混雑でなかなか繋がらず、出動した救急車も、信号機が使えないためグリッドロック状態になった交差点や、混乱のあまり車道上に侵入する歩行者で動けなくなり、現場到着に普段の十倍近くの時間がかかるという状態だった。110番にも停止したエレベーターに閉じ込められているという通報が相次いだが、回線はすでにパンクしていた。

停電発生からわずか四分で消防庁には情報連絡室が設置、また知事が在庁していたためその十分後には都庁内に即応連絡本部が設置された。その二十五分後に、経済産業省は「東京都大規模停電対策本部」を設置。大臣・補佐官にすぐに連絡がつくなどの幸運も手伝って対応は早かったが、その時点ですでに交通事故・転倒事故・急患が続々と発生していた。

鉄道が全線停止、幹線道路は渋滞でほぼ走行不能、という状況は、都内に八百万人近い帰宅困難者を発生させた。震災以後、その事態が想定されていた部分もあり、大規模な混乱は起こらなかったが、停電や混雑に乗じたスリや痴漢被害は発生していた。

東京電力は全力で架線のトラブル個所を特定し、消防及び警察、さらに災害派遣の出動要請を受けた陸上自衛隊のヘリが架線にかかっている銅線をすべて発見したのが、停電発生から一時間四十一分後。ありあわせの装備で絶縁をした陸上自衛隊員が、ホバリングするヘリからワイヤーで空中に懸垂し、決死の手作業で銅製のネットを除去するという離れ業により架線の短絡が解消されたのがその二十分後。破損部分をチェックし、生き残った電線での試送電により首都圏の電力が部分的に回復したのがその十六分後。「首都圏大停電」「暗闇の二時間」という呼称がネット上で広がり始めた深夜、動画サイトには新たにドローンの赤外線カメラから撮影した犯行時の映像がアップされ、メッセージ欄には月島その他の時と同じ、すでに都民の記憶にざっくりと刻み込まれている一行が添えられていた。

すなわち、「自覚せよ」である。

その言葉が三度ネット上に流され、停電発生時の混乱から回復しつつあった都民は疑問と憤りと、わずかな安堵を覚えていた。今回はこれで済んだ、と。多数の負傷者は出ているし、三時間近く帰宅が遅れて疲労困憊、転倒して重体の者もいるものの、被害はこれだけで済んだ、と。

だがその認識は甘かった。翌朝六時十五分。「鷹の王」は首都圏近郊の四ヶ所で、さらなる鷹を放つ。

同時刻、東名高速上り線海老名ＪＣＴ付近を走行中のトラックは、朝の薄青色の空に、真っ黒な飛行体の姿を目撃した。直後、ドライバーは急ブレーキを踏んだ。前方の路面の様子がおかしかったため落下物かと思ったのだが、徐行して接近してみると、路面に一直線に亀裂が走り、一部は崩落してクレバスのような隙間ができていた。見ると、脇のフェンス部分はごっそりと崩落してなくなっている。

時を同じくして同様の崩落が一斉に通報され始めた。中央道八王子ＪＣＴ付近。関越道鶴ヶ島ＪＣＴ付近。東北道久喜白岡ＪＣＴ付近では高架道路の橋脚そのものがひび割れにより一部沈降、路面が完全に断裂していた。

交通量のピークよりかなり前の時間帯であったことと、ＪＣＴ付近で先頭車が速度を落としていたことが幸いし、計四ヶ所の崩落では軽い追突事故が二件、車体前部が亀裂から脱落してしまい走行不能になった乗用車が一台、生じたにとどまった。

だが、真の被害はそこではなかった。東名高速及び中央道は東海圏・西日本から、関越道は北陸圏から、東北道は東北方面から東京都に物資を運ぶ大動脈である。それが一斉に通行止めになり、周囲の迂回路は大渋滞でほとんど走行不能になった。輸送ルートが絶たれ、食料品や生活雑貨を始めとした日用品の搬入が一斉に止まると、当日正午の時点ですでに混乱が起こり始めていた。

店に商品が届かない。

昨夜の大停電の際には避難情報や励ましの言葉が溢れ、帰宅困難者たちの支援に活用されていたネットが、今度はパニックの点火と拡大をもたらした。

東京に食べ物がない。

中野のコンビニには、パンもおにぎりもほとんどなかった。

王子のスーパーでは米とパンがなくなり、買い占めが始まっている。

泉岳寺の業務用スーパーに米を求める客が殺到し、奪い合いで重傷者が出た。

調布のホームセンターにトラックで乗りつけ、トイレットペーパーを百パック近く買い占めようとした男が周囲の客と言い争いになった。

そういった情報が真偽ごちゃ混ぜで飛び交っていた。東京には数日前の無差別襲撃事件の恐怖が生々しく残っている。月島の橋梁はまだ一部しか復旧されておらず、被害児童・生徒のケアが追いつかないため区域内の小・中学校は臨時休校になっている。そして昨夜の停電は、都内にいる全員に恐怖と戦慄をもたらした。そこに「欠乏」が加わった。

姿の見えぬ「鷹の王」に、皆が恐怖した。

またあいつか。どこまでやるのか。今度は何をやるのか。いつ捕まるのか。

東京を蹂躙してゆく「鷹の王」。その名はテレビニュースに、新聞紙面に、ネット上に溢れかえっていた。政府は航空法の改正によりドローン使用の全面許可制と所持規制を検討する、と発表したこともあり、「ドローンを飛ばすのは何か犯罪目的」だというイメージが作られ始め、調査・研究、撮影などの目的でドローンを飛ばしていたら通報された、という事案が相次いだ。その一方では奇妙なことに、「鷹の王」を神のように崇める者も出始めていた。無力な自分に代わって、何か大きなものを「壊してくれる」誰かを渇望する層はいつの時代にも存在する。

——「自覚せよ」。

その言葉は都民全員の肩にのしかかった。

13

やはり穏やかな男に見えた。以前見た写真と印象は変わらない。場所は来る時にも通った東京産業大学農学部棟の玄関だろう。退官記念の写真に写った河村和夫は、白衣の学生たちに囲まれ、照れるでも泣くでもなく、静かな微笑みを浮かべて花束を持っていた。どういう経緯で職場の記念写真に入ることになったのか分からないが、河村の足元には例のバセットハウンドも座り、舌を出して飼い主を見上げている。平和な写真であり、この男が後に殺人ドローンを駆って都民を混乱に陥れ、先日の大停電と流通遮断による欠乏を引き起こした「鷹の王」になるとは到底思えない。河村は現在でも、こんな穏やかな顔で笑うのだろうか。笑いながら殺人ドローンを飛ばし、無抵抗に逃げ惑う通行人を追い回して撃つのだろうか。

もっとも、顔を見てそれと分かる犯罪者などまずいないのだが。高宮は会話に意識を戻す。

「……では、とても優しくて面倒見のいい方だったと。裏表がありそうな感じなどもなかった、ということですね？」

隣に座る麻生が、デスクの卜部《うらべ》教授に質問している。別に狙った答えを引き出そうとしているわけではなく、取調のように角度を変え言葉を変え、何度か同趣旨の質問をするのが彼女のやり方であるらしい。

だが卜部教授は落ち着いて首を振る。

「悪い噂は聞いたことがありません。学生たちの評判もよかったようですし。学内政治にもほとんど関わらなくてね。だからまあ任期終了と同時にあっさり退官されたわけなんですが」卜部教授はそれが癖なのか、遜《へりくだ》るように後頭部を掻いて人懐っこく笑う。「私などの方がよっぽど世俗の欲にまみれてましてね。ポスト欲しさに学長選挙で推しメン支援のため駆け回ったりね。そのくせまだ何の変哲もない平教授ですが。えへへ」

学長選挙の立候補者は「推しメン」とは言わないだろうと思ったが、*高宮は黙って麻生に質問させることにした。麻生もそこには特に言及しない。「東京で何か、事件に遭われたりといったことはありませんでしたか？　河村教授本人だけではなく、たとえば友人や家族といった親しい人間の誰かが」

＊「イチ推しのメンバー」の略。アイドルグループの中で特に応援しているメンバーを指して、二〇一〇年代初頭から使うようになった言葉。通常、学長選挙には使われない。

「そういうことは全く」反射的にそこまで言いかけ、卜部教授はひょい、と眼鏡を直して椅子に座り直した。「……いや、なくはなかったな。娘さん夫婦がね。事件じゃありませんが」

「というと」

「東日本大震災で被災されたらしいんですよ。それで一時期、立川にある先生の家に避難していたと聞きました」

「避難」麻生が卜部教授をじっと見る。「被災されたというのはどこで?」

「南相馬市だったと思います。避難指示区域ではなかったそうなんですが、自主避難という形でね。小学生だったお孫さんも一緒で、急に賑やかになったとか言ってましたが」

高宮は河村宅の本棚に子供向けの本が本棚に並んでいたのを思い出す。河村和夫自身の本は二階だった。孫と娘夫婦のために家の中を模様替えしたのだろう。

「特に根拠もなく避難指示が解除されて、避難指示を解除したのだからと支援は打ち切られて、自主避難の人は無支援になって、と……だいぶ酷かったですからね。同時期に避難した友人たちが苦労している、という話も聞いていたようで」卜部教授は何か思い出した時の癖であるらしく、再び眼鏡を直して座り直す。「……そういえば、その頃からあの人も急に口数が少なくなったかな。あまり話す機会はなかったが」

後半は独り言の口調だったが、高宮は麻生と顔を見合わせる。卜部教授はサンダル履きの自分の足に視線を落とし、ぶつぶつと続けた。「……研究テーマを変えた、って言ってたけど、それもあの頃からだったのかな。放射性がれきの処理のため何かできないか、ということだったが……」

高宮と麻生は頷きあう。コンクリート破断細菌については、科警研に行った海月班からすでに報告を受けており、河村和夫の元助手からはすでに、河村がそういった細菌の研究をしていたようだという証言も得ている。そしてこれで動機の裏付けができた。もとは震災と娘一家の避難を受け、がれき処理の目的で研究を始めていたのだ。「放射性物質を食べるバクテリア」などの研究は実際にされているし、発見されたというデマも流れている。現実には微生物が放射性物質を「食べた」ところで微生物の体内から放射線が出続けるだけであり、除染の役には立たないらしいのだが。

断片的なことを思い出してはぼそぼそ言う、という卜部教授の話を聞きながら、高宮は河村和夫という男の像を頭の中で作ろうとした。面倒見のいい穏やかな男。犬と二人暮らしのインテリ。娘一家が震災で被災し、自主避難。立川の実家。

そこまで列挙して、立川という地名に何か引っかかるものを覚えていることに気付く。いや、正確には「立川」という地名と「河村」という姓だ。新しい話ではない。係長の古森あたりから以前、昔話で何かを聞いていなかっただろうか。特捜本部に戻ったら訊いてみた方がいいかもしれない。

卜部教授はその後も喋り続けたが、東京産業大学での河村和夫の研究や、その前に在籍していた大学の親しい研究者の名前などを教えてくれたものの、直接に役に立つ話はそれ以上、聞けなかった。証言がひと通り済むとなぜか最近のアイドルの話を始めた教授を遮り、高宮と麻生は東京産業大学農学部を後にした。

「……福島第一原発の事故に関しては、フクシマは東京の犠牲になったのだ、という意見もあったな。あそこで作られた電力はほとんど東京に回る。東京のために発電していたのに、と」

「当時、ネットではひどい意見もありましたね。その分補助金を貰っているんだからいいじゃないか、被害者面をして賠償金を要求するな、と」

「それこそ札束で人の頰を引っぱたくような話だな。自分が避難してみろってんだ」

「そもそも原発誘致時には、原発は安全で事故は絶対にない、と嘘をつかれていたわけですしね」

空がどんよりと曇って蒸し暑いせいかどうしても暗い話になり、自分が直接に被害に遭ったわけではないのに恨みがましい口調になる。昼時だったが、東京産業大学のキャンパス周辺には適当な飲食店がなく、麻生が飯の内容にこだわらないこともあって、高宮たちはバス停の向かいにあるコンビニに入った。だが普段なら煌々と明るく、夏なら冷房がしっかりと効いてほっとするはずのコンビニ店内が何か暗い。期待していたような、ひゅっと体に当たる冷たい空気の感触もなく、蒸し暑さがわずかに軽減しただけだった。高宮は思わず、入口横の雑誌コーナーで立ち止まって周囲を見回す。

「なんか暗くないか？」

「冷房も弱いですね」麻生はシャツの胸元をぱたぱたと揺すっている。「節電でしょう。電力、まだ充分じゃないみたいですから」

高宮はやれやれと溜め息をつき、アイスクリームの冷凍庫を覗く。同じことを考えている客が多かったのか、アイスクリームは二、三個、暑い時にはいかにも売れなそうな宇治抹茶のものが残っているだけだった。「鷹の王」の犯行の影響が、こんなところにも出ている。

一昨日、「鷹の王」がドローンで起こした大停電からは復旧が進んでいるが、一部の高圧電線はまだ使用不可能であり、都内では節電が呼びかけられている。折悪しく今日の東京は気温34℃、湿度八十八パーセントの熱帯性気候だ。汗はちっともひかず、立ち止まったことでむしろ新たな汗が噴き出てきて高宮のシャツを肌に張りつかせる。

そういえば物資の流通も止まっているんだったな、と思い出し、高宮は奥の食品棚を見ようとした。たしか幹線道路がやられて流通が滞っているせいで、あっさりパニックに陥った一部の人間が主食類と、なぜかトイレットペーパーを買い占めているのではなかったか。入った時にちらりと見えたが、この店も弁当類の棚が空になっていた。

まさにその棚の方から声がした。男が二人。争っているように聞こえる。「おい」「離せ」

とも聞こえてくる。レジの店員もそちらを見ている。

相変わらずの反応の速さですっと前に出た麻生に続いて奥の棚に近づくと、スウェットの男とスーツの男が摑みあいをやっていた。

「何してるの？　二人とも離れなさい」言いながら麻生が間に入って二人を分ける。「喧嘩ね。警視庁の者です。ちょっと二人とも、店の外で話を聞かせて欲しいんだけど」

麻生が警察手帳を出すと左右の男は顔色が変わった。「いえ」「俺は別に」とそれぞれに漏らすが、スーツの男が、スウェットの男の足元で倒れている買い物籠を指さした。「お巡りさんちょっと見てくれよこいつ。いいのかよこれ」

何か言い返そうとするスウェットの男を制し、買い物籠を見る。パンやおにぎりの棚と合わせて状況が分かった。奥の壁際、弁当の棚はほとんど商品がなく空だ。パンの棚もおにぎりの棚もほぼ空。だが男の籠にはパンが満載されている。スウェットの男が買い占めようとしたのだろう。目の前でパンを取られたスーツの男が逆上した。

浅ましく、そして馬鹿馬鹿しい話だった。高宮は思わず溜め息をついたが、しかし笑うことはできなかった。おそらく都内のあちこちでこういうことが起こっている。俺たちにしても、はたしてまともな昼飯にありつけるかどうか。

「……自覚せよ、か」

つまり、そういうことだったのだ。東京都の食料自給率は、農地を有する都下を含めてもカロリーベースで一パーセント程度。電力に至っては、臨海部にいくつか火力発電所があるだけで、電力自給率は一一パーセントに過ぎないのだ。だから地方から物資を送ってくる幹線道路が落ちれば簡単に欠乏が生ずるし、送電線が切れて地方で発電した電気が届かなくなればすぐに電力不足に陥る。東京は消費地であって、生産地でも供給地でもない。周囲から物資やエネルギーを集積し続けなければすぐに死んでしまう街なのだ。その脆弱さを、おそらく都民の大部分が今、「自覚」している。

だが高宮には、「鷹の王」の目的がこれだけだとは思えなかった。奴は自ら名乗るようなことをした上で姿を消している。つまり今後、まともな社会生活を送ることはできないのだ。そうなってもいい、と決めている。捨て身の犯罪者は怖い。

おそらく麻生も同じ意見だろう。何より奴はコンクリート破断細菌を持っている。おそらくまだ無数の、忠実な鷹たちも持っている。

そして翌七月三十一日、「鷹の王」が動く。

9：45羽田発福岡行きＡＮＡ２４７便は定刻通り離陸準備を進め、羽田空港Ａ滑走路に移動していた。周囲の雲量は三、風向きは南風が一メートル。先行機が離陸し、周囲と客室内の安全確認が済むと、操縦桿を持つ林田恒《はやしだひさし》機長はオートスロットルのスイッチを入れ、左右の手を操縦桿とスロットルレバーにそれぞれスタンバイした。客室内に「当機はまもなく離陸いたします」というアナウンスが流れる中、２４７便ボーイング７８７－８型機は滑走路上で正常に加速し、ＶＲ（離陸速度）に達したところで林田機長が操縦桿を引く。２４７便のフラップは正常に動作し、機体はいつも通りの速度と強さで機首を持ち上げようとする。

だがその直前、林田機長は左前方、滑走路脇の草むらから、二つの黒い何かが飛びたつのを見た。気温と湿度が上がるこの時期、滑走路左右の草むらも雑草が丈を伸ばしており、飛びたつ何かはそこに隠れていたようだった。大きさと黒い色から、瞬間、林田機長はカラスを連想した。だが鳥にしては動きがおかしい。

飛びたったものは鳥ではなかった。林田機長、及び右座席の大迫《おおさこ》副機長もはっきりと視認できてはいなかったが、滑走路脇から飛びたったのは数本の頑丈な鉄パイプを下部に装着した大型のドローンだった。そして二機のドローンはすぐさま左右に分かれ、まるで機のコースを狙い撃ちするかのように正面上空で静止した。機はそこに突っ込んでいく。すでに機体はＶ１（離陸決心速度）を超えている。このまま飛びたつしかなかった。

大型旅客機のＶＲは300km/hを超える。ドローンを視認できてから衝突までの間はせいぜい二秒程度だった。２４７便の機体は滑走路を離れ、高度を上げている。ドローンは感情のない昆虫のように離陸直後の２４７便に接近し、左右のエンジンに一機ずつ突入した。高速回転するエンジンに巻き込まれた機体は瞬時に粉砕されたが、装着されていた鉄パイプがブレードを破壊し、約〇・五秒後、エンジンが爆発を起こした。

その瞬間、機体を襲った振動はわずかだった。だがエンジントラブルを示す警告音が操縦席に鳴り響き、コンソールパネルの画面は、左側の第一エンジンが停止したことを表示している。

　離陸直後のドローンの突入により片方のエンジンを停止させられた247便は大きくバランスを崩し、失速寸前になった。だがバードストライクと判断した林田機長の冷静な操縦と、羽田空港管制塔の指示により、247便は空港上空で旋回、急遽開けられたD滑走路に、第一エンジンが停止したまま緊急着陸した。

　林田機長、及び大迫副機長も認識していないことだったが、衝突の寸前、機長はとっさにラダーペダルを操作し、機体をわずかに左向きにヨーイングさせていた。これにより突入位置がずれた右のドローンは、第二エンジンに突入することなく、その外壁に衝突して弾かれていた。もしこれがなかったら、247便は双方のエンジン推力を失い、そのまま海上に墜落していただろう。客室は満席に近く、乗客は総勢二百三十八名。このうちの何人が死ぬことになっていたかは分からない。

　247便に突入したドローンは地上からも確認されており、羽田空港では、ただちに全便の離着陸が中止された。発予定であった全便は欠航、着予定で上空まで来ていた十数機はただちに進路を成田空港に変更、両空港ともかなりの混乱はあったものの、事故はなかった。

　だが、速報と号外で日本全国に流れたこのニュースは、節電と物資不足で疲弊し始めていた千四百万人の都民をさらに打ちのめした。

飛行機が落とされるかもしれない。

空港周辺ではもともと、ドローンの飛行は原則として禁止されている。滑走路周辺は常時監視されているし、ドローン対策のシステムも整備されつつある。だが、悪意のある者が隠れてドローンを持ち込み、あるいは周辺の沿岸部から飛行させ、離着陸時の航空機に突入させる可能性までは、完全に防げるものではなかった。

外を歩いていたら、いつ目の前にドローンが降りてきて、ボウガンで撃たれるか分からない。

屋内にいても、いつ窓の外にドローンが現れ、火矢を撃ち込まれるか分からない。

いつ橋が、高架道路が落とされて閉じ込められ、食べ物が届かなくなるか分からない。

いつ電線が切られて停電になるか分からない。

だが逃げようと飛行機に乗っても、いつドローンが突っ込んできて墜落するか分からない。

それだけではない。高速道路を走行中のバスや列車にしても、ドローンが突然突っ込んでくればいつ大事故を起こすか分からないのだ。

不安に怯える都民に対し、「鷹の王」は一言しか言わない。

――「自覚せよ」。

実のところ、「鷹の王」はこれまで、特殊な機材や爆弾など一度も用いていなかった。数十万出せば大型ドローンは買えるし、銃器やダガーナイフのように規制のないボウガンも、ネット通販などで簡単に買える。火矢は火炎瓶を応用したもので、アルコールやガソリンを用いた火炎瓶の作り方など、ネットで少し検索すればすぐに分かる。身代金の運搬に使ったのはどこにでもある「ゆうパック」の袋、高圧電線のショートに使ったのもホームセンターで買える銅線だ。そのため遺留品捜査は難航している。

つまりそれは、その気になれば誰でもが「鷹の王」になれるということだった。そんな奴に、東京がここまで追い詰められている。

自覚せよ。「鷹の王」は繰り返す。コンクリートと鉄筋。最先端技術の集合体。堅牢に見える世界最大の都市・東京は、実はこんなにも脆弱だ。

14

上を見ると、街路樹の枝葉の隙間からちらちらと太陽光がのぞく。周囲から隔絶されて根元に土の見えないこの樹のどこで羽化したのか、肌と鼓膜をじりじりと焼くようなアブラゼミの鳴き声が、叩きつけるような音量で続いている。儚いくせに逞しい生き物だ。この先、もし「鷹の王」の言う通りに東京都が崩壊しても、蟬たちは残った樹々にしがみつき、無人の廃墟で鳴き続けるのだろう。

ベンチに座って上を見上げているだけで汗が噴き出してきていた。俺はすでにぬるくなり始めている傍らの缶コーヒーを一口飲み、膝の上のケーキにプラスチックのスプーンを突き刺した。何の変哲もないコンビニのレアチーズケーキだが、もう少しパンチのあるケーキの方がエネルギーにはなったかなと反省する。隣の海月はベイクドチーズケーキを食べている。俺もあれにすればよかったかもしれない。

幹線道路の通行止めで物資が届かず、コンビニから弁当が、おにぎりが、パンが消えていた。近隣のスーパーからも米とパンとパスタ類と、なぜかトイレットペーパーが消えているようだった。俺たちは仕方なく、「パンがないならケーキを食べればいいのです」という海月の言葉に従ってコンビニのケーキで昼食にしている。ケーキそのものは美味いのだが、主食なしの食事は何か落ち着かない。

「……やれやれ。昼飯がこれだとなんだか力が出ませんね。やっぱりコメは偉大だ」

「お米は偉大です。ですが小麦も乳製品も偉大です」

海月は平気なようで、プラスチックのフォークで黙々とベイクドチーズケーキを削り、食べている。最近気付いたのだが、この人はたとえどんな道具で何を食べようが、食べ方が極めて綺麗である。一切残さない上、何でも美味しそうに食べる。

とはいえ、海月の表情も深刻だった。ケーキを食べ終えた海月は、フォークと皿を綺麗にまとめて「ごちそうさまでした」と手を合わせ、言った。

「……わたしたちには、あまり猶予が残されていません」

海月が広げてくれた袋にレアチーズケーキのケースを入れる。「奴が次に動く時は、たぶん本命でしょうしね」

「それだけではありません」

海月は視線を落とした。足元の石畳を蟻がランダムに歩き回っている。「……越前さんの立場が、そろそろ危なくなっています」

海月を見る。彼女が幹部連のそういう動きをどこから聞いてくるのかは分からないが、話には真実味があった。現在のところ、越前刑事部長は規格外の「鷹の王」相手に善戦している。だが警察に求められるのは「善戦」などではなく常に「完勝」である。そして都民の目は甘くない。「まだ逮捕できないのか」と言われればそれまでだ。だがもし越前刑事部長が更迭されるようなことになったら、誰が刑事部の指揮を執るのだろうか。「鷹の王」相手にやりあえる人間が他にいるのだろうか。上層部の人事など俺が考えても仕方がないことではあるが、今、刑事部長を更迭などという話になったら、それこそ奴の思う壺だろう。

……俺たちも、自由に動けなくなる。海月は能力を活かすことなく、ただの「使えないキャリア」になる。

俺はここしばらく忘れていた自分の行く末のことも考えた。捜査一課刑事。巡査。始末書はそろそろ人を撲殺できる厚さになりつつあるから出世はもう無理だ。そして海月と俺に与えられた極秘の任務、つまり越前刑事部長たちがすすめる警察改革と、その一環である「VD構想」のテストケース、としての立場もおそらくおしまいだ。

「……刑事部長が失脚したら、俺たちもどうなるか、ですか」

「設楽さんは大丈夫ですよ？　これ以上降格できませんし」海月は微笑んでひどいことを言った。

「しかし、まあ……捜一にはいられませんね。また交番勤務か」

そこについては、いつかはそうなるのではないかという覚悟はずっとしてきた。足元の蟻を見る。「……まあ、それも悪くありません。『交番に詰めて担当地区の安全を守る』っての は、ある意味一番、警察官らしい」

警察官を志すきっかけを作ってくれたのも「交番のおまわりさん」だった。自分の中では、ドラマに出てくる私服の刑事よりも、いつも交番の前に立って交差点を見ている制服警官の方がずっとリアルなヒーローだったのだ。

「本人の意向は当然、考慮しますけれど」海月は人事の口調で言った。「設楽さんはおそらく、捜査一課に残るでしょう。川萩さんが守ってくれますから」

「係長が？」ここしばらく、怒鳴られることしかしていないが。

だが海月は、こちらを覗き込むように見て微笑んだ。「『親の心、干し茄子』ですね」

「……何を言ってるんですか？」どんな心なのか想像がつかない。*

「ですから、親の心は」

「『親の心、子知らず』だと思いますが」

「えっ」海月はぎょっとして目を見開いた。「わたしはずっと干し茄子だと。そう聞こえて

＊　山形あたりではわりとポピュラーな保存食らしい。ちゃんと干せば半年以上保存可能。

いましたし」

「意味が分からんでしょうが。それじゃ」よほど滑舌の悪い親戚が身近にいたらしい。「まあ、俺も子供の頃は『透明高速道路』だと思ってたり、いろいろありましたから」

「わたしも『カトンボ』ではなく『ガガンボ』が正しいのだと思っていました」

「それは『ガガンボ』で正しいんです」

「えっ。ちひろちゃんは『カトンボって言うんだよ』と教えてくれたのですが」

「誰ですかそれ」

海月はなぜかひどく衝撃を受けたようで、前屈をするようにぐにゃりと突っ伏して顔を覆った。どこかでミンミンゼミも鳴き始めたようで、「みーんみんみんみん、ぶぃー……」という拗ねたような鳴き声がアブラゼミの合唱に交ざる。

「……大人でも間違えている人は多いですから、気にするほどではないと」

とりあえず慰めると、海月はがば、と起き上がった。「そうですね。最大の失敗とは、失敗を自覚しないことです*」

「ごもっともです」大変前向きな人である。

「この程度で落ち込んで立ち止まっている場合ではありません。何しろ、今のわたしたちには一刻の猶予もないのですから」

海月が、大通りの先に横たわる高架道路を指さす。俺にも見えていた。あそこの高架道路は首都高速七号小松川線で、奥側は千葉方面だ。そちらにだけ車の屋根が連なり、ひどい渋滞状態でのろのろとしか進めていない。普段混まないところで停まらざるを得ない苛立ちからか、乱暴なクラクションが時折響いている。

車の排熱でゆらめく空気の中、砂漠の行商隊のようにずらりと並んだ車の列。東京都から脱出する人間たちだった。突然の停電と物資の欠乏、さらに今朝のANA機事故を受け、「次は何をされるか分からない」という恐怖が東京都全体を覆っている。渋滞している車の大部分は家庭用の乗用車であり、おそらくは学校が夏休みに入ったことを受け、親が子供を連れて実家に避難することにしたのだろう。「鷹の王」の攻撃を避けて安全なところへ、というわけだから、避難というよりもはや「疎開」だ。二十一世紀の東京で、こんな風景を見ることになるとは思わなかった。無論、避難ができるのは子供と主婦・主夫くらいで、東京に職場がある大人たちは、たとえ明日、目の前に殺人ドローンが降りてくるかもしれなくても、逃げることは許されていない。俺たちと同じように。

「……『鷹の王』、次は何をする気でしょうね。やっぱり国会あたりですか」

奴はどこを狙うのか。

＊　トーマス・カーライル。

ドローンの最大の利点はその携帯性である。分解したり折り畳めばバッグに入ってしまうし、路地、ビルの屋上、橋の下、公園の茂み、どこにでも待機状態のまま隠しておける。そしてそこから発進してしまえば、たとえ目撃されても対応が間に合わない。それはつまり、「鷹の王」が東京都のどこに、あと何機のドローンを仕込んでいるか分からないということであり、どこがやられてもおかしくないということだった。

いっそ警視庁本部庁舎を狙ってくれればいい、と思う。そうすれば勤務中の職員総動員で周囲の半径五キロをローラー作戦、怪しい奴を片っ端から挙げられるのだが。

「コンクリート破断細菌の培養液を大量に保有しているとなれば、どこかの建物を倒壊させるのが奴の最終目標なはずです。ドローンと培養液を大量に投入して全周の壁面に培養液を振りかけ、火矢で特異反応を起こす。確かにそれなら、どんな建物でもやれるわけですが……」

「霞が関の官庁舎。最高検や最高裁。国会議事堂。あるいは日本橋の日本銀行本店。東京都庁に都議会会場」海月は指を折りながら挙げていく。「重要施設はたくさんあります。ですが『鷹の王』の『東京はもうすぐ終わる』という宣言からすると、どれもしっくりこないのです。原発も当然考えられますが、東京近郊の原発は停止していますし」

自分の腕の体温が暑く、組んだ腕をほどく。原発以外に、手っ取り早く東京を崩壊させられる手があるだろうか。自衛隊駐屯地や米軍基地を狙っても、一般市民への効果はたかが知れている。俺は眉の上に溜まった汗をハンカチで拭って考える。

「この間の幹線道路崩落では、片側三車線の海老名ＪＣＴ付近まで見事にやられてましたからね。道路だって、その気になればどこでも落とせるはずですが……」

新幹線でも同様だろう。だが、「東京はもうすぐ終わる」の言葉とは、やはりしっくりこない。何かを見落としている気がするのだ。

海月が空になったベイクドチーズケーキの皿を見ながら何か呟いたが、頭上のアブラゼミが全力で鳴いているせいで聞こえなかった。耳を寄せて聞き返そうとすると、蝉がちょうど鳴き止んだ。

「……道路」

海月はそう呟いたのだった。それからベイクドチーズケーキの皿をコンビニの袋に押し込み、脱いでいたジャケットのポケットから携帯を出して操作し始める。

「……警部」

海月は携帯の画面に東京都の地図を表示させている。海月の白い指が地図をスクロールさせ、いくつかのポイントにぽんぽんとマーカーを置いてゆく。

「警部？」

「道路です。道路の崩落があったのでした」海月は眼鏡をとり、高そうな繊維のハンカチを額に当てて汗を吸い取らせる。「設楽さん。覚えていますよね？　誘拐事件の日、わたしたちは首都高の通行止めで迂回をしていました」

「ああ。警部が道を間違えまくった……」

「それはどうでもいいです」海月はぷっとふくれた。「それより、あれも先日のものと同じ『道路の崩落』でした。なぜ忘れていたのでしょう。わたしたちは」

「そういえば……」

言われてみれば、あれも奇妙だった。首都高の道路が突然崩落するなど、まずあることではない。「……あれ、どこでしたっけ。確か谷町ＪＣＴ付近と、堀切ＪＣＴ付近」

俺は自分の携帯を出して地図を見ようか迷いながら考える。確かにあれも「突然のコンクリートの崩落」だった。つまり、あれももしかしたら、「鷹の王」のコンクリート破断細菌によるものではないだろうか？　というより、このタイミングでいきなりコンクリートが崩落したのだから、そうとしか考えられない。

「……谷町ＪＣＴも堀切ＪＣＴも、首都高では『渋滞の名所』ですね。渋滞時の路面なら、一時的にCO_2濃度が2000ppmを超えることは考えられますし、あの日の気温からすれば、路面温度が45℃を超えることも考えられますが……」自分で言っておいて首をかしげてしまう。「ですが、特に被害はありませんでした。奴の仕業だったというなら、なぜあんな場所を感染させたんですか？」

実験だろうか、と考えてみる。だが「鷹の王」にしてみれば、その後に起きた四ヶ所の放火と月島の橋梁崩落こそが「実験」には相応しい。谷町ＪＣＴと堀切ＪＣＴは、どちらもひと目の無数にある都心部だ。周囲にいくらでも隠れるところがある月島の時と違い、白昼堂々ドローンを飛ばせば必ず見つかる。犯行の前段階で狙うにはリスクが大きすぎる。それに、あれらの現場からは不審なドローンの目撃報告もない。

「ドローンを飛ばしたのでないとなると、何かの拍子に、別ルートで細菌が付着していたと考えるべきなんでしょうが……」

だが、あんな細菌は自然界にはいない。偶然別の誰かも同じ細菌を作って悪戯をしていた、というのはもっと考えにくい。谷町ＪＣＴと堀切ＪＣＴには一体いつ、どういう理由で細菌が付着したのだろうか？

「その二ヶ所が崩落したことも不思議ですが、他の場所で崩落が見られないのも不思議です」海月は携帯を操作している。「当時、同様に渋滞していた小菅ＪＣＴや板橋ＪＣＴなどは無事でした。CO_2濃度がより高くなるはずのトンネル内も、崩落はありませんでした。あそこだけなんです」

あの場所に何かあるのだろうか。俺も携帯を出し、東京の地図を表示させる。

「……堀切ＪＣＴは、連続放火・傷害事件の時の高砂・亀有の現場に近いですね。谷町ＪＣＴはそうでもありませんが、放火のあった代々木の現場は近いと言えば近い。何か関係が？」

だが堀切ＪＣＴは崩落したのに、そのすぐ北の小菅ＪＣＴは無事だった。両者の違いは何だろうか？

　頭上で鳴いていたアブラゼミが静かになった。

「……ちょっと待てよ」

　俺は携帯の画面に表示されている東京の地図を見る。連続放火・傷害事件の時、火をつけられて建物が「崩落」したのは高砂・木場・代々木・駒込の四ヶ所。この四ヶ所は北東の高砂、南東の木場、南西の代々木、北西の駒込、とほぼ正確な菱形になっている。だが……。

　海月が携帯の画面から顔を上げずに言った。

「崩落した堀切ＪＣＴと谷町ＪＣＴは、いずれも菱形の辺にあたる部分に位置していますね。対して、同様に混雑していた小菅ＪＣＴや板橋ＪＣＴは菱形の少し外になります」

　自分の携帯の画面に崩落した六ヶ所をマークしてみる。確かに「崩落」のあった現場は不自然にまとまっていた。一方で、「崩落」を伴わないボウガンドローンの出現地点はばらついている。

「月島は菱形の外になりますが……」

「月島の時は、橋を崩落させたドローンが目撃されています。ボウガンの矢は海中ですし、『鷹の王』はその場で培養液と着火剤を発射する方法をとったと思われます」

　海月は携帯の画面から顔を上げずに言う。彼女は何かを検索しているようでもある。

「……この菱形の範囲に、何かが？」

「わたしは、もう一つ気になっていますす」海月は俺の言葉に答えるでも答えないでもない口調で言う。「遺留品から、コンクリート破断細菌の培養液を入れていたとみられる容器が一つも出ていないことが、です」

「言われてみれば……」

月島の現場は分かる。海上の橋脚を狙った以上、使用後の矢はすぐに水没してしまう。捜索は後手に回ったし、頭上から橋梁がいつ崩れてくるか分からない以上、念入りに水中を捜すこともできなかった。

だが高砂・木場・代々木・駒込の四ヶ所はどうだろうか。現場は街中のビルだ。火矢と同時に、培養液の容器が見つかっていてもおかしくないはずだ。なのに、その報告が未だにない。

コンクリート破断細菌の存在を隠したかった「鷹の王」が、容器だけを回収したのだろうか。だがそれは、河村和夫の素性を調べていけばいずれ明らかになることだった。しかも河村は、自宅を捜索した高宮さんたちに対してわざわざ名乗るような真似をしている。誘拐事件のときから「東京はもうすぐ終わる」と、コンクリート破断細菌の使用を予告するようなメッセージを残してもいる。奴には、隠すつもりなど毛頭ないのだ。

……だとすれば。

目の前の道をトラックが走り抜け、灰茶色を感じさせる排気ガスのにおいがここまで漂ってくる。

容器を回収したのでないなら、奴は四ヶ所の放火の時、コンクリート破断細菌の培養液を使ってはいないのだ。にもかかわらず現場は崩壊した。つまり、あの四ヶ所にはあらかじめ細菌を感染させていたということになる。先に感染させておいたなら、あとは45℃以上の熱と2000ppm 以上のCO₂を与えるだけで、コンクリートが崩落する。同じことは堀切JCTと谷町JCTにも言えた。あの二ヶ所ではそもそもドローンが目撃されていない。つまり、あちらも崩落より前に感染していたのだ。あるいは「45℃・2000ppm」の条件を満たさないから崩落が起こっていないだけで、他にもすでに感染している場所があるのではないか。

「しかし、どうやって細菌を撒いたんでしょうね。まさか打ち水みたいに培養液を撒いて回るような真似は……」

隣を見ると、海月は背中を丸め、かじりつくように携帯の画面を見ていた。

「警部……」

目が悪くなりますよと言いかけたが、とてもそういう雰囲気でないのはすぐに分かった。

「……『鷹の王』がなぜ自ら犯行のヒントになるような発言をしていたのか、分かりました」

海月はこちらに携帯をつきつけてくる。受け取って見ると、表示されているのは動画サイトだ。動画のタイトルは「7月16日 東京ゲリラ豪雨の積乱雲」となっている。確かに、最

196

初の誘拐事件の数日前に、東京の都心はゲリラ豪雨に見舞われた。天候が不安定になるだろうということは前日の天気予報で言われていたが、積乱雲が環状八号線沿いの上昇気流で急速に発達し、都心では短時間に、落雷を伴う大雨が降った。

「『鷹の王』にとっては、コンクリート破断細菌の存在がばれることなど、もうどうでもよかったんです」海月は言った。「ばれたところで、すでに止めようがないからです」

画面と彼女の顔を見比べる。「……この積乱雲が、何か？」

「よく見てください。一分四十秒のあたりです。画面左から右へ。続いてやや下から同じ位置へ」

言われた通り、動画を一分三十秒のあたりから再生してみる。どこかのマンションのベランダから撮られた映像で、空一杯に広がった灰色の積乱雲が、ビル街の上を踏み潰すように迫ってきている。アマチュアがハンディカメラで撮ったものらしく、手ぶれと風の音の他、横から聞こえてくる「すげえ」「竜の巣」「雲の下、真っ暗だね」といった撮影者たちの会話も聞こえる。たまたまカメラがあったから撮った、というもののようだ。一分四十秒、四十五秒、五十秒。特に変化はない。

「何の変哲もない積乱雲の動画ですが……」

「よく見てください。一分四十一秒あたりから数秒間、画面左端です」

言われてもう一度再生し直す。やはり何の変哲もない映像で、再生数の少なさもそれを表している。かに見えたのだが。

「ん？　今のは……」

一時停止させ、少し戻して再び再生する。携帯の画面に顔を近づけて目を凝らした。

「……飛んでますね」

やっと見つけた。海月の指摘する一分四十一秒過ぎから、ごく小さくだが、雲の前をドローンが横切っているのが見えるのだ。ドローンは確認できただけで二機。雲に向かってまっすぐに飛び、どうやら積乱雲に突入してしまったらしく、途中で姿を消している。撮影者も気付いていないようだ。

……だが。

この時期にドローン。それもおそらくは大型。これは偶然だろうか。

「いや、都心上空はドローンの飛行に許可がいる。それに積乱雲に突っ込ませるってのは……」

俺の呟きに応じて海月が頷く。

「通常、ドローンをこんな飛ばし方はしません。ドローンは風に極めて弱く、ちょっとした乱気流でバランスを崩して墜落してしまいます。まして積乱雲の中は、常に強い上昇気流が吹いていています。高価な大型ドローンを捨てるようなものです」

「つまり、通常の用途ではなかった……」

「このドローンが『鷹の王』のものだったとして」海月は画面を指さす。「全画面モードにしてよく見てみてください。ドローンが何かを提げていますよね？」

言われた通りに携帯を操作してみる。画面上では黒い点のようにしか見えないドローンだが、よく見ると、確かに縦に長かった。通常、ドローンは脚を開いた蜘蛛のような平たい形になるはずなのだが。

何かをぶら下げて積乱雲の中に入るドローン。これが「鷹の王」のものだったとして。

──「東京はもうすぐ終わる」。

「コンクリート破断細菌……まさか」思わず携帯を握って立ち上がっていた。「しかし警部、本当にそんなことが？」

「細菌には大きさが1μm程度のものもあります。その名の通り直径2.5μm以下のPM2.5が大気中を舞っているわけですから……」

まさか、と思う。だが理論的には可能であり、現に「鷹の王」はドローンを飛ばしている。そしてすでに計六ヶ所、熱とCO_2を与えられた場所で崩落が起こっている。

俺は思わず空を仰いだ。よく晴れており、青空に白い積雲がぽつぽつと浮かんでいる。健全な夏の空だ。だがその健全さが逆に不穏だった。

「積乱雲の中は常時、強い上昇気流が吹き、空気が攪拌されています。適切な位置にドローンで培養液を噴霧すれば、霧状の培養液は気流に乗って積乱雲中にまんべんなく拡散し……」海月は感情を交えない声で言う。「……雲中の水滴と結びつき、雨になって降り注ぎます」

細菌混じりの雨。コンクリートを破壊する毒の雨。それが東京に、すでに降っている。

「……まさか、そんな」

反論する材料をなんとか探そうとしつつ、警察官としてはおかしい態度だと自分で思う。万一の事態、最悪の事態を想定して動くのが警察官の職務だからだ。だがその「最悪の事態」があまりにも悪すぎ、どうしても脳が拒絶してしまう。「積乱雲まるごと一つなんて、どれだけの量が要るんですか。ドローンで運搬できる量では……」

「車田先生がおっしゃっていたはずです。細菌は自分で増えるから、量は関係ないと」海月は容赦なく言った。「どんなに少量であっても、積乱雲がちょうどよく攪拌・希釈して、少しずつ雨にして降らせてくれます。降雨があった地域に、まんべんなく」

思わずあたりを見回し、一瞬、周囲のコンクリートが雨染みで斑になったような錯覚を覚える。隣のこのマンションも、むこうの高架道路も、足元のアスファルトもすでに感染しているのだろうか。そう考えかけてから、俺は崩落の起こった「菱形の地域」のことを思い出した。ここは葛西だ。感染しているのはここではなく。

「まさか。高砂、木場、代々木、駒込……」

すでにそこまで確認していたらしい。海月は携帯を見せてきた。「その四ヶ所、それと堀切ＪＣＴ、谷町ＪＣＴが作る菱形がこれです」

　画面には東京の地図が表示され、一部が菱形に塗られている。皇居あたりを中心に、都心部をまんべんなく覆う菱形だ。

「……それから七月十六日、この積乱雲によるゲリラ豪雨があった地域がこれです」

　海月が画面をタップすると、七月十六日昼の降雨地域が表示された。形は楕円に近かったが、菱形とほぼぴったり重なっている。小菅ＪＣＴや板橋ＪＣＴはわずかに範囲から外れており、対して、放火のあった四地点はぎりぎり降雨域の端に含まれている。つまり「鷹の王」は、四件の放火で確かめていたのだ。東京のどこまでが感染しているのかを。そして奴の計算通り、四ヶ所とも感染が確認された。

　北東が葛飾区高砂。南東が江東区木場。南西が新宿区代々木。北西は文京区駒込まで。ＪＲ山手線の円とおおむね同じ広さ。東京都の中心部をすっぽり含むこの全域がすでに感染している。コンクリートを侵す恐怖の細菌に。

　どこがやられるか、ではなかった。東京のすべてがやられる。

　――「東京はもうすぐ終わる」。

　七月十六日の時点で決定済みだったのだ。すでに。

　全速力で特捜本部に戻った俺たちを、川萩係長はいつもの渋面で迎えた。

「……信じろってのか。これを」

「科警研の他、気象方面の専門家にも問い合わせました。その回答をメモしたのがこれです」

俺は自分の手帳を開き、係長の前に置いた。係長は口をへの字にしたままそれを見て、重機のアイドリングのような唸り声を出した。

「東京、全域だと……?」係長は組んだ腕に力を入れる。「……でかすぎるぞ」

「川萩さん。悩んでいる場合ではないです」座る係長に海月が詰め寄る。「警視庁全体で対応しなければいけません。係長クラスで留め置いている時間はありません」

明らかに上からの物言いだが、係長はまだ唸っている。当然だった。こんな突飛な話を報告するのは、それだけでも勇気がいる。何を馬鹿なことを、と一喝されれば、報告した者の評価にもかかわる。

だが状況は、そんな生易しいものではないのだ。俺も一歩進み、海月の隣に並んだ。「係長、なんなら自分らも一緒に」

「いらん。来るな」係長は鼻腔を広げて言う。「……分かった。確かに、映像にはドローンが映っとる。すぐに上に上げなきゃいかん」

海月が目を細めて、座っている係長を見下ろす。「お願いできますか」

「ぶっ飛んだ話だ。とても信じたくない。だが証拠が揃っている」係長は会議室を見回した。

少し離れたところに管理官がいたが、管理官は電話をしていた。「無視するわけにはいかん。事実だからな。貴様らがサボった時に見つけたというのも気に食わんが」

やってくれるらしい。とりあえず最初のハードルはクリアだ。正直、俺たちのような始末書発行機の報告を、係長がどの程度きちんと受け取ってくれるか分からなかった。

だが係長はすでに、上にどう報告するか考える顔になっている。

「貴様らはヘマばかりする。街をぶっ壊し、ぶざまな姿をネットに晒し、貴様らの持ってくるストレスのせいで俺の痔は一向に良くならん」係長は言った。「だがそのことと、今回の報告が本当であるかどうかは別問題だ」

そして椅子を引いて立ち上がる。「刑事部長に上申する。その間にもっと証拠を集めろ。頭の固いキャリアどもでも信じられるようにな」

俺と海月は同時に敬礼した。海月はまた間違えて挙手の礼だったが。

15

「……と、ここまでが科警研からの報告です。堀切ＪＣＴ及び谷町ＪＣＴの崩落個所周辺の破片も入手しましたが、やはり同様の細菌が検出されました。こうなってくるともう確実です。積乱雲を使ってバラ撒く方法についても、『可能である』という専門家の意見が出ています。すぐに対策を取らんととんでもないことになります」

刑事部の川萩という男が、書類を読み上げることなど専門外だと言わんばかりの端正さの欠片もない声で、手元の書類を見ながら喋っている。火災犯捜査二係長で警部というはるか格下の立場でありながら、居並ぶ幹部連を睥睨しお前らよく聞け、さっさと働けと言わんばかりに威圧する強引な男だが、そういえば刑事部に猛牛とかピラニアとか渾名される係長がいると聞いていている。この男のことなのだろう。どこの署にも一人はいるタイプだった。現場を愛し、手続きを嫌い、線の細い警察官僚たちを肩で押しのけ跳ね飛ばしてお前ら愚図愚図言わずに働け、と尻を叩きどやしつけるタイプだ。キャリアからは「面倒な現場主任」として扱われる例のタイプだ。

ノンキャリアで長く現場にいながら戸梶はこの手の剛腕が苦手だったが、川萩警部の話には全身を耳にして集中せざるを得なかった。おそろしく重大で、緊急を要する話だった。自分の、三十五年の警察官人生でも一度もなかったレベルの。

未知の「コンクリート破断細菌」に都心のほぼ全域が感染している。

霞が関の警視庁本部庁舎内、某会議室。刑事部長名義で緊急会議が招集されたのが約二十分前。人の出入りが厳重にチェックされ、最も機密性を要求される会議の時に用いられるこの部屋では、川萩の部下である特捜本部員が発見したという、驚くべき報告が続いている。

「ご存じかと思いますが、『鷹の王』はまだ潜伏中です。しかも奴がどこにドローンを仕込み、電線や航空機をやった時みたいにいついきなり飛ばして火矢を撃ってくるか分かりません。またこの細菌は普通の消毒液で殺菌できるようですが、それでもビルの壁面なんぞは完全に殺菌しきれるもんじゃありません。どこかに一部でも残っていたら、さっさ申し上げた特異反応で一気に増えてビル全体がお釈迦です。一刻の猶予もありません」

川萩が喋る。その隣に座る越前は話の合間で時折川萩と頷きあうだけで無言だった。

会議室の空気は張りつめているがいささか脆く、床一面にびっしり繋げられたドミノのように、誰かの不用意な身じろぎ一つで雪崩をうって崩壊してしまいそうな気がする。ただその雰囲気が、あながち報告の衝撃がもたらす緊張感だけによるものではないことに、戸梶は数分前から気付いていた。向かいに座る交通部長の猪狩は眉間に皺を寄せていかにも考えているふうを装いながら配られたファイルに視線を落としている。奥の上席に座る警視総監坪井真澄は何を考えているのか分からない、というよりそもそも何かを考えているのか何も考えていないのかも分からない蛞蝓《なめくじ》めいた風情で動かない。その隣に控える警備部長の満田はこの会議が始まる前からすでに態度を決めている様子で、あとはいつ口を開いてそれを言いだすか、坪井をちらちら見ながらお伺いをたてているようである。その隣の参事官は初めて見る顔だったが、気が小さい男らしく「どうしてよいのか分からない」という困惑がだだ洩れの表情で視線をちらちらと動かしている。あいつは出世できないなと思う。公安部長の筧は狸と陰口を叩かれる通り、ふむふむと頷いてはいるが内心が全く読めない。その他会議室には生活安全部長の東雲《しののめ》も参事官を伴って出席しているが、この男も「どうしてよいか分からない」を目元にちらちら覗かせつつ周囲の出方を窺う体勢のようだ。頼りになりそうな奴が一人もいない。戸梶が最も当てにしていた瀬戸川《せとがわ》副総監は都庁からこちらに急行している ということだったが不在である。組織犯罪対策部の権藤《ごんどう》は頼りになる男だが、今回は出席していない。となるとこの場にいる人間の中で、川萩の報告にまともに向き合っている人間は自分と、報告する側の越前くらいしかいないということになる。

確かに、うろたえるのも無理がないような、あまりに規格外すぎる報告なのだ。そして突飛すぎる。「鷹の王」は積乱雲の中に培養液を撒いて、都心全域に細菌混じりの雨を降らせたのかもしれない。そんな話をいきなり信じろと言われれば、やはり無理がある。何より問題なのが、報告されたコンクリート破断細菌が検出されたのがまだ四つの放火現場と首都高二ヶ所の崩落個所、計六ヶ所に留まるということだ。現在、降雨があった他の地域からランダムにサンプルを採取して分析が進められているというが、まだ件の細菌は出ていない。科警研によると、降雨があったものの特異反応が起きていない場所では細菌の「濃度」が薄すぎ、よほどの偶然がない限り、たまたま細菌が顕微鏡に映るということは期待できない、というのである。

越前の持ってきた報告がもし真実であるならば、都心部のビルはほぼすべてが使用不能になる。45℃・2000ppmという条件を満たした途端に崩壊を始めるかもしれないビルに人を入れておくわけにはいかない。だが該当するビルすべてから人を避難させるとなると、つまり東京都の中心部にいる人間を全員どこかに移さなくてはならないということになる。都庁、国会議事堂、霞が関の官庁舎、都心に本社を置く企業すべてが機能停止する上、住宅がすべて使用不能になれば一千万人近い難民が発生する計算になる。首都直下地震でもここまでにはならない。日本という国家そのものが崩壊してしまう。

つまり事態は現時点で、警察どころか政府にすら対応不可能なレベルになってしまっているのだった。都心のすべてのビルを消毒しきるには何年、ひょっとすると何十年もかかるだろう。だが「いつ崩壊するか分かりませんが、我慢してそのまま東京にいてください」と発表することもできない。まるで東京の中心に、核ミサイルの照準がロックされているかのような状態だった。崩壊の危険が迫っているが、誰も動けない。

発表すれば大混乱に陥る。せずに黙っていれば「鷹の王」の攻撃を無防備のまままともに受けることになる。どちらに転んでも大損害だった。つまり「鷹の王」は、七月十六日の時点ですでに勝利していたのだ。単独犯だという説が有力になっているが、だとすれば奴は、たった一人で今、東京を追い詰めていることになる。

会議室では川萩警部が一人で喋っている。幹部連はもう身じろぎもしない。越前がもたらしたこのとんでもない報告。知らされた絶望的な状況に対し、ほぼ全員が、同じような結論を下しているようだった。

——そのような突拍子もない報告は、信ずるに値しない。

皆、一人一人でその結論に飛びつき、周囲も同じように飛びついているかどうかを横目で確認しあっているのだった。その証拠に、最初はばらばらにうろたえているだけだった連中が徐々に落ち着き始めている。上席に座る坪井と、なぜかその隣に座る満田に、何かを要求する視線がちらちらと集まり始めている。川萩の報告はまだ続いていたが、それを受けた幹部連が何も発言しないうちから、結論は決まっているようだった。そして醸成され始めたその空気を感じ取ってか、喋る川萩の声に苛立ちの覗くアクセントが混じり始めていた。

「……以上です。とにかく、一刻の猶予もないやばい状況です。皆様方には全力で、然るべき対応をお願いしたい」

川萩は慣れない敬語と苛ついたような口調でそう言い武骨な敬礼を一つすると、がたがたと椅子を引いてどっかりと座る。座った途端に腕組みをしている。戸梶は川萩に対し、何の声もかけられない自分の無力さを呪った。駄目だ。結論は決まっている。

誰が口火を切るのか、という数秒の沈黙ののち、こうした場面における自らの役割を弁えている満田が、手元の資料をがさりと揺らし、言った。

「……突拍子もない話ですね」

満田は渋面を作って資料に目を落とす。「まるで空想科学小説だ。オチがありませんが」

周囲の空気が緩み、吐息と薄笑いの境界のようなものがいくつか漏れた。

「私も同感ですが、しかし事実である可能性が無視できないレベルで存在しています」越前が口を開いた。「最悪の事態を想定し、できる限りの対応をとらねばならんでしょう」

「対応と言ってもどうするんですか。都民全員避難させますか」満田が呆れ顔を作って言う。「どれだけの混乱があるか。こんな突拍子もない話を信じて都民を混乱させて、その責任はどうなるんですか」

「現時点で起こりうる事態を予測できていたにもかかわらず何もせず、その結果この可能性が現実のものになった場合、もはや責任問題という次元ではなくなります」

「現場のいち捜査員と、科警研のいち研究者が言ってるだけでしょう？　現に該当地域のサンプルからはその菌、出ていないでしょう。ありえませんよ。いくらなんでも」

「では警視庁の公式見解としては、ご報告したような犯罪はありえない、ということに？」

「わざわざ言うようなことじゃありませんよ」満田は同意を求めるように周囲を見る。素早く応じて頷く者もいた。「都民に無用な不安を与えるのは避けるべきです」

皆が目配せをしあい、頷きあう。暗黙の合意がスムーズに形成されていく。あるいは坪井のことだ。越前からの緊急招集と聞いて、集まる者たちに、まともに応じることはない、といった目配せをあらかじめしていたのかもしれない。警視庁幹部たちは、皆で敷いた予定調和のレールに滞りなく乗り、結論を出しつつある。つまり、越前の報告はなかったことにして静観する、というのだ。

それを察した川萩が立ち上がりかけ、越前に止められる。戸梶も口を開きかけたのをこらえなくてはならなかった。

「まあしかし、貴重な現場の報告です」坪井がいかにも物分かりのよさそうな口調で言う。「確かに万一を考えるのが警察です。したがってこの件については、越前君たちが中心になって調査継続、ということにいたしましょう。科警研のね、そのなんとかという人一人の判断じゃ分からないから、別の人にも依頼して。ちゃんと調べてもらいましょう」

「その余裕はありません」

驚くべきことに、越前は坪井の発言を遮った。「現在、フィリピン沖で発生した台風七号が日本へ接近していますが、台風が去る週明け、八月三日から、気温が一気に上昇すると予想されています。日当たりのいいコンクリートの外壁は45℃を超えるでしょう。この日、間違いなく『鷹の王』は動きます」

越前が発言した瞬間に、会議室内には無言のうちに、ある了解が成立した。

——越前、終わったな。

もともと毀誉褒貶の激しさで物議を醸していた男であり、いつ足をすくわれるか皆が窺っているようなところがあった。連続殺人犯「名無し」を逮捕できていない失態に加え、今回の「鷹の王」に対する黒星が続き、いよいよ奴も終わりか、と皆が思い始めていたところだった。そこにきて、坪井の発言を遮ってまでのこの突拍子もない発言。

報告に信憑性がないからとりあえず静観する、という結論に飛びついた連中は、おそらくこう思っている。越前は追い詰められて焦り、理解不能なことを始めているのだ。敗色濃厚なナチスの将校が夢物語のような軍事作戦を叫ぶように。それは越前の報告を「信じない」と決めた者にとっては最も明快で据わりのいいストーリーだった。だから考慮する必要はない。東京が崩壊するなどありえない。皆、不都合な現実から目をそらしてそう考えているに違いなかった。越前はほどなく更迭されるだろう。彼が進めていた警視庁改革も、その一環のVD構想とやらも、ほぼ息の根を絶たれる。だがそれ以前に。

周囲の空気が円満にまとまっていくにつれ、戸梶は全身が冷えていくのを感じていた。つまりもう「鷹の王」は止められない。

危惧していたことではあったが、やはりこうなった。幹部連が出したのは「何もしない」という、とんでもなく愚昧な判断だった。皆、報告の内容そのものを信じていないはずはなかった。だが事態があまりに重大すぎ、手に負えないとなると、「そんな報告は信用できない」という逃げ道に殺到した。「まだ都内のサンプルが出ていない」だの「いち捜査員の報告にすぎない」だのといった都合のいい材料だけをかき集め、動かなくてもいい理由を必死ででっち上げようとしている。嫌なことは見たくない考えたくないという気持ちだけで戦いから逃げ、敗北への道を突き進んでいる。

戸梶にも、逃げたくなる気持ちは分かる。そして坪井は、そういう幹部連の気持ちを絶妙にくすぐる提案をする。

「しかしその八月三日、何もしないでぼーっとしているというわけにもいかんだろう。『鷹の王』の犯行が予想されるものとして各所の警備を強化」坪井は満田を見る。「霞が関に警備を配置しよう。満田君、任せていいかね」

はいと応える満田がちらりと戸梶を見た。自分の内心が見透かされたのかという危惧で戸梶は身を固くし、視線だけをわずかにちらつかせて不穏な空気を消そうと試みる。

満田は視線を外した。戸梶はふっと息を吐いたが、事態は何も好転していないことに変わりはなかった。警察は動かない。八月三日、「鷹の王」が東京にどれだけの破壊をもたらすか。それを黙って待つのだという。奴の思う壺だ。というより、おそらく「鷹の王」は、警視庁がこうなることも予測しているのだろう。

——本当に、これでいいのか。警察としてこれがベストなのか。そんなはずがない。

だが戸梶は動けない。一分前の時点ですでに、越前の失脚は決定した。自由落下している越前に手を差し伸べても、一緒に落ちるだけだ。

戸梶は机の木目に視線を落としたまま問う。越前、本当にこれでいいのか。

会議は確かに、お前の言う通りの展開になった。会議が始まる前、お前は俺に「会議中は黙っていてほしい」と囁いた。俺はその通りにした。だが本当に、それでいいのか？

会議から解放された戸梶は地下駐車場をまっすぐに歩いていた。暗く滞留する地下駐車場の空気が体にまとわりついて気持ちが悪くなるが、どうにでもなれという脱力感が先に立って、額や背中の汗を拭う気も起きない。脚は自動的に動き、乗ってきた車両に向かっていた。第一方面本部に戻ってやらなければならない仕事があった。その前に腹が減っている。どこかで夕飯を食べなければならない。忙しい時にしばしば考える「自動的に腹がふくれてくれる機械でも開発されないものか」という空想が脳裏をかすめる。

だが急いで一体どうなるのだろうかという気もしている。「鷹の王」が自信たっぷりに予告した通り、東京はまもなく壊滅的な被害に遭うだろう。なにせ、都心部のコンクリートすべてが感染しているのだ。この建物も、この地下駐車場もだ。奴の犯行は半分完了している。車両と照明とコンクリートの柱が続く周囲を見回す。コンクリート、コンクリート、コンクリートだ。上も下も右も左も。ここだけではない。戸梶が思い浮かべる東京のどこも、コンクリートにびっしりと覆われた光景しか出てこない。それが狙われた。東京都のすべてが攻撃対象だ。警戒のしようがない。そしてそれ以前に八月三日、警戒することすら許されていない。さっき会議でそう決まったのだ。

報告を聞いた時、あの部屋にいた者は全員、滝壺に向かって突き進んでいる気分だっただろう。滝の高さがどれほどで、落ちた時にどれほどの死者が出るのかは分からないし考えたくもない。だがそれでも思考停止し、目を閉じて船にしがみつくというのはどういうことか。一秒でも早く流れに飛び込み、水がどんなに冷たかろうが、流れがどんなに苦しかろうが、川岸に向かって泳ぎ始めるべきではないのか。坪井の判断はつまり、「鷹の王」が気まぐれに仏心を起こして犯行をやめてくれることに期待する、と言っているに等しい。

薄暗い地下駐車場を歩きながら、戸梶は考える。あの席で立ち上がって徹底抗戦を訴えなかったことを、きっと自分は退官まで、いや死ぬまで後悔することになる。感染の事実を発表し、東京都を大混乱に陥れた責任を背負ってもよいから、被害を少しでも軽くするよう対策を取るべきだと、訴えればよかったのではないか。最悪の事態に際して自分たちの責任逃れしか考えない奴らを怒鳴りつけるべきではなかったのか。あなたたちはそれでも警察官か、と。

だがそれができるチャンスはもう過ぎ去ってしまっている。そして戸梶は、たとえ今から二十分、時間が巻き戻ったとしても、自分がそれをすることはないと知っていた。戸梶は組織の一員である。個人的にどんなに不満でも、組織がそちらを向いたら一緒に同じ方向を向かなければならない。そもそもあの場で自分が何を訴えたところで、ノンキャリアで発言力の小さい地域部長の意見に耳を傾ける者などいない。実は心の中で不満をくすぶらせていた皆が一斉に立ち上がる――などという、感動映画のようなことは現実では起こらない。越前と一緒に堕ちる人間が一人増えるだけだ。そして何より、戸梶の長男が昨年、警視庁に採用されて交番に配属されていた。父親が組織に牙をむけば、息子の将来も終わりだ。入ってたった一年で、退官の日まで陽が当たらないことが決定する。そんな地獄を息子に味わわせるわけにはいかなかった。

……悪いな越前さん。私は組織の人間だ。

いつの間にか視線が下がっており、戸梶は灰色の地面に向かってそう呟く。内心では、戸梶は越前を評価していた。ノンキャリアは「公務員試験」ではなく「警察官採用試験」を選んで受験するが、キャリアは「国家公務員総合職試験」を受験してこの世界に入ってくる。したがって、キャリアには二種類の人間がいる。警察がやりたくて警察庁に入ってきた奴と、官僚として出世したくてたまたま今、警察庁に籍を置いているに過ぎない奴だ。坪井も満田も後者だが、越前は前者だった。前者の人間は、後者の人間よりもずっと大事に胸に抱いているものがある。青臭い話だが、それは「正義」というやつだった。

……そのはずだったが。

息子に合わせる顔がないな、と思った。息子が警察官採用試験を受けると言った時、戸梶は反対した。しがらみばかりのきつい仕事だ。嫌な上司が上に来ればそれまでだし、理不尽がたくさんある。だが息子は言った。でも父さんは、生まれ変わってもやっぱりこの仕事を選ぶんじゃない？

そうだろうな、と思う。頷くしかなかった。そして息子の合格を、警務部の人間が教えてくれた。面接で「働く父を見て、恰好いいと思いました」と言ったそうですよと、くすぐるような笑顔で伝えてくれたとき、戸梶は泣きそうになった。

その息子に合わせる顔がない。

「戸梶さん。お待ちしていました」

突然声をかけられ、戸梶は思わず身構えた。

越前だった。どこに隠れていたのか、車両の陰からいきなり出てきた越前の長身に、貴族めいたいつもの微笑が乗っかっている。

「……何か用ですか。会議はさっき終わりましたが」

越前はまだ微笑を消さない。「戸梶さんに一つ、いいお話がありましてね」

「勘弁してください」戸梶は顔を伏せて越前の横をすりぬけた。「もう一度言いますが、会議は終わったはずです」

越前ならこのくらいはやるだろうな、と心のどこかで納得していた。会議で表立って総監の承認を得るのは無理だ。だから終了後に、目星をつけた奴を一人ずつ裏で説得する。

だが、と思う。無理なのだ。越前は、丸の内署時代の「理解者」であり、自分より階級が低い戸梶のことを「与しやすい」と思ったのかもしれないし、ひょっとすると戸梶の正義感を当てにしてくれたのかもしれない。だがどちらにしても無理なのだ。越前よりさらに上の警備部長や総監が方針を決定しているのだし、戸梶は息子を守らなければならない。

だが越前は、そのどちらも口にしなかった。

「地域部に頼りたいんですよ。所轄の力が必要なんです」

戸梶は思わず立ち止まった。越前がそう言うとは思っていなかった。

地下駐車場の薄暗い通路で、戸梶と越前は無言のまま立っている。戸梶は拳を握った。

……所轄の力。

坪井も満田も、そんなものは馬鹿にしている。警察組織そのものが軽視している部分もある。だからこそ地域部長の階級は他部門より一つ下の警視長で、そのポストもノンキャリアに割り振られるのだ。そうひがんだ時期もある。だが東大出身のキャリアである越前の口から、「頼りたい」という言葉が出た。所轄でもいいから頼りたい、ではない。所轄の力が必要だ、と。

……自分を、自分の部下たちを馬鹿にしている奴に従うのか。自分たちを当てにしてくれている奴のために戦うのか。

地下駐車場の粘つく熱気が首筋にまとわりつく。どこかのゲートから車が入ってきたらしく、エンジン音が響いている。戸梶は握っていた拳を開いた。

「……そう言ってくれたことに感謝します」戸梶は言った。「ですが、決定は決定です。失礼させていただきます」

戸梶は顔を上げないまま足を踏み出した。顔など上げられなかった。越前は何も言わない。が、柱の陰からいきなり、大柄な人影がのっそりと現れた。「おお戸梶君。よかったよかった。捉まったね」

戸梶はとっさに背筋を伸ばして敬礼した。副総監の瀬戸川壮一郎。いつ戻ってきていたのだろうか。

「戸梶君にね、ちょっと頼みたいことがあるんだけどいいかな」

瀬戸川副総監はそれまでの戸梶の葛藤などなかったかのように話しかけ、戸梶の肩を叩いた。「『鷹の王』関連で越前君の方からちょいと提案があってね。君、一口乗りなさい」

「いえ、あの、しかし」戸梶はとっさにどう反応すべきか迷った。瀬戸川は会議での決定を知らされていないのかもしれない。「先程の会議でですね」

「知ってるよ。それを踏まえて一口乗りなさいと言ってるんだ」瀬戸川はあくまで穏やかに笑う。「なに、心配するな。責任はすべて私が取る」

一度でも管理職を経験したものなら分かる。今の短いたった一言こそ、管理職が最も言えない禁断の一言だった。それをあっさりと瀬戸川は言った。

戸梶の驚きを察したのだろう。瀬戸川は頷いて言った。

「いい上司の条件はたった二つ。部下を信用することと、責任を取ることだ。私はそう思っている」

「しかし……」

困惑する戸梶の態度を説明するかのように、越前が瀬戸川に言う。

「戸梶さんには今、振られたところです。地域部としては拒否、ということのようですが」

それは、ととっさに訂正したくなったが、確かにその通りだった。戸梶は「乗らない」と決めていたのだ。

「越前君、君は意地が悪い。試すようなことをせんでもいいだろう」瀬戸川は苦笑いで越前に応じ、それから戸梶を見て、諭すように言った。「坪井さんに話は通してあるよ。一口乗っても問題はない」

「な……」言葉が出なかった。だが質さねばならない。「どういうことです。会議では却下されました。『静観』が警視庁の判断のはずです」

「蛞蝓だからな。坪井さんは」瀬戸川は友人の悪戯を詫びるように言った。

「確かに会議での結論は『静観』でした。だがそれは別に、八月三日に『鷹の王』が動いた場合に備え、非公式に人員を配置しておくことまで禁ずるものではありません」越前は眼鏡の蔓をひと撫でして戸梶を見る。「副総監が総監に話を通しておいてくれました。もし『鷹の王』の犯行で甚大な被害が出た後に、先程の会議の内容がどこかから漏れたら責任問題です。ですから『社会の混乱を避けるため公式には否定』した上で、『万一の事態に備えて、総監個人の判断で人員の配置を指示しておいた』という方が、もし『鷹の王』の犯行が現実になった場合でも安全なのではないですか、というわけです」

瀬戸川も言う。「越前君は嫌われてるから、私がそう囁いたんだがね。坪井さんはOKしたよ」

越前は薄暗い照明の中、その顔に悪魔的に影を作りながら言う。

「会議で『静観』を積極的に主張したのは満田さんただ一人。坪井さんの方はどちらかというとそれには反対」越前は口角を上げる。「……であるとも、とれますからね」

やはりこいつは九尾の狐だった、と戸梶は衝撃を受けた。確かに会議で「静観」を主張したのは満田一人。他は全員無言で「迷っている」という態度だった。つまり、もし「鷹の王」の犯行が現実になった場合、満田以外は全員、掌を返すことが可能なのだ。坪井は会議では満田の主張に乗ったという態度をしておいて、一方では満田に秘して、瀬戸川を通じて越前を動かそうとしている。いざという時に、満田一人を尻尾切りするためにだ。

そして戸梶は気付く。会議前、越前が自分に「黙っていろ」と囁いたのもこのためだったのだ。

「戸梶さん、驚いてますね」

後ろから別の声がして振り返ると、筋肉質の小男が立っていた。同期からは豆タンクと呼ばれているという、生活安全部長の東雲《しののめ》だった。「まあ、そういうことらしいですよ。私も一口乗ることにしました。なにしろ副総監の指示で、総監も黙認しているわけですからね」

東雲の笑顔に、戸梶は肩の力が抜けるのを感じた。生活安全部長というポストも地域部長同様、ノンキャリアの警視長が就任するのが慣例となっている。幹部の中で、もっとも戸梶が気を許せるのがこの東雲だった。自分と越前、二人だけではないのだ。

「副総監。車の用意ができました」

別の方向からその声がし、そちらを見て戸梶は驚いた。摑みどころのない眼鏡顔。公安部長の筧である。「中でどうぞ。私は運転手なので、走りながらみなさんがなさる話を聞いている余裕がないかと思いますが」

筧について瀬戸川が歩き出し、越前と東雲がそれに続く。狸と言われる通り、あくまで一歩引いてしか参加はしたがらないようだったが、刑事部と生活安全部に加え、公安部まで動いてくれるらしい。

だが迷路のように車両の隙間を抜け、筧に案内されたマイクロバスに乗り込んで、戸梶はさらに驚愕した。満田の次に官僚根性が強く坪井に近いはずの、交通部長の猪狩がすでに後部座席に座っていたからだ。

「……い、猪狩、さん」

戸梶は開けた口を閉じるのを忘れていた。なぜ、こいつまでが。

猪狩は戸梶を一瞥して言った。「あとのことは満田さんに任せてあるので」

後ろから東雲に促されて越前の隣に乗り込み、戸梶はすぐに納得した。官僚根性が強いということは、他人を蹴落とすチャンスがあれば積極的に動くということだ。もし「鷹の王」が動けば、次期総監の最有力候補と目されている満田を追い落とすことができる。

最後に瀬戸川を乗せ、バスのスライドドアが閉められる。今この車内はすごい状態だな、と思った。警視庁幹部がずらりと乗り込み、運転するのはなんと現職の公安部長だ。

「さてそれでは、警視庁バス出発進行、ということで」越前がいつもの軽い口調で言った。

「夜の東京をドライブです。どうせむさくるしい中年男ばかりです。皆さん今夜は無礼講で」

16

その日が来た。

八月三日。天気予報は正確だった。未明に小笠原諸島付近にいた台風七号は午前十時頃、勢力を弱めながら東京都上空を通過し、周囲の雲をすべて引き連れて東北方面に去った。東京には一気に青空が広がった。遮るものがなくなった太陽は都心をまともに照らし、地上にわずかに残った湿気が乾くと、街は急激に熱せられ始めた。正午時点での気温は34℃。午後二時頃には36℃に達するという予想だった。

外のその熱気から遮断された、よく冷房の効いたワゴンの車内。窓がシールドされて外からは見えない後部で、無数のモニターが沈黙している。大部分の画面はまだ映像を受信していない様子で黒いままだったが、上段左側にある一つが点灯している。映っているのは、はるか上空から見下ろす現在の東京の街並みである。かなりの高度から撮影されており、いくつかの超高層ビル群が目立つものの、地上のほとんどは細かい点と線にしか見えない。

「……Aドローン、電波状態良好」

薄暗い車内で、ぼそりと呟く男の声がした。車内には男の他に誰もいない。手順の確認のため、自ら声に出しているようだ。

東京上空を表示しているモニターと同じ段、隣の三つが次々と点灯した。男は呟く。

「B1からB3ドローン、電波状態良好」

男は手にした携帯電話の画面を見る。画面では十種類ほどの「温度表示」がずらりと一覧になっていた。どの数字も0・1℃単位でちらちら変動してはいたが、45℃から55℃の間で推移している。

「……十四時一分。外壁温度、全測定地点で設定温度を超えた」

感情のないぼそぼそ声で喋っていた男が、そこで初めて大きく息を吐き、背筋を伸ばした。

「……東京都、最後の日だ」

高砂・木場・代々木・駒込。都内四ヶ所の感染はすでに確認している。渋滞のため堀切JCTと谷町JCTで先に反応が始まってしまったのが予想外だったが、おおむね想定内ではあった。それに警察が今から真相に気付いたところで、すでに都心全域が感染している。

「十四時二分」男は腕時計を見て、宣言した。「作戦を開始する。渋谷区一番機、起動」

男が操作卓のスイッチを入れると、上段右側のモニターが点灯した。周囲が建て込んで三方から他のビルの壁面が迫る屋上の映像が表示される。渋谷区一番機は南青山一丁目だ。超高層が並び、その背後に赤坂御用地の広大な緑が見える。

「離陸」

男がそう呟いてコントローラーを操作する。カメラがすっと上昇し、一瞬、屋上に映った影で、ドローンのローターが回転していることも分かった。カメラが旋回し、斜め下方を向くと、路地の一角に目標の建物が捉えられた。男がコントローラーを操作するし、実際に飛んでいるということを疑いたくなるほど直線的な動きでドローンが移動していく。路地の上にさしかかったため、そろそろ通行人がこのドローンを見つけて騒いでいるかもしれない。だが、もう遅い。渋谷区一番機は電線を避けながら路地上空に降下し、目標のビルの前で静止した。ここの四階、右から二番目の部屋。壁面にゆっくりと接近し、窓ガラスの手前で静止する。

「発射」

カメラが揺れる。だが矢がまっすぐに発射され、窓ガラスを貫いたのは確認できる。一瞬後、矢が消えた室内の暗闇がぱっと白く光る。予定通りに着火できた。

男の口角が上がる。室内で炎が激しく燃え上がり、モニターが真っ白になる。窓ガラスが割れ、噴き出してきた熱と炎に煽られたドローンはバランスを崩して落下する。だが男は口角を上げたまま、再び操作卓に手を伸ばす。

「着火成功。続いて墨田区一番機、起動」

役目を終えた渋谷区一番機はすでにどうでもよく、モニターの映像も切り替わっている。次は墨田区東向島だ。こちらはビルの屋上と戸建ての屋根が密集している。

都内全域でドローンの飛行自粛が呼びかけられている現在の社会状況を考えれば、渋谷区一番機はそろそろ通報されているだろう。警察は大慌てでそちらに注目する。だが火災はすでに起こっている。そして次は墨田区だ。その次は上野。その次は新宿。東京中で突然出現し始めたドローン群を前に、警察はおそらく、何が起こっているのかすら分からないだろう。

東京は信じられないほど混み合った街だ。そしてそれほどの人間が密集していながら、皆、自分が普段通っているビルの隣で何が起こっているかも知らないし、知ろうともしない。東京には無数に「ビルの屋上」がある。そしてその大部分は、普段人が立ち入らない死角だ。ドローンを隠す場所はいくらでもあった。

その死角に、何年もかけて少しずつ調達したドローンたちを一機ずつ配置していった。何ヶ月もかかったが、発見されたというニュースはまだない。総数百以上。東京都全域にびっしりと配備されたそれらが秒刻みでランダムに飛び立ち、三十秒後には火をつけている。止めるのは不可能だ。東京は火だるまになるだろう。その火が大量のCO_2を発生させ、高層ビル群を崩壊させるまで、あと三十分もかからない。

「……自覚しろ」

男は呟いた。勝利の呟きのはずだった。

だが。

墨田区一番機が突如、バランスを崩して墜落した。男がモニターに身を乗り出す。電線は避けたはずだった。バードストライク、あるいは乱気流だろうか？　だが落下の瞬間、機体は激しく損傷していた。ローターの破片が飛び散ったのも見えた。

「……破壊された？」

何が起こったのか判断するより早く、地面に激突して仰向いている墨田区一番機のカメラに、駆け寄ってくる複数の人間の脚が映った。音声がないため、男は画面に顔を近づけ、情報を得ようとした。駆け寄ってくる人間は警察官の制服を着ている。それどころか。

ドローンが抱え上げられる。揺れるカメラが一瞬捉えていた。駆け寄ってきた制服警官が拳銃を出している。つまり発砲してドローンを撃墜したのだ。

「馬鹿な……」

男の口から無意識の言葉が漏れている。

男の計算では、警察は対応できないはずだった。通報を受けて駆けつけてきた時にはすでに火が燃え広がっており、その後でドローンを撃墜してもどうにもならないはずだったのだ。だが墨田区一番機は火矢の発射前に撃墜された。警視庁全体に「不審なドローンは発見次第撃墜」という通達が出ていた、という可能性は想定している。だが、なぜ離陸からたったの十数秒で警察官が駆けつけたのか。たまたま近くをパトロールしていたのだろうか。

「……台東区一番機、起動」男は素早く操作卓を操り、モニターに新たな景色を表示させる。

「離陸！」

北上野付近に設置していた台東区一番機がすっと空に舞い上がり、ターゲットにしている雑居ビルに接近して窓に照準をつける。だがその瞬間、やはりカメラがぐるりと回転し、地面に叩きつけられる。アームの一つが折れて転がった。制服警官が駆け寄ってくる。

男は拳で座席を叩いていた。何だこれは、という叫びをかろうじてこらえ、激しく息を吐き出す。

「……離陸から十秒だぞ？」

だが警察官がもう駆け寄ってきている。これは偶然ではない。巡回警備を強化していたらたまたまドローンを発見した、というレベルではなく、最初からターゲットの場所を知っていて待ち伏せをしていた、ということでない限り間に合わない。

どういうことだろうか。男には状況が摑めない。ターゲットの位置は自分しか知らないはずなのだ。そして都心全域、一万棟を超えるビルが感染している。山勘で待ち伏せなどができるはずがない。

だが現に警察官がいた。男は混乱しながらも操作卓に手を伸ばす。「……新宿区一番機、起動！」

新宿区若松町。新宿署地域課の磯田巡査部長は、急遽編成された「ドローン対策特別班・新宿七班」の一員として路地に張り込んでいた。真昼の白い太陽が、こいつは馬鹿なのではないかと疑いたくなるほど能天気に街を焼く。帽子を被っていなかったら頭からじりじり煙が出ているところだな、と思ったがその帽子も温められて蒸れている。それでも持ち場を動くわけにはいかなかった。なにしろ「特別班」に任命されたのだ。日本中を震撼させ、それどころか海外ニュースでもさかんに取り上げられ世界中にドローン規制論争を巻き起こしている「鷹の王」と対峙するかもしれないのだ。

磯田は勤続二十年だが、こんな大物相手は一度も経験がない。気持ちがどうやっても落ち着かず、自分の気の小ささに半ば辟易しつつターゲットのビルを見上げる。路地のこちら側の白いビルと、その向かいのレンガ色のビル。いずれも五階建て。その三階と一階にそれぞれ空き家がある。自分の受け持ちはここだ。

空を見上げた磯田巡査部長は、その姿勢のまま一秒間、硬直した。ドローンがいる。

——発見次第、射撃！

係長から伝えられた本庁地域部長の指示を思い出し、拳銃を抜く。斜め上のこの方向なら通行人はいない。跳弾の心配もないだろう。だがこの向きでは流れ弾が前方のビルの窓に当たりかねない。磯田は位置を変えるため駆け出し、上を見たままだったので足が何かにつまずいて転びかける。踏ん張って耐え、ドローンに照準をつける。ドローンはゆっくりと高度を下げ、三階の窓の前で静止した。指示にあった通りだ。下部にボウガンを装備している。あれを撃ち込まれる前に、撃て！

訓練を除き、磯田が二十年の警察官生活で初めて放った弾丸は、ドローンのローターを破壊して見事に撃墜した。


ワゴンの暗がりの中で、男は何度目かになる台詞を呟く。

「……馬鹿な」

新宿区一番機も落とされた。もう疑いようがなかった。ターゲットがなぜか警察側に漏れている。そしてこちらの計画がなぜか読まれていて、東京中に警察官が配備されている。

男は歯ぎしりをし、それでも手は操作卓を摑んでいる。「渋谷区二番機、起動！」

――新宿七班より本部。北新宿二丁目、四番のビルにドローンが接近、撃墜成功。

――渋谷二班より本部。南平台町、一番のビルにドローンが接近、撃墜成功。

――墨田十一班より本部。東向島三丁目、二番のアパートにドローンより攻撃。着火はしましたが消し止めました。ドローンは撃墜。

特捜本部の置かれた野方署大会議室前方では、この日のためにかき集められた警電が長机の上にずらりと並べられ、鳴り続けていた。広域無線では十分ほど前から、マークした地点にドローンが出現し、それを撃墜したという報告が入り始めている。

「現在ドローン出現八。うち撃墜が五、捕獲一、撤去地点への着火後消火が一、延焼中は最初の、南青山の一ヶ所です」モニターを見る岸良参事官が、横に立って長机に手をついている越前を見上げる。「部長。的中ですね」

越前はモニターを見ている。「南青山はやられたな。被害は?」

「避難誘導と消火活動が続いています。ターゲット、及び周囲のビルが一部崩落し始めていますが、高層ビルはまだ無事です」

「……やはり、漏れがあるな」

呟く越前に、隣に立って第七方面本部長と電話をしていた戸梶が言う。「しかしまだ、高層ビルの倒壊は起きていません。勝っています」

「油断はできん。現在の第一波の後、おそらく多少の時間をおいて第二波が来る。今度はこちらの動きに対応してくるかもしれんぞ」

「了解」

モニターで状況を確認しながら応え、しかし戸梶は心中で快哉を叫んでいる。越前、やはりお前はすごい。

※

警視庁が緊急幹部級会議によって「鷹の王」事件の「静観」を決めた夜。

警視庁本部庁舎地下駐車場を発進したマイクロバスは、警察幹部を満載したまま首都高都心環状一号線を走っていた。霞が関から半蔵門へ。半蔵門から竹橋へ。どこで降りることもなく、環状一号線をただ法定速度で走り続ける。

その車内では、腕組みをし、脚を組み、思い思いのリラックスできる姿勢で中年男たちが会話をしている。中心は助手席に座る越前だったが、その説明が終わると、生活安全部長の東雲が言う。

「しかし越前さん。奴が都内全域を無差別にやるとなると、結局のところ守れる地域は限定されますよ。生活安全部も人員は出しますが、通常業務もあります。それに八月三日に奴が動くという確証もありません」東雲は眉間に皺を寄せ、短く刈った頭を掻く。「しかもドローンがどこから発進するか皆目分かりません。東京には『人の入らないビルの屋上』が無数にある。そのどこからでもいいわけですからな」

「発進前にドローンを発見して排除する線は、諦めるしかありませんね」越前は頷いた。

「ただ、攻撃対象は地域的には都心部全域ですが、現実のターゲットとなるとある程度限定されます。ここからは多少のギャンブルになりますがね」

越前は助手席から首だけを後ろに向けた姿勢で喋っていたが、シートベルトを外して体を捻ると足元の鞄からファイルを出し、「一人一部」と言って後ろの瀬戸川に渡した。運転席の筧が「越前さん、シートベルトをお願いします」と窘《たしな》める。

瀬戸川から回ってきたファイルには、何枚もの都心の地図が印刷されていた。いくつかの地域が丸く囲んである。それが何を意味するのか戸梶が思案している間に、瀬戸川が解答を言った。「……高層ビルの密集する地域だね」

戸梶はファイルから顔を上げる。「高層ビルを狙いますか」

「インパクトからすれば、そうでしょうね」東雲が頷く。「そこらの雑居ビルを十や二十崩したところで、とても『東京の終わり』とは言えない。だが超高層が一つ崩れ落ちれば、それだけで9・11クラスです」

窓の外に視線をやって話だけを聞いていた猪狩が、顎を撫でて頷いた。「……確かに」

「天気予報によれば八月三日、正午あたりから台風一過で気温が急激に上がり、都内大部分のビルが外壁温度45℃以上の条件を満たします。残りは2000ppm以上のCO_2ですが」車が車線変更で揺れ、越前は一拍置いて続ける。「ドローンでCO_2を直接噴霧するより、火災を発生させて現地でCO_2を生産する方がはるかに効率的であり、敵もこの方法を選択してくると思われます。一般的な火災では、現場からかなり離れた屋外の路地でも2000ppmを超すCO_2が測定されますからね。ただし、おそらく敵が狙うのは超高層そのものでなく、その足元にある空き家でしょう。超高層は窓が厚くてボウガンの矢で貫通するのは難しいし、空き部屋も管理が厳しいでしょう。わざわざそこを狙わなくとも、消火設備が揃わず管理のいいかげんな部屋は、付近のビルにいくらでもある」

足元の家で火災が起これば、そこで発生したCO_2で高層ビルが崩壊する、というわけだ。しかし猪狩が窓の外を見たまま口を開く。「そう思い通りに燃えてくれるもんですかね。そこまでCO_2が出るってのは相当派手に燃え続けたケースでしょう」

戸梶も東京都の地図を思い浮かべる。「……木造家屋が密集する地域なら考えられますが、そうした地域には、今度は狙うようなビルがあまりありません」

「ただ火をつけるのではなく、放火するターゲットにあらかじめ侵入し、燃えやすいものを設置してあるはずです。油類、紙類、何でもいい。一旦火が天井に達しさえすれば、素人ではほぼ消火不能になりますからね」越前は体を捻ったまま言う。「ドローンにしても、『鷹の王』は極めて長い時間と手間をかけて犯行を準備しています。ターゲットにあらかじめ侵入して、スプリンクラーも壊しているでしょう」

車内が沈黙し、数拍置いて猪狩が「可能だな。一年はかかるが」と呟く。

「だとすれば、敵が狙ってくるポイントはある程度まで絞れます。ターゲットになるような高層ビルが密集する地帯。その周辺の空き家です。それをリストアップし、中を調べて可燃物が見つかったらただちに撤去。それが不可能な場合でも、八月三日十一時から十六時まで、建物周囲に人員を配置、拳銃を携帯させ、ドローンを発見し次第射撃させます」

「当たりますか？　拳銃で」

猪狩の質問に、越前は頷く。「月島の時は、刑事部《うち》の巡査と月島署員が拳銃で攻撃ドローンに対応、多少の混乱はあったようですがほぼ全機、撃墜しています」

戸梶も頷く。百発百中とはいかなかったようだが、バランスの崩れに弱いドローンは、一発どこかに当たりさえすればそれで撃墜できる。月島署員からそう報告されていた。居合わせた捜査一課の巡査などは、一人で四機撃墜したという。

「空き家、か」東雲が眉間に皺を寄せる。「しかし膨大な数になるぞ。感染地域のビルは総数で一万を超えるだろう。その大部分に空き室がある。どうやってそれを洗い出す？」

越前は答えた。「……当然、もっとも警察らしいやり方で、ですよ」

言葉の続きを待つ様子で東雲が沈黙する。猪狩も横目で越前を見ているようだ。戸梶も黙って待っていたが、越前は戸梶を振り返って微笑んだ。

「戸梶さん。所轄の力を見せてやりましょう」

※

ドローンを撃墜した渋谷区の再配置を第三方面本部長に指示しながら、戸梶は高揚を抑えられなかった。

所轄の力が、生きている。

都心一万ヶ所から、ターゲットになる空き家をどうやって探すか。マイクロバスの中で越前が提案したのはもっとも単純で、そして警察らしいやり方だった。

つまり、虱潰《しらみつぶ》しにすべて探す。

所轄の各警察署、とりわけ「町の交番」を管轄する地域課には、巡回連絡という日常業務がある。東京都全域を百二の管轄に分け、それぞれの警察署がさらにそれをおよそ十程度の担当区域に分け、割り振られた警察署や交番の勤務員が担当区域内の建物を一軒一軒回り、居住者の状態や「最近、何か変わったことはないか」などの聞き取りをして回る。最近は不在の家が多く、またプライバシー意識の高まりもあって拒否されることも増えた。一つの担当地域には膨大な数の訪問先があるため、すべてを訪問する頃には最初に訪問した家をまた訪ねなければ情報が古くなってしまう。そのため巡回連絡は、一周したらまたすぐに一軒目に戻る。終わりがなく地道な業務だった。だが地域住民にとっては生活の中で警察官と接触する数少ない機会であり、誰もが経験する身近な訪問だった。

その積み重ねが今、「鷹の王」を追い詰めている。

各交番が、各所轄が何年もかけて収集した膨大なデータは、一つ一つは特に面白みのない細かいものだ。だが他のどの役所にもないデータだった。その中には近所の空き家、特に住人がいないのに出入りがあるような不審な空き家の情報も大量に含まれている。

越前が用いたのがそれだった。地域部の巡回連絡や生活安全部の情報から、「鷹の王」がターゲットにし得る空き家をすべて洗い出す。そして危険度の高い場所から順に、各所轄・刑事部・交通部・生活安全部からかき集めた人員を配置してゆく。都心全域のローラー作戦だ。そしてそれは今のところほぼ的中している。

これが警察の戦い方だ。警察捜査の原則に従い、人海戦術で潰しただけだが。

越前が画面を見ながら呟いた。「……所轄をなめるなよ。『鷹の王』」

戸梶も思う。敵はおそらく何年もかけてドローンを買い集め、一年近くかけて都心全域に配置していったのだろう。その地道な努力には頭が下がるが、所詮一人の人間が頭の中で考えた計画に過ぎない。警察はその「地道な努力」を百年以上も続けてきた。四万人の警察官が、千ヶ所以上の交番・駐在所が、何か変わったことはないか、不審な影はないかと、毎日見回りをし、少しずつ情報を集めてきた。思いつきの計画と、たかが数年の努力で上を行けると思ったら大間違いだ。

――中央四班より本部。新川一丁目、四番のビルにドローンが接近。撃墜成功。

ドローン撃墜の報告が次々と入ってくる。マークした空き家のうち、「鷹の王」が設置していた「燃料」を発見してあらかじめ撤去できたのは少数だったが、それでも効果をあげているようだ。現在、各所轄、刑事部、生活安全部、そして交通部から集められた総勢千五百人の人員と五十台の車両が、都内二千ヶ所に及んだ「疑わしい空き家」を防衛している。

現在までで火をつけられたのが南青山の一ヶ所。それに加え、ノーマークだった北千住での発火が報告されている。だがまだ高層ビルに被害は出ていない。現地には交通機動隊員も急行し、状況の説明と周辺ビルからの避難誘導にあたっている。北千住は間に合うか、と思った瞬間、まさにそこからの通信が入った。

――交機〇九より本部。千住四丁目付近、七階建てのビルが崩落しています！　住民は避難誘導中、消防が救助にあたっています。

やられた。崩落時に火災が起これば更に大量のCO_2が発生し、周囲の建物がすべてやられる。

「やはり、マークしきれない場所がまだ大量に……」岸良参事官が奥歯を噛む。ぎちり、という音が戸梶のところまで聞こえてきた。「あるいは奴がこちらの作戦を読み、マークされていなそうなところから狙い始めたのかもしれませんね。……こちらの千五百人だけでは」

だが、越前はまだ落ち着いていた。

「……なに、戦力は他にもあるさ」

車内の冷房はやや効きすぎるほどだったが、男は手にじっとりと汗をかいていた。新宿区四番機、中央区三番機、千代田区一番機。放ったドローンが次々と落とされ、自分の計画が読まれていることはもはや明らかだった。このまま新たなドローンを飛ばしても、大部分が撃墜されるだけだ。一体どんな手を使ったのか、警察側はターゲットにした空き家の大半を把握し、警察官を配備している。

　ブラックアウトしたモニターを見ながら男は考える。攻撃を一時中止してドローンを温存するか。これだけの多方面に人員を配置している以上、警察側の負担もかなりのものだろう。攻撃はなにも今日でなくてもいい。壁面温度が45℃を超える日は、これからいくらでも来る。だが男はその考えを捨てた。次の機会を待てば、その間にターゲットに警察が侵入し、設置した燃料をみな撤去してしまうだろう。現在、そうされているターゲットが少ないのは、空き家への強制立ち入り及び置かれていたものの強制撤去、という手続きをとる時間のないターゲットが多かったからだ。

　ならば、と男は考える。それならば、戦闘継続だ。だが計画は変える。おそらく警察は、都内の主要な超高層の周辺に絞って防御している。こちらはそれ以外にも、何十ヶ所もドローンを設置しているのだ。

　派手に超高層を崩すことができなくても、一つのビルには数十人から数百人の人間がいる。いくつかでも崩落させれば、死者はすぐ二桁になる。その時点で国民は判断するだろう。「警察は負けた」と。そしてそれだけの被害が出れば、すでに日本においては未曾有の惨事となる。

男は操作卓に手を伸ばす。三つのモニターが同時に起動した。

「葛飾区一番機、文京区二番機、江東区三、四番機……起動！」

葛飾区青戸のビルの屋上からドローンが飛び立つ。このあたりには高層ビルが目立った形で集まってはいないし、周囲には空き家が多い代わりに木造家屋も多い。警察側はコンクリート建造物が少ないためターゲットになる可能性は低いと考え、ここまで手を回してはいないだろう。だがこの地域にも大型の団地はある。火災現場の CO_2 は一キロ先まで届く。派手に燃やせば団地群周辺も2000ppm を超えるだろう。団地を丸ごと崩壊させてやる。

計算通り、離陸した葛飾区一番機は飛行中に銃撃されることはなかった。下方を撮影しているカメラにも警察官の姿は映っていない。このターゲットは確実にノーマークなのだ。やれる。

二階建てアパートの、ターゲットの窓までドローンを移動させる。邪魔するものは何もない。通報から消防車到着までの間に棟全体が火の海、延焼を広げながら大量の CO_2 を出す。

だが、画面が不意に揺れた。銃撃ではない。もっと軽い何かが当たったようだ。

虫か何かだろうかと思ったが、ドローンの揺れは止まらない。葛飾区一号機はとうとうバランスを保てなくなり、カメラを空に向けて地面に落下した。

「くそっ」

男は舌打ちをする。突風か何かだろうか。だが現在、東京都心はほぼ無風のはずだ。落ちたドローンのカメラを回して周囲を窺う。すると、ハーフパンツにサンダル、という普段着の男が三人、駆け寄ってきた。少年と言った方がよさそうな歳の三人だ。

だが一人は、手にマシンガンを持っていた。もちろん本物のはずがない。プラスチックの弾を発射するガス銃だろう。少年たちはドローンに駆け寄って取り囲み、仕留めた獣を試すようにつついたりしている。音声がないが、三人ともガッツポーズをしたりしているから、悪戯で落としたのではないようだ。

たまたまここにいたのか、と男は考えかけ、たった数分前、警察官に墨田区一番機が落とされた時もそう考えたことを思い出した。

「まさか……」

考えながら江東区三番機を操作する。こちらは攻撃されることなく火を放てた。だが妙だった。攻撃の寸前、下の路地に数名の野次馬の姿が映った。一人は携帯で通報していた。あれではすぐに消防が来てしまう。いや、住民の手により消火器で消されてしまうだろうか。

同時に文京区二番機が墜落した。突然カメラの視界に網のようなものがかぶさり、そのまままなすすべもなかった。墜落した文京区二番機の周囲にも、明らかに地元住民と分かる人間が群がっている。

男は動けなくなった。間違いなかった。各地の地元住民が、警察に協力してノーマークのターゲットを防衛している。

だが、いつの間にだ。一体どうやってだ？

飛行するヘリの中はローター音が予想以上にうるさく、隣の海月の声すらよく聞き取れない。俺は大きめの声で聞き返した。「何ですか？」

「市民のみなさんから報告が届いています。現在撃墜三機、です」

「了解」

警察官としてはあまり望ましくない事態だと思う。なんせ「鷹の王」のドローンに応戦するため一般市民を動員しているのだ。奴のドローンは火矢を装備している危険なものだというのに。

だが、これしか手がないのも確かだった。

K.F@qn506991（四分前）
こちら江東区。ドローン一機撃墜！　賞金ほんとに出るんでしょうか？　楽しみ！

（引用数）▽2

あたりめ@grasshopper0125（五分前）

文京区の住民です。公示されていた通り、ドローンを撃墜しました。ガス銃を使用しましたが、周囲に被害はありません。ご連絡をお待ちしています。
（引用数）▽7

toko@nightmare0910（七分前）
墨田区です。ドローンを捕獲したのでその画像をアップします。これでいいのでしょうか……？
（引用数）▽16

携帯でＳＮＳを確認し、俺は溜め息をついた。警察のやり方とは思えない。だが、確かにこの場面ではこれしかなかったのだ。

警視庁刑事部@MPD_keijibu（二時間前）
緊急事態です。今からおよそ五時間の間、都内に通称「鷹の王」と呼ばれる連続放火・傷害犯が操作するドローンが出現する危険があります。このドローンは人体を直接傷つける可能性は低いものですが、空き家の窓の外から着火剤のついた矢を撃ち込み放火する可能性があります。

そこで警視庁刑事部は、ドローンによる放火被害を防ぐため、都民の皆様の協力をお願いすることにいたしました。「鷹の王」のものとみられるドローンを発見した方は、どんな手段を使っても構いません。放火前に墜落させてください。ドローンは何かをぶつけるだけで比較的簡単に墜落させることができます。

実際に墜落させた後は機体をそのままにし、刑事部のこのアカウントに、ドローンの画像を添付してご返信下さい。一機につき五十万円から百万円の懸賞金をお支払いいたします。

(引用数)▽1167223

無論、刑事部が本当にSNSにこんな書き込みをするはずがない。海月が勝手にやったのである。

野方の誘拐事件後、俺たちは捜査共助課で刑事部のSNSアカウントに寄せられた情報をチェックする、という仕事を振られた。実際には翌日に月島に行ってしまったから一日しかその業務をしていないのだが、その時に海月は、捜査共助課の端末にマルウェアを仕込んでいたらしい。そういえば海月は端末にUSBメモリを挿していた。そして現在までの間、海月はその端末を操作し、刑事部のSNSアカウントをいつでも乗っ取れる状態にしておいたらしいのである。誘拐事件の時には、越前刑事部長が東京中の警察官を動員した。そういう手が「いざという時に使えるかもしれないから」だそうである。

そして二時間前、海月は刑事部のＳＮＳアカウントを乗っ取り、ドローン撃墜に協力した市民には賞金を出す、と勝手に書き込んだ。その結果、今のところはうまくいっている。なにしろ刑事部の公式アカウントなのだ。しかも海月は自ら別アカウントを使い「撃墜しました」という偽の報告を流し、それに対して刑事部のアカウントで「ご協力ありがとうございます。確認がとれましたので後日賞金をお振込みいたします」というヤラセのやりとりをしてみせた。これが呼び水になり、直後から、ドローン狩りに乗り出す人間が続出した。

この状況でも変わらず美少女顔の上司を見ながら、ひどい人だ、と思う。たしえより大きな被害を防ぐためだといえ、火矢を装備し、いつ攻撃対象を人間に変えるかもしれない「鷹の王」のドローンの文字通り矢面に、一般市民を立たせるとは何事か。刑事部のアカウントをマルウェアで乗っ取り、勝手に書き込みをするとはどういうことか。しかも勝手に賞金を約束している。それはどこの部署が出すのか。総額でいくらになるか計算しているのか。あとで川萩係長に怒鳴られる理由はいくらでも思いつく。

だが。

窓から眼下の東京を見る。スカイツリーが後方に離れていき、大手町のビル群が前方に見える。無数のビルがあり、車が走り、その間にぽつぽつと、緑が見える。

現在、この街中で警察官が戦っている。越前刑事部長が中心になって極秘に配備した特別班千五百人は今のところ善戦しており、何ヶ所かは放火されたもののまだ大きな被害は出していない。そして一般市民も戦っていた。ＳＮＳには書き込みが続いている。葛飾区では地元の高校生たちが玩具のガス銃でドローンを撃墜したらしい。台東区では「釣竿で落とした」という猛者が出現している。さっきは明治大学理工学部の学生たちが教官と協力し、研究していた対ドローン電波発生装置の試作品を持って出動したらしい。玩具の銃で、投網で、物干し竿で、一般市民が「鷹の王」と戦っている。

都民対「鷹の王」の戦いは、都民側が優勢になりつつあった。現在の時点ですでに五十機を超えるドローンが撃墜されている。そして刑事部長の指示を受け新木場の江東へリポートで待機していたＡ１０９Ｅ「はやぶさ」四号機に乗り込んだ俺と海月は、「鷹の王」にとどめの一撃を食らわせるために秋葉原上空へ向かっている。

17

中央区四番機が撃墜された。同時に飛ばしていた渋谷区八番機もだ。どうやったのかは知らないが、明らかに警察だけでなく一般市民が戦闘に参加している。渋谷区八番機は歩道橋の上から投げられたシャツで落とされた。都民がありあわせの武器でドローンを落としている。

窓の外、秋葉原の路上にも、上空を指さしながら騒ぐ男の集団が通った。都内にドローンが出現し、それを落とすことが「流行」しつつあるのだ。すでに、残存するドローンは五十パーセントを切っている。着火成功はこれまでたったの四ヶ所、うち二ヶ所はすぐに消し止められてたいした被害が出ていない。

男は歯ぎしりを続けていたせいで、下顎の筋肉がごりごりと硬くなってきている。男の計画ではこんなはずではなかった。まさか警察がターゲットを待ち伏せしているとは思っていなかったし、一般市民まで敵に回るとは想像もしなかったのだ。

……それならば。

男は自らの手の汗で濡れた操作卓を摑み、新たなドローンを起動させた。

「……千住攻撃群、全機離陸」

もとより容赦などない。東京を滅茶苦茶にするために用意していた最後の切り札が、全機同時に離陸した。


都市には巨大な建造物など山ほどあるが、さすがにこれは印象的な光景だなと高宮は思う。真上を見上げると、頭上の青空を綺麗な曲線で切り取ってエメラルドグリーンの球体が視界を塞ぐ。「球体」というものがそもそも自然界では珍しい上にこの色と巨大さだ。用途を知らない宇宙人が見たら巨人の玩具に見えるかもしれない。

荒川区南千住三丁目。東京ガス千住整圧所が誇る巨大球形ガスホルダー（ガスタンク）が三基、逆L字型に並んでいる。

——北班麻生より南班。北側異状なし。

無線機からの声に応え、高宮も返す。——南班高宮より北班。南側も異状なし。

「……実は僕、警備部にいたことがあるんですけどね」隣で同じようにしてガスホルダーを見上げていた公安部の三浦が爽やかに微笑む。「こんな大物の警備は初めてですよ」

塀で囲まれた敷地内を、荒川方向からの湿った風が吹き抜ける。高宮も肩をすくめてみせる。「グラマーすぎる。走って退避させることもできないな」

これまでの捜査協力のせいか、刑事部長の越前から直接指示が降りてくるようになってしまった高宮たち数名は、「ドローン対策特別班特殊班」というどうしようもない呼称を与えられ、東京ガス千住整圧所の警備にあたっていた。火災犯捜査二係の麻生巡査部長と双葉巡査長、それになぜか公安部総務課の三浦警部補と長野巡査部長もいる。部署がバラバラなのはそれこそ人員をかき集めたからだろうが、公安部員が他部署の人間と共同して動くというは、数年前の警視庁ではありえないことだった。だが高宮たちはすでに何度か、彼らと行動を共にしたことがある。この二人は「刑事部に面が割れている」ということで、現場レベルでの公安部の窓口にされてしまっているようだ。

高宮たち特殊班のリーダーはこの三浦で、ここの警備は筧公安部長の指示なのだという。

現在、都心では火矢を装備した放火ドローンが次々出現し、各所に配置された警察官と、どうも何かの手段で動員されているらしい一般市民が応戦している。数ヶ所に放火されたが優勢なようだ。

だがそれを一発で覆す可能性が、ここ千住整圧所にある。

東京ガス千住整圧所は都心の住宅街に存在し、感染地域内に唯一存在するガスホルダー三基を備える。これに火をつけられれば数十万㎥のガスが燃焼し、膨大な量のCO_2が発生する。周囲数キロすべてだけでなく、風向きによってはCO_2塊が移動し、都心まで被害が出るかもしれない。防衛の最重要地点だった。

そして現在、「鷹の王」は劣勢だ。おそらくここを攻撃しにくる。

高宮がそう考えた瞬間、北班の麻生から無線が入った。

――北班より南班。北側よりドローン二機接近中。捕獲します！

三浦と顔を見合わせる。「こちら南班、そちらに……」

――要りません。陽動の可能性があります。現位置で警戒を続けてください。

麻生は冷静だった。高宮は三浦と頷きあい、周囲の空を捜す。

「……いました。南南西方向、二機」

三浦が拳銃を構え、銃身でその方向を示す。一瞬目が眩んだ。太陽を背にしているのだ。

「ちっ、眩しいな」

思わず舌打ちが漏れる。目を細めつつ上空に照準する三浦が言う。「高宮さんはパイプに先回りしてください。そこならここほど眩しくない。右の奴はこっちで落とします」

「了解。左は任せてください」

高宮は駆け出した。無線から麻生と双葉の声がする。

――北側ドローン、捕獲完了！

――北側、もう一機も撃ち落とした。久しぶりに発砲したぞ。なかなかよかった。

さすがに二係の巴御前と二係一のヴェテランだ。落ち着いたものだった。感心しつつ、高宮はドローンの位置を確認し、両手で持っていた武器を空に向けた。こんな慣れない道具だが。

「高宮さん、やはりそっちに一機行きます。やれますか?」

別の一機に照準したまま引きつけている三浦に怒鳴り返す。「お任せを」

予想通りだった。ガスホルダーの金属壁は数十センチの厚みがあり、ドローンの装備しているボウガンで貫通するのは困難なのだ。ならば狙うのは、本体から伸びているパイプの方だ。

無論、ガスホルダー付近で拳銃を発射するのは危険すぎる。だから高宮と麻生はそれぞれ一機ずつ、越前が調達した秘密兵器を携行していた。英国製対ドローン用ネットランチャー「SkyWall100」だ。対戦車バズーカ砲のような外見でずっしりと重いが、射程は百メートルあるらしい。

高宮は空に向けてSkyWall100を構える。サイトを覗いて照準をつけると、画面の中心にあるインジケーターがロックオンを示す緑色に変わった。警察の拳銃にもこれが欲しいなと思った瞬間、ぽん、という音とともにネット弾が発射される。薄い発射煙のむこうで、ぱっと広がったネットが放物線を描いて飛び、ドローンに絡みついたのが確認できた。ネット弾にはパラシュートもついており、ドローンを壊さぬようゆっくりと着陸させるすぐれものだ。

「お見事」

三浦が言い、笑顔のまま三発続けて発砲する。三発目でもう一機のドローンも落ちた。

「そちらこそ」高宮は苦笑した。「こっちはサイトに入れるだけで勝手に撃ってくれるんです」

これで合計四機。三浦が無線で北班に報告し、高宮は重いSkyWall100を壊さぬようゆっくり下ろす。

ドローンを用いた犯罪は世界中で予見されている。ならば、防犯側も無策ではなかった。現在、各国が様々な対ドローン武器を開発中なのだ。だがいつの間にこんなものを調達していたのかと、越前刑事部長には感心する。いずれ使うかもしれないと予測していたらしいが。

これで「鷹の王」の攻撃はあらかた防いだことになる。まだドローンが残っているだろうから油断はできないが、あとは設楽たち次第だ。

その時、高宮の携帯が鳴った。緊急かと思い出てみると、電話は特捜本部にいる殺人犯捜査六係長の古森からだった。

――すまん高宮。今いいか?

「歩きながらでよければ」高宮はネットで捕獲したドローンを回収しに歩いている途中である。「急ぎですか」

――そうでもないんだが、一つ耳に入れておこうと思ってな。隠居中の俺の親父から電話があってな。「河村」という姓と「立川」という地名に心当たりがあるのを思い出したと言ってたんだ。昔、お前にもこの話をしたかもしれん。本当に今いいのか？

「そういうお話なら、いいに決まってます」高宮は言った。「ですが古森さん、先にちょっと無線使っていいですか。ドローンを四機ほどやっつけたもので、本部にも報告します」

――こちら特殊班高宮。東京ガス千住整圧所にて、襲撃してきたドローン計四機を発見。二機捕獲、二機撃墜。ガスホルダーに被害なし。

南千住に配置されていた高宮さんのその声が聞こえ、俺は思わずガッツポーズが出た。海月も満足げに頷き、操縦士も前方を見ながら「よーし」と言っている。刑事部長の読みが当たった。

「あとは、こっちですね」俺はドアの前に置いたケースを見る。「そろそろ秋葉原上空です」

海月は眼鏡を外し、窓に張りついて外を窺う。前方、右、後方、上空に下方。俺も反対側の窓に張りつく。現在、高度五百メートル。海月が予想していた高度はこのあたりだが、もっと上か下にいるかもしれない。

「秋葉原上空です。このまま旋回……」操縦士が振り返る。「……いました！　下方、十時方向！」

言われた方向を見る。海月が隣に飛んできて、操縦士に「バランス崩れるんで移動する時は言ってください」と窘められる。俺は目を凝らした。十時方向、下方。

……いた。

今はほぼ九時方向だ。下方に確かに、静止した黒い物体がある。あっという間に上を通り過ぎてしまったということは、相手はほぼホバリングしているのだ。この高度、この位置でホバリングしているドローン。間違いがなかった。俺は無線機に言う。

「秋葉原上空より本部。親ドローンと思しき機体を発見。これより強制着陸させます。GPS情報、送ります」

海月が携帯を操作して現在地を特捜本部に送る。俺は足元のケースを開け、秘密兵器「ドローン・ガン」を出して肩に担いだ。三つの銃身を持つライフルのような形の大物だが、予想したほど重くはなかった。そうしている間に操縦士がドローンを追い抜き、旋回して正面に持ってきてくれる。

「窓を開けます」

「了解」操縦士の声に応え、海月を振り返る。「警部、何かに摑まっててください」

ヘリのスライドドアが開くと、目標の「親ドローン」は目の前にいた。距離は五十メートル程度、高度はほぼ同じ。飛行中わりとよく喋る操縦士なのだが、ここまでぴたりとつけてくれる腕はさすがだと言っていい。

「ドローン・ガン照射」

本当は発射と言うべきなのかもしれないなと思いながら、ドローンをサイトの中央に捉えて引き金を引く。ほんの一秒かそこらのうちに、ドローンがゆっくり下降を始めた。照射しながら言う。「ドローン下降開始。高度下げてください」

「了解。体浮きますよ。足元しっかりしてください」

ドローンを追ってヘリが高度を下げる。音も出ないし弾丸が飛ぶわけでもないので本当に効いているのか不安ではあったが、ドローン・ガンは確実に目標を捉えている。

秋葉原上空。予想通りの場所に「親ドローン」がいた。おそらくこの下方に「子ドローン」のうちの一機もいるだろう。こいつを落とせば、都心を襲っているすべてのドローンの動きを止められる。文字通りの親玉のはずだった。

月島の事件の時は顔認証を用いたプログラミング操縦だったが、その前に起こった計八件の放火・傷害事件では、ドローンはおそらくマニュアルで操作されていた。少なくとも繊細な動作が必要になる放火事件の四機はそうだ。つまり「鷹の王」は最低四機の、都心の四方に散らばったドローンを一人で同時に操っていたのだ。

だが、そうだとすると問題が生ずる。事件は東京の最低四ヶ所で起こっている。一番離れた高砂から代々木までは直線距離で十八キロはある。携帯基地局を経由して遠隔操作するタイプのドローンなら数十キロ先でも操縦できるが、直接電波を飛ばす「鷹の王」の機体の場合、操縦電波が届くのは七、八キロがせいぜい。それも間に障害物がない場合であり、ビルが多い東京都心では一キロも届かないだろう。それなら、奴はどうやって東京の反対側まで操縦電波を届かせたのか。

俺は下降していく「親ドローン」をドローン・ガンで撃ち続ける。下向きになっていって銃身の保持が大変になるが、ヘリがこのまま高度を下げてくれれば地上までいけそうだ。

その答えがこの「親ドローン」だった。地上から地表付近のドローンを操るのは障害物が多くてできない。ならば上から操ればいいのだ。

おそらく放火事件の時は今日同様、東京の都心上空、百メートル以上の高度に、数機のドローンがホバリングしていたはずである。加えてそのさらに上空、ホバリングしているどのドローンからも等距離になる東京の中心に、もう一機がいたはずだ。そして「鷹の王」自身はその真下付近にいた。

これらのドローンはいずれも「電波を中継する」ために配置されたものだ。地上の「鷹の王」から真上にいる、最も高度の高い「親ドローン」へ電波を飛ばす。次に「親ドローン」から数百メートル下に分布する「子ドローン」たちへ電波を飛ばす。そしてそれぞれの「子ドローン」が、実際に犯行に出る、いわば「孫ドローン」へ電波を飛ばす。二ヶ所の中継を経て、都心中心部の地上にいる「鷹の王」の操縦電波が東京中に届く。この方法をとれば、理論的にはどんなに遠くのドローンも操れることになる。放火事件はこのシステムの実験でもあったのだろう。そしてそれは見事に成功し、「本番」である現在こうして実行されている。

ドローンが高度を下げていく。ヘリも高度を下げ、ビルの窓の一つ一つや道を歩く人間の判別ができるようになっていく。このまま地上まで降ろす。

秋葉原のど真ん中にドローンを撃墜して落とすわけにはいかなかったし、上空で銃弾をばら撒くわけにもいかなかった。そこで用意したのが、越前刑事部長が密かに海外から調達していたこの「ドローン・ガン」である。空港などでの不審ドローン撃退用に開発されたこの銃は狙ったドローンの操縦電波に対して妨害電波をぶつけ、ドローンを操縦不能にして強制的に着陸させる。ただ落とすのではなくソフトに着陸させられるのがポイントだ。電波の射程は一マイル（約一・六キロ）はあるという。

俺はサイトから顔を外した。「ドローン、着陸しました。回収願います」

――本部了解。本部より各員、周辺の捜索及び不審車両の捜索急げ。

理由は聞きそびれていたが、思えば放火・傷害事件の後、捜査会議の時から、海月は「秋葉原周辺」の捜査を提案していたのだ。「鷹の王」は親ドローンに電波が届く真下、秋葉原周辺にいるはずだった。

「お疲れ様です。設楽さん、ドアを閉めてください」海月が操縦士を振り返る。「高度を上げてください。周辺に子ドローンがいるはずです。それらの捕獲に移りましょう」

親ドローンを失い操縦電波の中継ができなくなった今、新たな攻撃ドローンはもう発進できない。今度はこちらの番だ。不審車両を捜索し、ずっと姿を見せなかった「鷹の王」本人を逮捕する。

Aドローンの画像が突如乱れた。明らかに電波障害であったが、男はこの乱れ方に見覚えがあった。

ドローン・ガン。または類似の対ドローン武器。

男はウインドウの一つを下げ、外に顔を出して耳を澄ます。車と電車の走行音と表の雑踏のざわめきに紛れ、どこか上空からヘリの爆音が確かに来ていた。

男の判断は早かった。窓を閉め、運転席に移動してワゴンを発進させる。男は確信していた。Aドローンはドローン・ガンで落とされた。じきにBドローン三機も落とされるだろうし、もう新たなドローンを飛ばすことはできない。そしてAドローンの位置から、操縦している自分の居場所が特定されつつある。

アクセルを踏みワゴンを加速させる。赤に変わったばかりの信号を突っ切った。すぐに検問がしかれる。その前に脱出しなければならない。

後部座席で眠っていたバセットハウンドが起き上がり、垂れた耳を床にこすりながら車内をのそのそと歩いて助手席に飛び乗った。

風に髪とネクタイをばたばたと煽られながら下方を見る。ドローンは着陸している。道ではなく雑居ビルの屋上だから回収は少々面倒そうだが、車道の真ん中に降りてしまうよりはいい。無線機に報告する。「四谷三丁目上空。ドローンの着陸を確認。位置情報送ります」携帯でGPS情報を送った海月が、画面を見ながら頷いた。「配置から考えて、『子ドローン』はこの三機で全部かもしれません」

「そりゃよかった。ドア閉めますよ」操縦士が言う。「上昇・下降・ホバリングの連続でしたからね。そろそろ燃料を気にしないといけなくなってきたもんで」

ドアが閉まる空気の動きで鼓膜がぱたりと鳴り、機内が少しだけ静かになる。俺はドローン・ガンを置いて床に座り込んだ。「……やれやれ」

水平位置がおおむね判明しているとはいえ、広い空から一機ずつドローンを見つけ出すのは骨が折れ、気がつくと、最初に「親ドローン」を落としてから一時間以上が経過していた。都心の気温は下がり始めてはいたが、まだ外壁温度は45℃を超えているところが多いはずで油断はできない。だが、「親ドローン」回収後は新たなドローンの報告は来ていない。海月の推測は当たっていたのだ。

ここまでで放火されたのは計五ヶ所。そのうち三ヶ所ほどで周辺のビルの破壊が確認され、一ヶ所は崩落したが、目立った被害はそこまでだった。周辺住民の避難誘導と崩落したビル内の要救助者捜索は消防に任せ、警察《こちら》は緊急配備で「鷹の王」の捜索をしつつ、付近の道路渋滞などでCO_2濃度が上がりそうなビルからの誘導、及び首都高を始めとする幹線道路の崩落危険個所の特定を急いでいる。

地上では今、山のような仕事が発生している。だが「鷹の王」は緊急配備より早く秋葉原を脱出していたようで、逮捕の知らせはまだ来ていない。それでも、とりあえず。

「……勝利、つっていい感じですね」

ずっとドローン・ガンを構えていたせいで上腕が張っている。だが充実感はあった。東京中に大破壊をもたらそうとしていた「鷹の王」の、親玉ドローンを落とした。こちらを振り返った操縦士がにっと笑い、親指を立てる。「ミッション・コンプリートですね！」

ノリは軽いが頼りになる人だった。それと歯並びがやたらに綺麗だ。俺は頭を下げる。

「ありがとうございます」

そこで、ポケットで振動している携帯電話に気付いた。無線ではないとなると緊急でもないのだろうが、今なら出られる。電話は千住整圧所に配置されたという高宮さんだった。

――設楽、今いいか？

「はい」屋外のようだが高宮さんの声も落ち着いている。千住整圧所の方もすでに落ち着いたのだろう。

――ん？　何だこの音。もしかしてヘリに乗ってるのか？

「……まあ、特殊任務中でして」

――ああ、そういうことか。

無線で行動は伝わっている。高宮さんはすぐに了解したようだった。――お疲れさん。

「どうも」確かに疲れていて、それ以上を応える気があまりしない。

――疲れてるとこ悪いが、さっき古森さんから電話があったんだ。気になること言ってたから、早めに伝えといた方がいいと思ってな。

高宮さんは「鷹の王」の特定に動いていた。殺人犯捜査六係の古森係長はその上司なので、そちら関係の情報だろう。だが今から何か、新しいことが出てきたのだろうか。「鷹の王」が河村和夫であることは確認されている。「河村のことで何か？」

――ああ。その「河村」という姓、それに立川出身ってことで、古森さんが親父さんから聞いたことがあったらしい。

「はい」古森係長は父親も警視庁警察官だという。だが当然、何十年も前に退官している。

「……古い話で何か？」

――ああ。古森さんの親父さんが覚えていたらしいんだが、河村和夫の父親は、おそらく小河内《おごうち》ダム建設反対運動で最後まで小河内村に残っていた一人なんだそうだ。河村和夫の現在の本籍地は立川だが、最初は小河内村だったらしい。本部にはもう古森さんが報告したが。

つまり、逃亡先がそこであるかもしれないのだ。だが「小河内村」という地名には聞き覚えがなかった。東京都内の「村」は現在、奥多摩の檜原村《ひのはらむら》と、小笠原村他、島嶼部の数ヶ所だけだ。「……小河内村、という地名があるんですか?」

――いや、小河内村は今は存在しない。小河内ダムの底だ。

海月が席を立ち、俺の横にくっついて携帯の会話を傍受し始めた。操縦士が「移動する時は言ってくださいってば」と言っている。

――小河内ダムの建設起工は戦前だ。当時、東京都に水を安定供給するために必要不可欠だったらしいが、先祖代々の土地も墓も神社も水の底となれば、当時の住民が反対するのも当然だな。結局、戦争があったもんで工事は一時中断。完成は一九五七年だそうだが、河村和夫の父親は最後まで村に残り、反対運動をしていたらしい。最後には村民の大部分と同様、立川に引っ越したそうだが。

「知りませんでした。しかし河村の記憶にそれがあるとなると……」

転居先の立川で、河村一家は苦労をしたのかもしれない。当時のダム建設では、立ち退きを迫られる住民に対する補償金の支払いも充分ではなかったと聞く。

その構図は、南相馬からの避難を余儀なくされた河村和夫の娘一家と重なる。東京のための水。東京のための電気。そのために家を離れざるを得なくなった人々。充分とは言えない補償。なぜ自分たちがこんな目に遭わなければならないのかと、誰でも考える。それなのに、東京に住む多くの人間は無関心だ。

「……自覚せよ、ですか」

動機がはっきりした。高宮さんの推測はおそらく当たっている。「鷹の王」河村和夫が執拗に東京を襲い、欠乏と不安をもたらし、「自覚せよ」と言い続けた理由。

自覚せよ。東京の便利な暮らしは、地方の犠牲の上に成り立っている。

東京一極集中への批判としてよく言われることだった。原発や産廃処理場といった施設はみな地方に押しつけ、補助金を貰っているのだからいいだろう、雇用ができるのだからいいだろうという態度をとる。確かにそれで地方は潤っているし、その収益がなければ地方行政は回らない。だが一方で、東京の財政が豊かなのは、地方で育った人材が働ける年齢になると皆東京に出ていってしまうからだという批判もある。一番税金を納めてくれる年代だけ東京に奪われ、それでどうやって財政を維持しろというのか、と。河村和夫は、東京そのものを恨んでいたのかもしれない。

だが、事態はそれどころではなかった。海月は俺から離れ、切迫した声でどこかに電話をかけていた。

「……警部？」

「小河内ダム、を忘れていました」海月は操縦士に言う。「小河内ダムに向かってください。全速力で！」

「しかし、燃料が」操縦士が計器と彼女を見比べる。「行けはしますが、江東まで戻れなくなります」

「構いません。とにかく早く」海月は携帯で話している相手にも、切迫した口調で何かを確かめている。「七月十六日に、ですね？　了解しました。では申し上げた通りの状況が発生している可能性があります。こちらもすぐ参ります」

「……警部？　うおっ」ヘリが旋回し、速度を上げたようだ。機内が傾く。

「小河内ダム管理事務所に確認しました。七月十六日の夜間、堤体周辺に不審なドローンが飛んでいたそうです」

ダム。その単語が俺の脳裏を電撃的に駆け抜ける。……そうだ。ダムはそれこそ、桁違いに巨大な「コンクリート建造物」だ。

「まさか……」

「先の台風とそれまでの雨続きで、現在、小河内ダムの貯水率は八十パーセントを超えているそうです」海月は言った。「堤体に亀裂が入れば決壊。多摩川が氾濫します」

18

窓に顔を近付けて下方を見ると、奥多摩の山々が広がっていた。「東京都」という単語のイメージから遠く離れた緑の濃淡。その合間をぬって蛇行する多摩川の流れは細く、目を凝らさないと見えない。無意識にドローンの姿を探していた俺は、正面、同じ高さをすっと通り過ぎた茶色いものに気付いて一瞬、ぎょっとした。茶色いものは大きく翼を広げ、優雅に滑空して下方へ離れていく。クマタカだった。もともと奥多摩はオオタカやクマタカの営巣地なのだ。ダム建設のラッシュがあった時代には彼らも生息地を奪われ、環境破壊の犠牲者となったが、近年、建設地の自然環境との調和がダム運営のテーマとなっており、彼ら野生動物はむしろ観光資源として保護に注力されている。小河内ダムも建設時には彼らの生息地が破壊されるのではないかと懸念されていたらしいが、今ではこうしてちゃんと共生している。もっとも、それもあと数分かもしれないのだが。

小河内ダム。山梨県との県境付近、奥多摩湖の水をせき止め、多摩川から東京都への飲料水の安定供給を担ってきた重要施設。水力発電所も備え、最大貯水量約一億九千万㎥。一九五七年に完成して以来、東京都が渇水状態になったことは一度もない。

その小河内ダムに、崩壊の時が迫っている。

ダムの入口前に小河内駐在所が、付近に原・境・川野の各駐在所も存在するが、数分前、通報を受けて急行した小河内駐在所員から、絶望的な無線連絡が入っていた。

——小河内ＰＢより本部。小河内ダム入口入ってすぐ、余水吐《よすいばき》上部が崩落しています。管理事務所、及び堤体上に侵入できません！

——本部より飛行中の「はやぶさ」四号。小河内ダムに急行、堤体の防衛にあたれ。立川航空隊、ヘリ出動急げ！

「現在、奥多摩町上空」俺は無線機に返す。「まもなく現着」

眼下にはすでに奥多摩の山々が広がっている。高度が下がり、蛇行する多摩川の上流部分が細く見える。その根元が大きく広がり、奥多摩湖の広大な水面が深い青で凪いでいる。そして二つの境界に、巨大な灰色の間仕切りが走っていた。高さ一四九メートル。長さ三五三メートル。巨大なコンクリートダムの堤体本体はまだ無事なようだった。その上を、眼下のダムの危機など無関係の優雅さでクマタカが旋回している。

「とにかく堤体に接近します。多少、荒っぽくなります。摑まっててください」

操縦士が言うが早いか機体を下げ始めた。胃にくる浮遊感とともに窓越しのコンクリート塊が接近し、堤体下の発電所や堤体上の展望塔の詳細が見えてきた。植木に囲まれた白い建物が、海月が今、電話している管理事務所だろう。だがそのむこう、公道とゲートに繋がる橋が黒々とした断面を見せて大きく崩落していた。真下は余水吐という、放水のためのゲートだ。ゲートそのものは金属製だが、上下左右の骨組みはコンクリートであり、この上部を通らなければ管理事務所と堤体上に行けない。そこが見事に崩落していた。崩落個所の手前では赤色回転灯を回したミニパトが立ち往生し、車の周囲で数人の制服警官が無線通信しているのが見える。だが地上からではどうにもならない。

――境PBより本部。小河内ダム堤体下、多摩川第一発電所手前の橋も崩落しています。堤体に接近できません！

無線が入る。確かに、堤体の麓まで続いている川沿いの小道も、発電所の建物へと渡る水根沢橋が崩落して塞がれていた。ミニパトがその手前で立ち往生している。

これで上からも下からも、堤体に接近はできなくなった。敵は小河内ダムの構造をよく知っている。だが高宮さんから電話が入り、海月の判断でいち早くここに向かっていたのは幸運だった。ヘリなら堤体に接近できる。まだ堤体本体への攻撃は始まっていない。

「堤体直下、高度八十まで降下します」操縦士が言う。「堤体に接触したら落ちます。覚悟してください」

操縦士は、自分自身の覚悟はさっさと済ませたらしい。俺も応える。「了解。頼みます」

ヘリがまた、ぐん、と高度を下げる。接近すると、圧倒されるような堤体の巨大さが実感できた。

「管理事務所に放水を要請しましたが間に合いません。現在の水量からして、亀裂だけでも堤体が崩壊する可能性があります」海月は電話をしながらこちらを向いた。「火矢を撃ち込まれたらそれまでです。一機も近づけないでください」

「了解」

「ドローン・ガンで一機ずつ対処している余裕はありません」海月が電話しながら席を立ち、後ろに積んであったバッグを開いた。「これを」

海月から渡されたのは、ＳＩＴでも使っているＨ《ヘツケラー》＆Ｋ《コツホ》・ＭＰ５サブマシンガンだった。しかもフルオート連射が可能なタイプだ。どこからいつの間にこんなものを、と思うが、躊躇《ためら》ってはいられない。操縦士が口笛を吹く。「すげえ。初めて近くで見ました」

ヘリの高度が下がり、堤体上に建つ展望塔が真横に来る。視界が鼠色のコンクリート一色で塞がれ、一瞬、自分が上昇しているのか下降しているのか分からなくなって不安感を覚える。

「予備弾倉が四つしかありません」海月が言う。「ですが、弾丸を節約している余裕はありません。ドローンを発見次第、すぐに射撃してください」

俺はＨ＆Ｋを腋で構え、反対側のスライドドアを開ける。「了解」ドアが開くと、ダム周辺の冷気とヘリのローター音がまともに顔に当たってきた。前後左右にゆらゆら揺れはするが、機体は安定している。膝をついて銃を構える。

海月が操縦士に指示する。「現高度を維持、もう少し堤体から離れてください」

「了解。設楽さん、落ちないように」

操縦士の言葉が終わらぬうちに機体が傾き、ドアから滑り落ちそうになった予備弾倉を慌てて手で押さえ、座席の上に並べ直す。堤体に当たって巻く風とローターの起こす風が混ざり、下から髪とシャツが煽られる。後ろで海月が無線機に言っている。「こちら『はやぶさ』四号。小河内ダム堤体前方の空中で待機中。ドローンを発見次第撃墜します」

眼下数十メートルの地面と左右の山が圧倒的なスケールで視界に広がる。正面を見据えてドローンの姿を捜しながら、俺は状況の困難さに鼓動が早くなるのを感じていた。大型であってもドローンの直径は一・五メートル程度。こちらにとっての的は小さいが、敵はこのへリの背後にそびえる堤体のどこに火矢を当ててもいいのだ。当然、ボウガンの射程ぎりぎりの距離で撃ってくるだろう。それを見極め、相手の発射前にすべてのドローンを撃墜しなければならない。できるだろうか。一機でも撃ちもらせば堤体は崩壊、直下にいる俺たちはヘリごと水流に巻き込まれて墜落だ。そして、以前防災計画か何かの文書で読んだことがある。多摩川が氾濫した場合、どこの堤防が決壊したと想定しても、流域百㎢、大田区の大部分か川崎市の大部分のどちらかが水没する。被害の規模は三十万世帯近くに上るだろう。たった一発、ボウガンの矢が当たっただけでだ。

だが悩んでいる暇はなかった。俺は前を見たまま怒鳴る。「ドローン一機接近」

まだ小さな点にしか見えないが、飛行体となればそれしかなかった。H&Kのサイトを覗くが、ヘリが揺れて照準をつけられない。飛行体のシルエットがなんとなく見えた。左右に伸びたアームにローター、そして下部に装備された火矢つきのボウガン。正面やや下方、まっすぐ接近してくる。

……駄目だ。ゆっくり狙っている暇なんかない。

俺はおおまかに照準をつけ、ドローンの少し上あたりを意識して引き金を引いた。連続する発射音と手から伝わる振動。遠すぎて当たっているのか外れているのか、どのくらい外れているのかの見当もつかない。だがおそらく、もう堤体がボウガンの矢の射程内に入っている。こちらの攻撃を感知してむこうが撃ってくればおしまいだ。俺は引き金を引き続けた。

ドローンが突如、バランスを崩して落下し始めた。ばら撒いた弾のどれかが当たったらしい。思わず拳を握る。

「撃墜!」

弾倉を抜いて残弾を確認すると、残り二発になっていた。傍らに並べてある次の弾倉に交換する。弾丸を使いすぎた。だがあれ以上接近させるのは無理だ。しかも今後は、敵もこちらの攻撃を予想してより手前で発射してくるだろう。

前方を見渡し、それから窓越しに後方を見る。堤体がボウガンの射程に入る前に射撃するとなると、もっと堤体から離れる必要がある。だがこれ以上堤体から離れてしまうと背後を突かれる。現位置を維持するしかない。しかも敵は次、H&Kの射程外からボウガンを撃とうとしてくるだろう。息苦しさを感じる。もし次が来たら防げるだろうか。どうか今落としたドローンが最後の一機であってほしい。

だが、そんな甘い相手ではなかった。第二の飛行体が小さく見える。

「下方八時方向、地表付近！　ドローン一機接近！」俺はH&Kを構えながら怒鳴った。

「後方だ。高度も下げてくれ！」

「了解」

ヘリが揺れ、がくん、と体が浮く感覚があり俺は下半身に力を込める。落ちたりしたら笑えない。下方のドローンはまだ接近してきていた。見つかりにくいよう低空から突破しようとしたのだろうが、それではかえってボウガンの飛距離が落ち、堤体に接近しなければならなくなる。これなら落とせる。

「下降やめ！」海月が鋭く言った。「上昇してください！　上です！」

ぐん、と床に引きつけられ、俺はバランスを崩して両手をつく。すぐに自分のミスに気付いた。下方の一機は囮で、本命は死角になる上空だ。身を乗り出して上方を見る。すでにそれと判別できる距離までドローンが迫っていた。だが下方の一機も火矢は装備している。

二機同時に来ることぐらい予想していなければならなかったのだ。おそらく下方の機体は自動で飛ばしている。自動操縦でボウガンを撃つところまでできるのかどうかは分からないが、放置もできない。俺はまず下方の一機を狙い、H&Kの弾丸をありったけばら撒いた。撃墜確認より先に弾倉を抜き、予備弾倉に入れ替えて上を見る。上方の機体は百メートルくらいの距離まで迫っていた。

まずい、すでに射程内――

構えた時には遅かった。上方のドローンから黒いものが放たれ、俺とヘリの頭上を飛び越えた。機内を振り返る。背後に迫る堤体の端、上方に向かって矢が飛んでいくのが窓から垣間見えた。なぜかひどくゆっくりとした動きだった。駄目だ。あの軌道は当たる。そう分かった。

矢がぱっと火を噴いた。矢自体は堤体に弾かれて落ちたが、堤体表面では火が燃え続けている。命中と同時に薬剤が弾けて飛び散ったのだろう。おそらく数分は燃え続ける。やられたのだ。じきに堤体が崩壊し、氾濫した多摩川により東京が広範囲に水浸しになる。

「上昇」海月が操縦士に指示した。「着火箇所にできる限り接近してください。ローターの風で消火できるかもしれません」

俺はその声を聞き、H&Kを構え直して空に目を凝らした。追撃のドローンがおそらく来る。

身長一五〇センチあるかどうか。ひ弱で運動神経皆無、方向音痴で説明が下手なこの海月警部だが、頭脳以外にも飛び抜けた長所を二つ持っている。鋼の度胸と、どんなに劣勢でも決して投げ出さないタフさだ。

当人には言っていないが、俺はそれに何度も助けられている。空を捜すと、予想通りもう一機のドローンが出現していた。おそらく俺たちが退避すると踏んでだろう。俺は上昇するヘリの振動にふらつきながらも照準を合わせ、ドローンに向かって三十発の弾倉が空になるまで引き金を引き続けた。ぱっと破片を散らし、四機目のドローンが落ちていく。ヘリは停止と上昇・下降を繰り返し、どうやら堤体にぎりぎりまで接近しようとしているようだ。

「消火確認」反対側の窓に張りついている海月が言う。「退避」

「了解」

操縦士とのやりとりを聞き、海月の背中越しに窓の外を見た。火が消えている。だがすでに周囲のコンクリートは熱せられ、CO_2も発生してしまっている。

ローター音と風の音を押しのけ、サイレンの音が大音量で唸るのが聞こえてきた。川から離れるように、という放送がそれに続く。通常は放送をしてからなのだろうが、同時に水音がしだしているのは緊急事態だからだろう。少しでも水圧を減らすために管理事務所が余水吐を開けている。上を渡る橋は崩れていたが、ゲート本体はまだ動くのだ。管理事務所もまだ戦っている。

だが、身を乗り出して堤体を見ると、すでにこの距離からでも分かる真っ黒な亀裂が入っていた。見ている間に亀裂の先端でコンクリート片が弾け飛び、サイレンと水音とローター音がせめぎあっているのに、ぴしり、という不気味な音が耳に届いた。ヘリは傾き、堤体から距離をとろうとする。

その瞬間、亀裂の上の部分から、堤体の一部がずるりとずれた。

あっと思う間もない一瞬のことで、同時に起こっていることのすべてがスローモーションで視認できた。亀裂の深いところから白い水流が噴き出し、堤体の上部が四分の一ほど、ごっそりと割れて傾く。裏側からの水圧に押され、煙と水飛沫を混ぜながら堤体がゆっくり崩れ、落下してゆく。

最初に落下したのは左上隅の一部だった。だがそれに続いてすぐに上部が雪崩をうって崩れ、どっと水流が出る。水飛沫のむこうでうっすらと確認できたところでは、堤体は左上四分の一を失っていた。風がごうっと吹いてヘリを飲み込み、揺れる機体を水飛沫が包む。濡れて見えなくなる目元を拭った。

――駄目か。いや……。

「設楽さん、弾倉を交換してください」海月の発した大声が轟音を貫いて耳に届く。「堤体はまだ半分生きています。攻撃が続行されるはずです」

座席から落ちた弾倉を手探りで拾って装着しながら、窓越しに堤体を見る。確かに上部の右側半分と下部はまだ生き残っており、残った部分には新たな亀裂もない。特異反応が全体に広がるより早く堤体が崩壊し、そこで反応の連鎖が止まったのかもしれない。津波を思わせる水流に堤体直下の施設は水没し、脇の多摩川第一発電所管理棟も危なかった。この水量が流れ続ければ中流・下流では恐ろしい量の増水が始まるが、まだ堤体全体が崩壊したわけではなく、小河内ダムは貯水量の何割かを押し留めている。無線機に怒鳴る。「こちら小河内ダム上空。堤体が一部崩壊。氾濫が始まっています」

こんなひどい報告は警察官になって初めてだ。絶望的な気分で無線機をポケットに押し込む。報告して終わりではない。まだドローンが来る。ぎりぎりまで戦わなくてはならない。

だが、ヘリが急に上昇した。操縦席を振り返る。

「……燃料タンクが空です。これ以上飛べません。墜落します」

操縦士の声に興奮の色が一切ないことで、かえってはっきりと分かった。これ以上、どうしようもないのだ。無線機では、立川の航空隊が現着するまであと十五分程度かかることが伝えられている。その間、堤体が無防備になる。そして残存する堤体もおそらく、全体にダメージを受けている。もう一発でも撃たれたらおしまいだ。海月が下流の都民に避難指示を出すよう要請しているが、避難完了までの間にどこかの堤防が決壊、街が冠水するかもしれない。

だが、俺も諦めるわけにはいかなかった。ドアを閉め、操縦士の背中に言う。

「一分だけホバリングする余裕はありますか。俺がホイストで堤体上に降下します」

「なんとか可能かもしれません」操縦士は前方を見たまま応える。「しかし、本当に燃料が空です。むこうに見えるヘリポートに降りますが、あなたを回収する方法がなくなります」

「構いません」海月を押しのけて反対側に行き、ホイスト降下用の手袋を出して両手にはめる。「残弾がなくなったらすぐ退避します」

「設楽さん」

後ろの座席にいた海月が俺を見上げた。「駄目です。危険すぎます」

「水流で、下の方は乱気流が発生しています。今度のドローンは堤体上部を目がけてくるはずです」ドアを開けて声を大きくする。「堤体上から射撃できます」

「許可しません」海月が立ち上がった。「堤体全体が崩壊したらどうするつもりなのですか？　現状でも数分後にはそうなる可能性があります。まして、もし攻撃を防ぎきれなかったら百パーセント崩壊します。墜落死か溺死かを選ぶことすらできませんよ？」

堤体の真上に来た。水飛沫が吹き上げられており、この位置でも顔が濡れる。ホイストワイヤーを落とし、ベルトを装着している時間はないので救助用のシートに掴まって降りることにする。「そうならないように全力を尽くします。崩れそうになったら走って逃げますよ」

「許可しません。それはもはや決死作戦ではなく自殺です」

拳銃をズボンのベルトに挟む。「しかし、ここでやらなきゃ大災害です」

「命令です。ヘリ内で待機しなさい」

鋭い声が俺の耳を叩いた。

振り返ると、海月が拳銃を抜いて俺の肩のあたりを狙っていた。

「……警部」

「操縦士、ヘリポートへ移動しなさい」

「しかし」操縦士はいきなりのことに判断がつかないらしく、俺たちと前方をちらちらと見比べている。

「いや、そうしてください」

俺はそう言い、体を翻して海月の拳銃をねじ取った。「俺が降りたらすぐに」

シートに飛びつき、片手に海月の拳銃を持ったまま降下する。ぐわりと体が揺れ、機体と、ドアから身を乗り出している海月が離れていく。何かを叫んでいる彼女を見ながら、そういえば、海月警部があんな態度をとったのは初めて見たな、と思った。一応上司だ。また始末書だろう。だが。

「……申し訳ないけど俺は、始末書なら書き慣れてるんで」

地面が近付いてくる。時間がないので、若干心配な高さがあったが飛び降りた。ヘリを見上げて手を振ると、ドアから身を乗り出した海月をそのままにしてヘリが離れていった。どうかへリポートに着くまでローターが回っていてくれるように、と祈る。着地時に落とした海月の拳銃を拾ってベルトの反対側に挟み、足元にすでに亀裂が走っているのを見つけて逃げたくなる気持ちを飲み下し、丸木でできた堤体の手すりに駆け寄る。正面やや上方にドローンの姿が見えた。やはりあの四機で打ち止めではなかったのだ。三十メートル右側では堤体が崩壊し、巨大な濁流がどうどうと多摩川に流れ落ちている。どうか撃っている間にあれがここまで来ませんようにと祈りながらＨ＆Ｋのサイトを覗く。横の濁流の振動でかたかたと銃が動くが、引き金を引いて弾丸をばら撒くと、弾切れ寸前でドローンが傾き、落下した。

……やった。

堤体上に降りたのは正解だった。堤体自体の幅が半分になっている上、敵ドローンは上方からしか接近できない。走って堤体上を移動すれば、徒歩でも全範囲がカバーできる。だが。弾倉を交換しながら祈る。来るな。どうか次はもう来るな。今のが最後の一機であってくれ。なにしろこちらはもう弾丸が残り少ない。Ｈ＆Ｋは今セットした弾倉が最後。あとは俺と海月の拳銃しかない。月島の事件以後、装弾数の多いＰ２３０《ザウエル》ＪＰに八発装弾して持ち歩いていたが、こちらの予備弾倉はない。拳銃では、有効射程もＨ＆Ｋ《短機関銃》の四分の一しかない。運が良くて一機落とせるかどうか、といったところだ。

だが、と思う。むこうもドローンの残機は残り少ないはずなのだ。都心の放火に百機規模で投入している上、こちらへの攻撃にはあくまで妨害が入らない前提だったはずだ。十機も二十機も残っているはずがない。すでに四機落とした。あと一機か二機なら。

次はなかなか来なかった。敵も堤体上の俺に気付いている。そして残機が少ないのだ。俺は左右を見て、それから頭上を確認した。……どこから来る。

濁流で細かく振動する足元。巨大な水音と舞い上がる水飛沫。シャツが湿って胸に張りついた。眉毛に溜まった水滴が目に入る。だが射撃に支障はない。

突如、ローター音が聞こえだした。蜂の群れのように聞こえるその音は、なぜか背後からだった。銃を構えて振り返る。

目の前にドローンが静止していた。なぜ気付かなかったのだろうか。発進地点は前方のはずなのに、どこで回り込まれたのか。いや、それよりも、この機体はここまで堤体に接近していながら、なぜ。

そこで気付いた。これは堤体を攻撃していた放火ドローンではない。下部についているのは人体攻撃用の三連ボウガンだ。

引き金を引くのが一瞬遅れた。俺は左肩に衝撃を受けてのけぞり、バランスを崩して尻餅をついた。尻の痛みは感じなかった。左肩が熱い。引き金を引いて横薙《よこな》ぎに弾をばら撒き、目の前のドローンを破壊する。

地面に左手をついて立とうとし、その瞬間に激痛が走った。左肩に矢が刺さっている。シャツの肩が赤く染まっていく。これが自分の血かと疑いたくなるほど鮮やかな赤が、腕をつたって左手から落ちる。

「……糞野郎。こっち撃ちやがって」

言葉にして状況を確認し、悪態をつきながら振り返る。そうし続けていないと激痛で叫んでしまいそうだった。だが正面、同じくらいの高さに、ローターを回す飛行体が確かに見える。

「……この程度で」俺は両足を踏ん張り、右手と右腕でH&Kを固定した。「日本のおまわりが、逃げ出すと思うな！」

引き金を引く。もっと派手に撃ちまくるつもりだったのに、H&Kは十発も撃たないうちに沈黙した。故障《ジャム》かと思ったが違う。さっき、対人ドローンを一機、撃っていたのだ。H&Kを放り捨て、ベルトからP230JPを抜く。左手が使えないので銃身を腰に叩きつけて遊底を下げ、一発目の弾丸を薬室に装塡する。

ゆっくり照準をつけている暇はなかった。どうせ片手撃ちの上、この距離では山なりの軌道で弾を当てなくてはならない。拳銃本来の使い方ではないのだ。おおまかな見当をつけて、引き金を続けて引く。どれかが当たってくれ、と祈るだけだった。だが、弾倉を空にしてもドローンはまだ接近してくる。自分の銃を捨てて左腰から海月のものを抜き、遊底を歯で嚙んで下げる。ドローンが静止した。撃たれる。あの位置だと俺の足元に当たる。俺は反動で銃身が跳ね上がるのを指の力で強引に押さえ、引き金を引き続けた。もう左肩の痛みも意識に上らず、頭にあるのはただ撃ちまくることだけだった。

そして、ドローンがぐくりとバランスを崩した。

その瞬間、機体の下部から矢が発射された。真上に飛んだ矢は放物線を描いて俺の頭上を越え、背後の水面に落ちた。

俺は腕を一杯に伸ばして空の銃を構えたまま、それを見ていた。

……やった。撃墜した。ぎりぎりだったが。

だが、再び正面に向き直った瞬間、体が動かなくなった。

三機。左前方に二機と右前方に一機。新たなドローンがまっすぐに接近してきていた。

とっさに拳銃を構え、引き金の感触が変わっていることに気付いた。残弾ゼロ。遊底が下がりっぱなしになっていることすら俺は見えていなかったのだ。

負けだった。「鷹の王」の物量と慎重さ、こちらの戦力を読む計算力の勝利だ。たった一手の差だが、最後に残ったあの三機の総攻撃があれば、堤体はもう耐えられない。

左肩が急に痛みだす中、俺は走り出そうとした。堤体が崩れる。早く道まで戻らないと巻き込まれてしまう。濁流の轟音と放流警報のサイレンが頭の中でやかましく混ざりあう。

そこに、ヘリの爆音が加わった。

視界の左から、真っ青な「はやぶさ」四号が出現した。海月たちのヘリ。もう燃料がないはずだった。着陸したのではなかったのか。だが機体制御ができないのか、ヘリはバランスを崩しながら空中をスライドする。

「……おい、まさか」

戦況を察知して戻ってきたのだ。着陸しようとしてはいたのだろう。だが無理矢理引き返し、燃料がないのに飛んできた。

俺の残弾が切れたことを知ってか、ドローンは三機ともかなり堤体に接近していた。そこにヘリが突撃した。体当たりこそしなかったが、ヘリのローターが起こす気流はドローンのような小型飛行体にとっては竜巻に等しい。三機が次々とバランスを崩して落下する。ヘリはそのままドリフトをするように無理矢理進路を変える。ローターの回転がおかしいように見える。もうエンジンが止まっているのではないか。

俺の頭上すぐ上を、ヘリの腹が通り過ぎる。やはりもうエンジンが回っていないようだった。オートローテーションが使える高度ではない。つまりあの機は、完全に慣性だけで飛んでいるのだ。放り投げられた砲弾と同じように。

ヘリはどんどん高度を下げ、水位が下がり始めているダムの水面に落ちた。水飛沫が放射状に散り、機体が止まる。あれは着水ではない。墜落だ。だがドアが開き、まずホイストの救助袋に摑まった操縦士が、続いてドローン・ガンのケースに摑まった海月が水面に現れた。操縦士は泳いで水没するヘリから離れようとしているが、海月は流されるままでくるくる回転しながら沖の方に行ってしまう。

が。

俺は苦笑し、銃を持った右手を高く挙げて二人に振ってみせた。おそらく見えてはいまい
「……どっちが無茶だ」

……だが、勝った。

これこそ、本当にぎりぎりだった。「はやぶさ」四号は墜落し、俺はおそらく重傷。堤体は半分が破壊され、現在も予断を許さない。中流・下流域ではすでにどこかの堤防が決壊している可能性もある。

だが、堤体が一気に崩壊する事態だけは防げた。最低限の勝利だ。

地面に膝をつく。濁流の振動が直接、体の芯に伝わってきた。俺は溜め息をついて振り返り、そして動けなくなった。

正面から、一機のドローンがこちらに向かってきていた。

それまでの機体とは明らかに違っている。機種は一緒だろうが、下部には火矢ではなく、ネットに包まれた何かをぶら下げている。それがまっすぐに向かってきていた。

「……そんな、馬鹿な」

さっきの三機が最後の総攻撃ではなかったのか。いや、三機という数からすれば、確かにそのはずだったのだ。それならなぜもう一機出てくるのか。

……まだ、いたのか。

いや、そうではない。作ったのだ。急遽、もう一機だけ。

ぶら下げているものはおそらく火炎瓶のような何かだろう。「鷹の王」の放火ドローンも、すでに全滅していたのだ。だが、ヘリの突撃でこちらの戦力が本当に尽きたことを知った奴は、急遽その場で「最後のもう一機」を作り、追加した。

奴の勝ちだった。残弾はゼロ。ヘリは水没。立川からの援軍も間に合わない。もう本当に、俺たちには何もない。

俺は堤体の上に立ち尽くし、最後のドローンが接近してくるのを見ていた。ビニール紐のようなもので荷物をぶら下げている。これまでと比べれば随分不恰好な、素人の工作だった。だがそれで充分なのだ。最後の抵抗で拳銃を投げつける。当たるどころか届くことすらなく、拳銃は落ちていった。左肩が痛み、無駄なことをしなければよかったと後悔する俺の眼下にドローンが突っ込んでくる。

次の瞬間、突然現れた茶色いものが、横からドローンに体当たりをした。

ドローンが落下する。茶色いものはすっと旋回し、一つだけ羽ばたくと、山の方へ去っていった。

一瞬、何なのか分からなかった。だが滑空して去っていくその優美な姿を、ここに来る間にも俺はヘリから見ている。奥多摩の食物連鎖の頂点に立つ王者の翼。

クマタカだった。野生の。ドローンを獲物と勘違いして攻撃したのだ。

そういえば聞いたことがある。海外では、鷹を始めとする猛禽類がしばしばドローンを「狩って」しまう。直線的にしか飛ばない無防備なドローンは、彼らから見ればのろまな獲物にしか見えないのである。それに着目し、ヨーロッパでは訓練した鷹によるドローン対策部隊が組織されているという話もある。

……俺たちは完全に負けていた。「鷹の王」は完全に勝っていた。そのはずだったのに。

俺は地面に崩れ落ち、笑った。水音で自分の笑い声すら耳に届かないが、それでも大笑いした。「鷹の王」を名乗った河村和夫は今頃、この皮肉にどんな顔をしているだろうか。

19

青梅署地域課所属、奥多摩交番勤務員の村田《むらた》道夫《みちお》巡査長は、その男に拳銃を向けたまま一歩も動けなかった。訓練通りに銃身を両手で保持し、相手の肩のあたりを狙ってまっすぐに腕を伸ばす。撃鉄は起こしていたが引き金は引けなかった。撃てば、その瞬間にむこうも撃ってくる。

片側一車線の山道。中央線を無視して路上に白いワゴンが止まり、その横に立つ男に、村田巡査長は二分ほど前から照準を合わせている。がに股で両足を踏ん張っていないと膝から崩れ落ちてしまいそうで、手の震えはすでに男に気取られているかもしれない。

だが仕方がないだろう、と村田巡査長は自分の内部に向かって大声で言い訳をする。奥多摩町のこんな田舎の交番で、いきなりこんな大物に出くわす心の準備などできていなかった。俺はひと山いくらで扱われる普通の交番巡査のはずだ。事件の多い地域に赴任したこともあるが大抵は田舎の駐在所で、島嶼部に行ったこともある。田舎は平和だ。事件に出くわした経験はほとんどなく、道案内に迷子、息子がグレたという愚痴からトイレの水が止まらないから来てくれという相談まであった。日々のそれらを処理しながら、しかしすぐに相談できる「おまわりさん」が近所にいるということが大事なのだと諒解して今日まで勤務を続けてきた。奥多摩交番でこれまで一番大きな仕事は夏場の水難事故。一番大きな犯人は酔っ払って通行人を殴った馬鹿の検挙。このまま定年まで勤めあげるものだと思っていたというのに。目の前に立っている男があの「鷹の王」なのだ。本名は河村和夫。住所は立川市内。背格好も顔も手配画像と一致している。何より奴の頭上二メートルほどの高さに、ホバリングするドローンが張りついている。撃つべきだ、と村田は思った。だが指が動かない。撃てば相討ちになってしまう。ドローンの下部には三連のボウガンがついていて、矢はまっすぐに自分の頭部を狙っている。

交番を空けて巡回し、もう一人の勤務員も出ている折に緊急連絡が入ったのだ。手配中の「鷹の王」こと河村和夫がドローンで小河内ダムを攻撃、ダムがすでに一部決壊している、と。そしてそのしばらく後に、奴が青梅街道を下り、まさにこちらに向かって逃走した、という連絡が入った。ダム直下の水根沢橋前で立ち往生していた境駐在所のパトカーは間に合わず、下流の海沢駐在所から出動したミニパトがこの上の橋詰トンネル入口付近で検問を張ったが、暴走してきたワゴンが強引に突破。村田はその下流、氷川集落を越えたところでパトカーを路上に横付けにしてバリケードを作った。一般車両も皆止めてしまうことになるが、その時はその時だと思った。

村田が車から降りるとワゴンはすぐにカーブを曲がって現れ、数メートル前で停車した。降りてきた男は、本当に奴だった。「鷹の王」。ドローンを用いた身代金目的誘拐で五十万をせしめ、都内計八ヶ所でドローンによる傷害と放火。月島の橋梁破壊と日本中を震撼させた「狩り」。送電線と幹線道路の切断。そして今日の総攻撃。

その犯人が目の前に降り立ったのだった。そして村田に「道を開けてください」とだけ要求した。依頼ではなく要求だった。男の頭上には三連ボウガンを装備した、月島で猛威を振るった対人ドローンが二機、守護霊のようにぴたりと張りついてホバリングしていた。

それでも道を開けるわけにはいかなかった。村田は今、殺されるというかなりはっきりした予感を自覚しながら銃を構えている。

「……か、河村和夫だな」ワゴンのフロントウインドウ越しに、報告にあったバセットハウンドが舌を出している姿が見える。間違いなかった。村田はできる限りの大声で男に言う。「そのドローンを降ろしなさい。殺人未遂、放火、その他の容疑で逮捕します」

「道を開けてください」男はドローンを従えたままゆっくりと歩いてきた。「パトカーをどけてください。拒否するならそれでもいい。あなたを殺し、キーを奪う」

こっちに来たじゃないか、と村田は恐慌状態になる。こちらだって拳銃を抜いているのに、この大物はやはり、自分ごときなど全く相手にしていないのだ。ドローンもゆっくりとこちらに接近してくる。

河村は言った。「どけ」

足が動かない。拳銃を構えたままの村田は自分で理解している。単に恐怖で動けないのではない。平穏な日常業務の日々に突如現れた、大物を逮捕するチャンス。心のどこかで「ひょっとしたら、何かの偶然で自分にもそういうことが起こるかもしれない」と期待する部分は確かにあった。ここで逃げ出してしまえば、せっかく本当に起こったそのチャンスを自分で捨てることになるし、これまでの警察官人生まで不名誉で泥色に染まってしまう。それはできないのだ。だが相手は止まってくれない。

ドローンが位置を微調整して静止した。カメラの位置は分からなかったが、生き物のように自分を見ているような気がした。撃てばやられる。だがもう相討ちしかなかった。村田は引き金にかけた指に力を込める。

背後からサイレンの音がした。近いな、と思った時にはもう、カーブのむこうから現れたワゴンが後輪を滑らせながら急停車している。ただの車両ではなかった。これは。

「……警備部。ＳＡＴ？」

村田の呟きを頭越しに飛び越えて、車両のスピーカーが吼える。

――河村和夫だな？　殺人未遂、現住建造物放火、水利妨害その他の容疑で貴様を逮捕する！

ワゴンのドアが左右同時に開き、ヘルメットとアーマーで完全武装した鎧騎士のようなSAT隊員がバラバラと降車する。彼らと仁王立ちの河村を見比べ、村田は叫んだ。

「危険です！　ボウガンを装備したドローンが……」

村田が言い終わるより先に、先頭の隊員たちが黒光りする盾を一斉に構えた。武骨にボルトの凹凸が並び、強化ガラスの覗き窓がついた大型防弾盾だ。

盾を構えた隊員たちが一斉に突撃する。空中のドローンたちが矢を放つが、ライフル弾も防ぐジュラルミン盾は矢を確実に弾き飛ばし、河村は突進するSAT隊員たちに体当たりをされて倒れた。

「確保！」隊員の一人がワゴンに叫ぶ。

うつ伏せにされ手錠をかまされた河村は、もう抵抗しなかった。立たされた河村はワゴンに乗るようどやされ、背中を押されてこちらに歩いてくる。

不意に、いつの間にか拳銃を降ろしていた村田と、河村の目が合った。村田は気付いた。東京都を蹂躙した「鷹の王」こと河村和夫は、腕は細くなで肩で、体力の衰えた一人の老人だった。

その気付きを察したのかは分からない。だが河村はヘルメットで顔を隠したSAT隊員たちではなく、村田を見て言った。

「自覚せよ。東京は……恨まれている」

村田は聞き返そうとしたが、その時に気付いた。河村の背後から、一機のドローンが飛んできている。

「後ろです。ドローンが」

村田が言うのとほぼ同時にＳＡＴ隊員たちがサブマシンガンを構える。河村の左右の隊員はとっさに盾を構えたが、その瞬間、ドローンはボウガンの矢を放っていた。

河村の体がうつ伏せに倒れた。背中の中心に、黒く長い矢が深々と突き刺さっていた。

――何してる。落とせ！

スピーカーが怒鳴る。隊員たちが銃を構えた時には、ドローンはスライドして斜面上空に離れていた。

ドローンが多摩川の上を渡り、向こう岸の森の上に消えていく。射撃しようとしてできなかったＳＡＴ隊員の足元で、ヘルメットのバイザーを上げ、倒れた河村に声をかけている隊員が村田の視界に入る。

だが、河村は手足を投げ出したまま、すでに動かなくなっていた。

「馬鹿な」ドアから指揮官らしきスーツの男が飛び降り、ドローンの消えた方向と倒れた河村を見比べる。「救急搬送！　そいつを死なせるな。犯人自殺なんて結果は……」

指揮官の男はそこまでしか口にしなかった。そう。河村は完全に拘束されていた。にもかかわらず、奴を撃ったドローンは手動操縦だった。

つまり、自殺ではないのだ。


車というのはこんなにも細かく揺れるのだな、と思った。無論、救急車は重病人を乗せて運ぶものであるし、車内で応急処置もする必要上、通常の車よりはずっと揺れが少なく設計してあるのだろう。だがそれでもこんなに揺れるのだ。仰向けに寝ているから感じるのだろうな、というのは分かっているのだが。

左肩に刺さった矢は病院でないと抜けないとのことなのでそのまま搬送されているのだが、意外なことに、背中の下から伝わる細かな振動はそれほど左肩に響かなかった。それよりも車がカーブを曲がり、横にGがかかる時の緩やかで大きな振動が辛い。どうもGそのものというより、Gに反応して体に力を入れてしまうことが痛みの原因らしい。出血はほぼ止まっているがこの痛みは辛い。だが麻酔もせずに、とにかく病院まで運ぶらしい。

それともう一つ。無線連絡する救急隊員たちが喋るだけで、俺と、毛布にくるまって傍らの座席に座る海月が全く喋らないのが辛い。

視線だけ横に向けて窺うと、海月は座席の上に膝を抱えて乗っかっているようだった。全身をすっぽり毛布にくるまれ、頭もタオルで覆われているから顔しか出ておらず、横顔のついたおにぎりに見える。こちらと目を合わせようとしないのは、やはり怒っているからだろう。

立場上、海月は上官である。俺が堤体上に降りたのは命令無視だ。それに対して海月が銃口を向けてきた時、内心では驚愕していた。そこまでするのか、と。

しかし、当然のことながら彼女のその行為も問題なのだった。遊びで部下に銃口を向けた馬鹿がよくニュースになるが、日本国民の中で警察官だけが拳銃携帯を許されている、という事実こそが「警察官」を「一般市民」と明確に区別しているのであり、それゆえ拳銃の扱いに関してはかなり慎重に丁寧にすることが求められる。そのあたりのニュアンスは彼女も分かっているのだろう。しかもその後、燃料の切れたヘリを無理矢理飛ばして水没させている。「はやぶさ」四号に特に損傷はなく、後で引き揚げることも可能だろうという話だったが、それでも大損害であるし、一歩間違えば墜落・大破していた。

そして、そこまでしておきながら負けた。

今のところ、多摩川は氾濫せずに済んでいるらしい。たとえば住民から見れば、この結果は「よかった」と言えるものなのかもしれない。だが俺たちにとっては敗北だった。たまたま最後、野生のクマタカに助けられるという幸運があっただけなのだ。俺などはとりあえず被害を最小限にできたというだけでほっとしてしまう部分もあるのだが、考えてみれば、海月にとっては初めての「犯人を止められなかった」事件である。

だから海月はこちらと目を合わせない。警察組織内部について言うなら結果オーライという言葉はないし、喧嘩両成敗という言葉もない。「鷹の王」を止められなかった責任は確かにあるのだし、部下の命令無視を叱るべき上司の方も何かやらかした、という場合、叱られる対象が二つに増えるだけであって、お互い様だから相殺、とはならないのだ。

俺は海月に対してどう声をかけるべきか迷った。結果的に被害は抑えられたのだから、今回の反省を活かして次の仕事に臨みましょう——と励ますべきか、とも思ったが、相手は上司である。まずは謝罪だろう。

「申し訳ありません。指示を無視して勝手な行動をとりました」

海月はタオルと毛布に包まれたままでこちらを見ない。眼鏡はポケットにしまっていたようなのだが、水面から救助される過程で壊したらしく、わずかにフレームが曲がっていた。

「……後任には、たとえば殺人犯捜査六係の高宮巡査部長とか」

「そのようなことはこちらで決めます」

海月は目を合わせないまま遮った。「……拳銃を向けたことに関しては、わたしも服務規程違反の罰を受けなければいけません」

あるいは海月にとっては、あんな行動をとった自分が信じられない、という部分もあるのかもしれない。よく見るとぷくりと頰を膨らませている。こう見えてというか見た目通りというか、彼女には子供っぽいところもあるのだった。

傍らで携帯が鳴り、おにぎり型の海月から電話機を持った手がにゅっと生えた。彼女の携帯は水没したはずだが、少なくとも通話機能は生きていたらしい。

しばらく話したのち、海月は電話を切り、しばらくぶりにこちらを見た。

「悪いニュースといいニュースと……ニュースがあります」

俺が視線だけで応えると、海月はおにぎりからもう一方の腕を出し、座席の上で体をこちらに向けた。三つ目が気になるが、言う順番は海月に任せることにする。

「まず悪いニュースです」

「はい」あの座り方でよく落っこちないな、と思う。

「『鷹の王』こと河村和夫が、死亡したそうです。ドローンに装着されたボウガンで何者かに射殺された、とのことです」

思わず体を起こしかけ、左肩の激痛で呻く。救急隊員に押さえつけられ「何やってんですか！」と怒鳴られた。こちらにも謝らなければならない。

「……河村が運転していたワゴンからは、多数のドローンを遠隔操縦するためのコントローラー類と、アンテナが出ました。携帯からは犯行計画の詳細も出たとのことです。バセットハウンドも一頭、保護されましたし、間違いなく本件の『犯人』は河村なのですが」海月はフレームが歪んでいるせいか、何度か眼鏡を直しながら言った。「背後に、河村の計画を手助けした本物の『鷹の王』がいた、という認識でよいと思います」

「……くそったれ」つまり河村は、余計なことを喋る前に消されたのだろう。あるいは堤体上で俺を撃ったドローンも、河村ではなくそいつが操縦していたのかもしれない。

「河村和夫は青梅街道をワゴンで逃走、橋詰トンネル付近の検問を突破した後、氷川付近で奥多摩交番のＰＣに進路を塞がれ停車。駆けつけたＳＡＴが確保しましたが、その直後に出現したドローンのボウガンで殺害されたようです。……ちょうど、このあたりですね」

車がブレーキをかけ、道の端に寄って徐行を始めたようだ。首を無理矢理巡らせると、フロントガラス越しに前方の道が見えた。パトカーが数台、どこか所在なげに回転灯を回し、その周囲では数人の制服警官が無線で何かをやりとりしている。

救急車がその現場の横を徐行ですり抜けていく。ここにいたのだ。「鷹の王」がここで死んだ。

……結局、本物の「鷹の王」の顔を拝むことはできなかった。

だが、海月は表情を緩めた。「わたしたちにできることはし尽くしました。今はもう、休むべきですよね」

「……そうですね」持ち前のタフさで切り替えたようだ。とりあえず、ほっとした。

「それと、いいニュースです。科警研の車田さんから追加の報告が」海月は携帯を見る。

「観察の結果、コンクリート破断細菌の寿命は極めて短く、特異反応を起こして増殖しない限り、二週間から四週間程度でほぼ百パーセント、寿命を迎える見込みだそうです。感染したのが七月十六日だとすると、今日の時点で一部は寿命を迎えていたということになりますね」

「そいつは……」左肩の痛みが少し和らいだような気がした。確かに、ずっと気にかかっていたことではあった。「……よかった。本当に」

「『詳細を報告したいので東京カンパネラ　ショコラ*かマルコリーニ　ビスキュイ**を持って科警研にお越しください。お待ちしています』だそうです。焼き菓子の気分なのでしょう」

「なんでお土産を要求するんですかあの人は」しかも高級になっていないか。

まあ、いい。落ち着いたら、ついでに自分用に高級な菓子でも買ってみる、というのも悪くはないかもしれない。

だがそう考えた途端、胃のあたりがぐっと締められた感触があり、見事に腹が鳴った。そういえば、朝食後何も食べていない。だが落ち武者みたいに肩に矢が刺さっている以上、まずこれを抜かないと食事どころではない。やれやれだ。飯にありつけるのは何時間後だろうか。

「それともう一つ……ニュースです」海月は無表情に戻って言った。

「それ、どんなニュースですか」

＊　東京カンパネラの売り出す東京限定銘菓。三層になったラングドシャがしっとりとお洒落。
＊＊　ピエール・マルコリーニJR東京駅店限定商品。高級感のある箱がお洒落。

海月は壁際の棚にしばらく視線をやった後、言った。

「……悲しいニュースです」

俺は息を吐いて続きを待つ。

「南相馬から自主避難していた河村和夫の娘一家ですが……」

海月は床に視線を落とす。毛布から出ている手の指先が毛布の端を摑んだり放したりしている。

「そこの息子は震災直後、都内の小学校に転校しましたが、南相馬からの避難者であるという理由でいじめを受けていたようです。『触ると放射能がうつる』『家が補償金で大儲けしている』『被害者ビジネス』その他、罵る言葉がかけられていたそうです」

胃のあたりに茶色い何かが溜まる感覚があった。「……小学生ですよね？　どこでそんな、糞みたいな言い方を」

「子供ですから、意味は分かっていないでしょう。ただいじめたかっただけで」海月は毛布の端を握る。「そういう言葉を覚えさせたのは、周囲の大人たちです」

目を閉じる。動いていないのに、傷の痛みが増した気がする。

結局のところ、それが決定打だったのだろう。親が小河内ダムの、東京の水源のために故郷を追い出されたことを知っている河村和夫は、震災時に同じ構図を体験した。それも自分ではなく娘と孫がだ。そこにこれだ。奴のメッセージはつまるところ、そういうことだった。

――「自覚せよ。東京は憎まれている」。

無論、地方に住むすべての人間がそう考えているわけではない。以前起こった「フレイム事件」の時は、東京のために日本中が立ち上がり、応援してくれた。だが、地方が東京を見る目というのは、決して好意や憧れだけではないのだ。北海道からはるばる上京してきた俺にも、それは少し分かる。

左肩に痛みがあり、考え込むのはそれが限界だった。車が集落に入り、スピードを落とす。ここだってまた東京なんだがな、と、とりとめのないことを思いながら、俺は目を閉じた。

第三方面本部からの報告の電話を切り、戸梶は溜め息とともに長机に手をついた。そういえば立ちっぱなしで疲れている。そこに先程、越前から「河村和夫が殺害された」という報告を聞いたばかりだ。

「SATか……」

聞けば、河村をまず確保したのは完全武装のSAT隊員だったらしい。つまり、誰かが満田を動かし、小河内ダムにSATを差し向けさせたのだろう。おかげで警備部は「所轄も刑事部も交通部も大忙しの時に、間抜けにも霞が関に機動隊を並べてのほほんとしていた醜態」からやや逃れることができている。もっとも、かわりに河村の殺害を許してしまう、という失態の責任を負うことになり、それに関してはお気の毒もいいところなのだが。

満田に今日の犯罪の情報を与えたのは誰だろうか。確かに警備部の力は必要だったし、今日の事件発生後なら満田も動く。だがこんなに手際よくあの男に協力を要請したのは一体誰だろうか。蛞蝓の坪井にそれができたとは思えない。副総監の瀬戸川、交通部長の猪狩、あたりが考えられた。だがひょっとして、この男かもしれない。

隣でパソコンのモニターを見ている越前の横顔を盗み見る。一番やりそうなのはこの男だ、と、戸梶には妙に納得できた。

だがすでに疲れ切っていて苦笑する気も起きない。小河内ダムが一部決壊したものの、下流で堤防が決壊しかけた二ヶ所については駆けつけた陸上自衛隊の奮戦でなんとかもっているらしい。都心部の火災は収まったが、崩壊したビル内の救助作業はまだ続いている。その周辺にも、いつ崩壊するか分からないビルが多数存在し、消防庁と連携して避難態勢をとらなければならない。

まだ仕事は無数にあり、当分の間、特捜本部から帰ることはできないだろう。余計なことに思いを巡らせるのは後でいい。

戸梶は座り直し、長机のパソコンに向かった。

20

片側三車線の広い晴海通りを、日差しに熱せられた生暖かい風がゆったりと流れていく。昨年も一昨年もそうだった気がするが今年の夏も猛暑で、しかも残暑が厳しい。吊っている左腕がろくに動かせないせいで、左の腋の下がひどく汗をかいている。外回り営業ではないのだから多少の汗染みは気にしなくてもいいのだが、単純に気持ちが悪い。しかしどうにかして拭おうとすると肩がまだ痛い。この点については諦めなくてはならないようだった。脚を止め、また遅れている海月を振り返る。「警部。携帯出さないでください。歩きスマホ駄目です」

「あっ」海月が画面から顔を上げ、慌てて携帯をしまう。「申し訳ありません。危険行為でした」

まあ周囲に人がいないからまだいいのだが、海月警部はしばしば周囲の状況が見えなくなる。「そんなに地図見なくても俺が覚えてます。ていうかすぐじゃないですか勝どき駅から」「確認しました。そのようですね。勝どき駅A2a出口を出た後、晴海通りを直進、だそうですが……」

「いえ、ここが晴海通りです」なぜきょろきょろするのだ。「……何度も通ったでしょう。月島の時に」

方向音痴は「道を間違える」だけでなく、「道を認識していない」「道を覚えない」の要素もあるのだという。警察官にとっては致命的だ。そもそも都営大江戸線勝どき駅から晴海三丁目交番までの間でどうやって道に迷うのだ。

一連の「鷹の王」事件からそろそろ一ヶ月が経つ。今も都心各所で検査が続けられているが、車田の指摘通り、都心に感染したコンクリート破断細菌はほぼ死滅した。CO_2量が多いため、首都高は都心の広い範囲で通行止めが続いていたが、どうせ止めるならと道路公団が一斉工事の予定を詰め込んだため、使用再開された今では前より走りやすくなっているらしい。この月島周辺の橋もとっくに再生され、綺麗になっている。その副作用としてあの事件の脅威も忘れ去られようとしているのだが。

ドローンの規制を強化した改正航空法が審議入りし、しばらく前まで巷ではドローン対策グッズが売れていたが、それも収束しつつある。コンクリート破断細菌については公表されないままだが、相次ぐ放火とビルの崩落で我が家の安全を見直そうという機運が高まったのか、リフォーム業者は景気がいいらしい。ついでに都内の空き家対策とデータ収集も急ピッチで進められている。空き家が犯罪の温床になる、という認識が都民の間にも浸透しているようだ。

越前刑事部長がいろいろと暗躍してくれたらしく、八月三日の事件の時、刑事部のSNSアカウントを乗っ取った人間は「未だ不明」のままである。一般市民による「鷹の王」のドローン撃墜は合計九機。刑事部長は「やむなく」一機当たり五十五万円の懸賞金を出した。撃墜まではいかずとも都内各地で「戦闘参加」した人はかなりの数に上ったらしく、この話題はしばらくの間、随分とSNS界隈を賑わせていた。その過程で特別班の活躍を目の当たりにした人も多かったようで、「戦う交番のおまわりさん」の逸話と画像・動画が、ネット上では随分と感動を呼んでいた様子である。騒ぎが鎮静化したのは九月に入ったあたりからだ。

その一方で、河村を殺害した「鷹の王」が、殺害時の映像を動画サイトに上げていた。

じじい一羽捕まえただけでこの騒ぎ　警察無能すぎ

動画は三十分ほどで削除されたが、書き込まれたその言葉に警視庁全体がざわつき、現在も河村の背後にいた「本物の鷹の王」の捜索はかなりの人員を投入して続けられている。野方の身代金目的誘拐事件で奪われた五千万はこの男に渡ったとみられ、未だ返ってきていないし、この男が河村の一連の犯行をどこまで指示したかは不明ながら、少なくとも河村自身の殺害容疑はあるのだ。河村の家族は犯罪被害者となり、現在では就職しているという娘一家の子供には行政のサポートが入る。だが河村の娘にとっては父親の仇が野放しになっているということだった。警察はそれを放置する気は毛頭ない。火災犯捜査二係にとっても、新たな継続捜査対象が増えたことになる。

それでも毎日、休みがないほどではないのだ。月島方面に用事があったため、昼飯ついでに晴海三丁目交番に挨拶にいくぐらいの余裕も、今はある。

引き戸を開けて挨拶をすると、奥の机で書き物をしていた伊藤巡査がぱっと立ち上がった。

「設楽さん。海月警部」

飛びつかんばかりの勢いで出てきてカウンターに腰をぶつける伊藤巡査を押しとどめる。大型犬のようだなと思う。

「もう完全にいいのか？　よかったな。『月島ドローン無差別襲撃事件』一番の重傷者だっただろう」

「はいっ」伊藤巡査の笑顔は顔面から真っ白な光を発しているようである。「ちょっとつっぱって夜とか痛むんですけど、完全に全快です」

全快してないじゃないか。「無理すんなよ」

「はいっ」伊藤巡査は全く聞いていない様子で頷く。「設楽さん、あの時はありがとうございました。もう、なんか、もう、すっげえ凄かったです。射撃すげえ凄かったですし」

「落ち着いてくれ」奥の椅子でパソコンを見ている交番所長が苦笑している。いつもこうなのかもしれない。「あの時は世話になった。結局、あんたの証言が河村和夫を捜査する端緒になった」

伊藤は目を見開いた。そのことは特に上から聞いていなかったのだろう。それというのも俺たちのする捜査がそもそも非公式で、報告しようがないものだからなのだが。

「……そうですか」

伊藤は頬を紅潮させて笑顔になった。明らかに同程度のキャリアしかないはずの海月も、後輩の笑顔が微笑ましい、という顔で伊藤巡査を見ている。

とりあえず、伝えにきた甲斐はあったなと思う。「ああ。それと警視総監賞おめでとう」

「ありがとうございます」伊藤はさっと頭を下げる。この年齢なら初めての受賞だろう。

月島の事件の時に身を挺して通行人をかばい、結果、重体となったとなれば、それだけの評価は充分ありうる。それ以外にも月島署から一人、八月三日の混乱時に戦闘参加したドローン対策特別班のメンバーには何かしらの賞がついていたし、特に活躍した新宿署員と交通機動隊員が一人ずつ、同様に警視総監賞をもらっていた。重大事件や危険な職務になると賞がよく出るのは警察の変わったところだが、ちゃんと報われてよかったと思う。俺は携帯を出し、ブックマークしておいたＳＮＳのページを見せた。「あんたの活躍ぶり、ネットで話題になってるぞ」

俺から携帯を受け取った伊藤巡査は画面を覗き、それから、よく読もうとする様子で顔を近づけた。

その目から涙がこぼれた。

「おいおい」携帯を受け取りながら焦る。そこまでの反応は予想していなかった。

「俺……」伊藤巡査は袖で顔を拭い、鼻水をすする。「俺……なんかすごく……」

肩を震わせて泣いている伊藤巡査を前に目のやり場がなく、海月と顔を見合わせる。海月も笑顔で頷いた。

伊藤巡査は鼻声で言った。

「……俺、いい仕事できた」

ひよこ @hyokotanon0812
月島ドローン無差別襲撃事件の時、ドローンから狙われている男性を、盾になってかばっているおまわりさんがいた。いつも晴海三丁目の交番で見るあのおまわりさんだった。ああ、私もいつも守ってもらってたんだな、って感動した。私が同じ状況になっても絶対あんなことできない。警察官ってすごいなあ。

晴海三丁目交番を出ると、来る時より少しも和らいでいない暑さが顔面にまとわりついた。

「……暑いですね。歩き回る天気じゃなかったかも」

隣を歩く海月は俺を上目遣いで見て、ふふふ、と微笑んだ。

それから、ぴん、と人差し指を立てて言う。「ところで設楽さん。わたしたちは昼食がまだです」

言うだろうと思っていた。「ええ。せっかくですからもんじゃストリート行きましょう。この間は結局行けずじまいでしたし」

海月は心の底から嬉しそうに頷いた。「賛成です」

残暑が充満する晴海通りを、月島方面に向かって歩き出す。振り返ると海月は逆方向に歩き出していたので、俺は慌てて駆け戻った。

あとがき

最近思うのですが、ピーマンとパプリカってどこがどう違うのでしょうか。

まず外見がよく似ています。それから味もよく似ています。もちろんどちらもよく噛むとニガくて実に栄養豊富そうな味、という点で似ているだけで二つ並べて食べ比べてみれば違うのでしょうが、その差はアイドルファンにとっての某アイドルグループ一人一人の差とか相撲ファンにとっての各力士の仕切り動作の差とかオーディオ好きにとってのスピーカーの違いとかそういった系統に属する、つまり「違いがわかる人だけわかる」やつだと思うのです。お値段はだいぶ違いますが使う料理はどちらも似たり寄ったり、キャラが思いきりかぶっています。生物学的にもピーマンはナス目ナス科トウガラシ属トウガラシ、対してパプリカはナス目ナス科トウガラシ属トウガラシなわけでして、要するに同じ植物です。これはネットで調べてずっこけました。「同じじゃん！」と。どうも品種が違うだけのようです。

もちろん、ここまで書くと反論も出てきます。そう、色が違いますね。ピーマンは緑。パプリカは赤・オレンジ・黄色。しかし。

――「赤ピーマン」。

一体何なんでしょうこいつは。せっかく色で明確に区別がつけられると思っていたのに、こいつのせいで台無しです。というより赤いんならもうピーマンを名乗らなくていいのではないでしょうか。トゲのないトゲハムシはトゲナシトゲハムシではなくただのハムシでいいと思うのです。[*] 脚がぜんぜんないトカゲを無理して「アシナシトカゲ」とか呼ばずに普通にヘビでいいと思うのです。[**] とはいえどうもピーマンは未成熟果を収穫しているからあの緑色で、普通に成熟させると赤ピーマンになるらしく、そう考えるとピーマンは本当は赤い、と言ってもよさそうです。紛らわしいから緑のままでいて欲しいのですが、「いつまでも成熟するな」というのも無体な話です。人間だって子供の頃は早く大人になりたいと思っていた人が大多数です。子供の頃は思っていました。大人になれば勉強しなくていいし、水泳の授業やらなくていいし（カナヅチなので大変苦痛でした）、受験もないし、お金はいくらでも

＊　こいつの仲間にかの有名な「トゲアリトゲナシトゲトゲ」がいる。脳トレか何かのつもりなのだろうか。

＊＊　そうはいかない。ヘビとトカゲの差は脚の有無ではない。感覚器のつくりとかシッポ切りの可否などが根本的に違うのである。

自由に使えるし、一人で勝手に泊まりがけの旅行にぴょろーんと行っちゃっていいし、昼間っから飲んだくれていてもいい。早く大人になれないものか、と。もっとも実際大人になってみると日々勉強をして場合によっては資格試験など突破していかないと一流の仕事人にはなれないし、お金はいくらでも自由に使えるけど自由に使った分は年利15%（十万円以上百万円未満は18%、十万円未満は20%。二〇一七年十月時点）で返済しなければならないし、一人で旅行に行ってもいいけど旅行先の観光スポットでは自分以外全員カップルという状態になったりして辛いし、運動不足解消のためそろそろ水泳でも始めなければいけません。あと私は下戸です。

　とはいえ、現在では子供の頃にはなかったあれやらこれやらのおかげで、日々だいぶ助かってもいます。車には衝突安全装置がありますし、電車のきっぷは改札にピッとやるだけですし、この原稿だってマイコン*で書いています。何よりスマートフォンというやつの存在にとても助けられています。本作中でも大活躍するスマホですが、設楽や海月だけでなく著者も助けています。どこでも即ネットにつながるため外でお仕事ができるのです。もちろん私の仕事用マイコンはノートマイコン**なので鞄に入れて持っていくこともできるのですが、以前ハードディスクが飛んだ時***に電気屋さんに「ハードディスクを飛びにくくするにはどうすればいいですか？」と訊いたら「持ち運んだりせず、傾けたりせず、なるべく動かさずに机に据え置いて使ってください」と言われました。それって「据え置き型」と呼ぶのではないでしょうか。そんななので大変助かっています。最近は助かるあまりスマホ依存がひどくなって、混ぜ物のある粗悪品ではいくら吸ってもハイになれず、純度100%の上物を直でガリガリやらないとダメな体になりました。ちなみにスマホには「便座の十倍以上」の雑菌がついていますので、あまりそういうことはしない方がいいです。もっとも便座というのは抗菌されている上に普通はよく掃除されており、実際には家庭内で最も雑菌が少ない場所の一つです。それより人の顔面の方がよっぽど雑菌とか寄生虫がいます。しかし便座には危険な大腸菌その他がいるので、便座を直でガジガジやるのはやはり避けるべきです。ようは雑菌の「数」だけを取り上げて「便座の○倍汚れている!」などと騒ぐのはあまり意味がなく、トイレでスマホをいじらないとか、そういう常識的なポイントを押さえておけばいいようです。

さて、本書をお読みいただきましてまことにありがとうございました。あとがきの時間で

＊　「マイコンピューター」または「マイクロコンピューター」のこと。「コンピューター」は巨大なのが当たり前だった一九七〇〜八〇年代には、パソコンはこう呼ばれていた。

＊＊　したがって、当然こんな言葉はない。

＊＊＊　マイコンに保存したデータはいきなり、何の前触れもなく、買ったばかりなのに、何も悪いことをしていないのに、仕事が忙しいのに、ソフト・保証・周辺機器等諸々合わせて十六万もしたのに消える。競争激化によるメーカー側のコストダウン、部品精度の低下が原因の一つと言われているが、原理的にこれを100%避ける手はなく、店員さんには「運だと思ってください」と言われた。

す。

　本作で「戦力外捜査官」シリーズも五冊目になりました。ここまで続けてこられたのも担当N氏をはじめとする関係者の皆様のおかげです。N様、いつもありがとうございます。装画の烏羽雨《からすばあめ》先生、ブックデザインの坂野公一《さかのこういち》様、文庫版でもお世話になっております。今回の表紙がどんな感じになるか楽しみです。校正担当者様、似鳥の恥ずかしい誤字脱字・勘違い記憶違い・前後の矛盾から表現のおかしな点まで、人に見られる前に拾って片付けて下さいまして、まことにありがとうございます。また製本・印刷業者様、河出書房新社営業部の皆様、取次・配送業者様、そして全国書店の皆様、この原稿を本という商品にして津々浦々に届けてくださる方々に、厚くお礼申し上げます。

　そして読者の皆様。今回も、お会いできたことを大変嬉しく思います。本書が皆様にとって少しでも楽しい時間をお届けできるものであれば、これ以上の幸いはございません。凸凹コンビの活躍を、今後ともよろしくお願いいたします。

二〇一七年十月

似鳥鶏

Twitter　https://twitter.com/nitadorikei
Blog「無窓鶏舎」　http://nitadorikei.blog90.fc2.com/

既刊リスト

〈創元推理文庫〉
『理由あって冬に出る』（二〇〇七年）
『さよならの次にくる〈卒業式編〉』（二〇〇九年）
『さよならの次にくる〈新学期編〉』（二〇〇九年）
『まもなく電車が出現します』（二〇一一年）
『いわゆる天使の文化祭』（二〇一一年）
『昨日まで不思議の校舎』（二〇一三年）
『家庭用事件』（二〇一六年）
〈文春文庫〉
『午後からはワニ日和』（二〇一二年）
『ダチョウは軽車両に該当します』（二〇一三年）
『迷いアルパカ拾いました』（二〇一四年）
『モモンガの件はおまかせを』（二〇一七年）
〈幻冬舎文庫〉
『パティシエの秘密推理　お召し上がりは容疑者から』（二〇一三年）

〈河出文庫〉
『戦力外捜査官　姫デカ・海月千波』（二〇一三年）
『神様の値段　戦力外捜査官』（二〇一五年）
『ゼロの日に叫ぶ　戦力外捜査官』（二〇一七年）
『世界が終わる街　戦力外捜査官』（二〇一七年）
〈河出書房新社〉
『一〇一教室』（二〇一六年）
〈光文社文庫〉
『迫りくる自分』（二〇一六年）
〈光文社〉
『レジまでの推理　本屋さんの名探偵』（二〇一六年）
『100億人のヨリコさん』（二〇一七年）
〈角川文庫〉
『きみのために青く光る』（二〇一七年）
〈KADOKAWA〉
『彼女の色に届くまで』（二〇一七年）
〈講談社タイガ〉
『シャーロック・ホームズの不均衡』（二〇一五年）
『シャーロック・ホームズの十字架』（二〇一六年）

装幀　坂野公一＋吉田友美（welle design）
装画　烏羽雨

似鳥鶏（にたどり・けい）
一九八一年千葉県生まれ。二〇〇六年『理由あって冬に出る』で第十六回鮎川哲也賞に佳作入選し、創元推理文庫でデビュー。魅力的なキャラクター、ユーモラスでリズミカルな文章、精緻なトリックとフェアな作品が幅広い層に受けている、今最も注目される若手ミステリ作家。シリーズ化される作品も多く、デビュー作から続く「にわか高校生探偵団の事件簿」シリーズ（創元推理文庫）や、映像化され話題となった『戦力外捜査官　姫デカ・海月千波』（河出文庫）をはじめとする「戦力外捜査官」シリーズ（河出書房新社）、『午後からはワニ日和』から続く「楓ヶ丘動物園」シリーズ（文春文庫）などがある。他著書に『シャーロック・ホームズの十字架』（講談社タイガ）、『100億人のヨリコさん』（光文社）、『彼女の色に届くまで』（KADOKAWA）など。

破壊者《はかいしゃ》の翼《つばさ》　戦力外捜査官《せんりょくがいそうさかん》

二〇一七年一一月二〇日　初版印刷
二〇一七年一一月三〇日　初版発行

著　者　似鳥鶏
発行者　小野寺優
発行所　株式会社河出書房新社
東京都渋谷区千駄ヶ谷二―三二―二
電話　〇三―三四〇四―一二〇一［営業］
〇三―三四〇四―八六一一［編集］
http://www.kawade.co.jp/

組版　KAWADE DTP WORKS
印刷　株式会社亨有堂印刷所
製本　小髙製本工業株式会社

Printed in Japan　ISBN 978-4-309-02613-8

似鳥鶏「戦力外捜査官」シリーズ　河出文庫

戦力外捜査官　姫デカ・海月千波

警視庁捜査一課に着任したドジっ娘メガネ美少女警部・海月千波。が、周囲の期待を裏切る能力の低さで配属たった2日で戦力外に！なぜか彼女のお守役になってしまった設楽刑事と独自に事件を追う内、真犯人の本当の狙いが明らかになる……。　解説＝福井健太

神様の値段　戦力外捜査官

都内の連続放火事件に新興宗教団体が関与しているのを突き止めた海月と設楽は、教団が極秘裏に無差別テロ計画を進めていることを知る。しかし偶然にも実の妹がその信者になっていた設楽は警察を辞める覚悟で、単身、教団施設に乗り込むが……。　解説＝鴻上尚史

ゼロの日に叫ぶ　戦力外捜査官

白昼堂々、都内の暴力団が何者かに殲滅され、偶然駆けつけた刑事2人も重傷を負う事件が発生。警察の威信をかけた捜査の中、本部の見立てからあえて外れ、単独で事件を追う海月と設楽をあざ笑うように東京中をパニックに陥れる夜が迫っていた。解説＝瀧井朝世

世界が終わる街　戦力外捜査官

無差別テロを起こし、解散へと追い込まれたカルト教団宇宙神瞠会。教団名を変え穏健派に転じたはずが、一部の信者はまたも〈エデン〉へ行くための聖戦＝同時多発テロを計画していた！　海月と設楽はテロ計画を未然に防ぐことができるのか⁉　解説＝辻真先